COLLECTION
L'IMAGINAIRF

J.M.G. Le Clézio

Le livre des fuites

Gallimard

J. M. G. Le Clézio est né à Nice le 13 avril 1940 ; il est originaire d'une famille de Bretagne émigrée à l'île Maurice au xviiie siècle.

Grand voyageur, J. M. G. Le Clézio n'a jamais cessé d'écrire depuis l'âge de sept ou huit ans : poèmes, contes, récits, nouvelles, dont aucun n'avait été publié avant *Le procès-verbal*, son premier roman paru en septembre 1963 et qui obtint le prix Renaudot. Son œuvre compte aujourd'hui une trentaine de volumes. En 1980, il a reçu le Grand Prix Paul-Morand décerné par l'Académie française pour son roman *Désert*.

Il a reçu le prix Nobel de littérature en 2008.

Or laisserons de ceste cité & irons avant.

(Marco Polo)

Est-ce que vous pouvez imaginer cela? Un grand aéroport désert, avec un toit plat étendu sous le ciel, et sur ce toit, il y a un petit garçon assis sur une chaise longue en train de regarder droit devant lui. L'air est blanc, léger, il n'y a rien à voir. Puis, après des heures, vient le bruit déchirant d'un avion à réaction qui décolle. Le bruit aigu, criard se fait de plus en plus fort, comme si une sirène se mettait à tourner de plus en plus vite à l'autre bout du toit. Le bruit devient strident, maintenant, il rugit, il rebondit sur chaque carré du toit, il va jusqu'au fond du ciel qu'il transforme soudain en une immense plaque de verre fissurée. Quand le bruit est si fort qu'il ne peut rien y avoir d'autre, apparaît ce long cylindre de métal, couleur d'argent, qui glisse au-dessus du sol et monte lentement dans l'air. Le petit garçon assis sur sa chaise longue n'a pas bougé. Il a regardé intensément, avec ses deux yeux que le bruit intolérable a emplis de larmes. Le tube métallique s'est arraché du sol, il monte, monte. Le petit garçon le regarde sans se presser, il a tout son temps. Il voit le long fuselage couleur d'argent foncer sur la piste de ciment, avec tous ses pneus suspendus à quelques centimètres du sol. Il voit les reflets du ciel dans les hublots ronds. Il voit aussi les grandes ailes ouvertes en arrière, qui portent les quatre réacteurs. Des tuyères noircies jaillissent les flammes, le vent, le bruit du tonnerre. Le petit garçon assis sur sa chaise longue pense à quelque chose.

Il pense qu'un jour, soudain, sans raison, il y aura cet instant
où le long cylindre pâle va éclater en une seule explosion, allumant sur la surface du ciel invisible une tache rouge et or,
vulgaire, silencieuse fleur de feu qui reste là suspendue quelques secondes, puis est effacée, disparaît au milieu de milliers
de points noirs. Tandis que la vague du bruit terrible s'écarte
et roule dans les oreilles.

Alors le petit garçon se lève, et d'un long mouvement mécanique des jambes et des bras, il marche sur le toit plat de
l'aéroport, dans la direction d'une porte au-dessus de laquelle
est écrit en lettres rouges

EXIT

et il descend les marches de caoutchouc de l'escalier d'acier,
jusqu'au centre du hall de l'aéroport. A l'intérieur des murs,
l'ascenseur bouge en bourdonnant; et on voit tout, comme si
c'étaient des murs de verre. On voit d'étranges silhouettes
muettes, des enfants aux yeux fatigués, des femmes enveloppées
dans des pardessus rouges, des chiens, des hommes portant
des parapluies.

Dans le hall, la lumière est parfaitement blanche, répercutée
par des centaines de miroirs. Près de l'entrée principale, il y a
une horloge électrique. Sur son panneau carré, de petits volets
tournent rapidement, remplaçant régulièrement leurs chiffres :

15 05
15 06
15 07
15 08
15 09
15 10
15 11

Des voix de femmes parlant tout près des micros disent des
choses sans importance. Assis sur des banquettes de cuir, des

gens attendent. Quand on passe devant le rayon invisible les grandes portes de verre se reculent d'un seul coup, une fois, deux fois, dix fois. Est-ce que vous pouvez, est-ce que vous pouvez imaginer cela?

Est-ce que vous pouvez penser à tout ce qui arrive sur la terre, à tous ces secrets rapides, à ces aventures, à ces déroutes, ces signes, ces dessins peints sur le trottoir? Est-ce que vous avez couru à travers ces champs d'herbe, ou bien sur ces plages? Est-ce que vous avez acheté des oranges avec de l'argent, est-ce que vous avez regardé les taches d'huile en train de se déplacer sur l'eau des bassins des ports? Est-ce que vous avez lu l'heure aux cadrans solaires? Est-ce que vous avez chanté les paroles des chansons stupides? Est-ce que vous êtes allé au cinéma, un soir, pour regarder pendant de longues minutes les images d'un film qui s'appelle *Nazarin*, ou bien *La Rivière Rouge*? Est-ce que vous avez mangé de l'iguane en Guyane ou du tigre en Sibérie?

> Robt BURNS
> Cigarillos
> If it's not a Robt BURNS it's not THE cigarillo

Ou bien :

(Wilfrid Owen) « C'était comme si je m'étais enfui d'un combat
Dans les profondeurs d'un tunnel triste, creusé
depuis des siècles
A travers les granits que les guerres mons-
trueuses avaient modelés. »

Ou encore :

(Parménide) ...αἰεὶ παπταίνουσα πρὸς αὐγὰς ἠελίοιο.

Tous les mots sont donc possibles, tous les noms. Ils pleuvent, ils s'effondrent en avalanche poudreuse, tous les mots. Issus de la bouche du volcan, ils jaillissent vers le ciel et retombent. Dans l'air vibrant, pareil à de la gélatine, les sons tracent leurs routes de bulles. Est-ce que vous pouvez imaginer cela? La nuit noire où filent les fusées d'artifice, et puis les plaques de boue explosive, les visages de femmes, les yeux, les désirs qui coupent la chair comme de douces lames de rasoir. Bruit, bruit partout! Où aller? Où plonger, dans quel vide, où enfouir sa tête entre les oreillers de pierre? Qu'écrire sur la feuille de papier blanc, noire déjà de toutes les écritures possibles? Choisir, pourquoi choisir? Laisser tous les bruits courir, laisser les mouvements rouler leurs trains fous vers des destinations inconnues. Lieux innombrables, secondes démesurées, noms qui n'en finissent plus :

> hommes!
> méduses!
> eucalyptus!
> femmes aux yeux verts!
> chats du Bengale!
> pylônes!
> villes!
> sources!
> herbes vertes, herbes jaunes!

Est-ce que cela veut dire quelque chose, vraiment? J'ajoute mes mots, j'augmente de quelques murmures l'immense brouhaha. Je noircis encore quelques lignes, là, pour rien, pour détruire, pour dire que je suis vivant, pour tracer encore de nouveaux points et de nouveaux traits sur la vieille surface spoliée. Je jette mes chiffres inutiles, je comble les trous insatiables, les puits sans mémoire. J'ajoute encore quelques nœuds à l'enchevêtrement, quelques excréments au tuyau du grand égout. Là où il y avait encore un espace blanc, où on voyait le vide pur, vite, j'écris, terreur, ankylose, chien enragé. Ce sont des yeux que je crève, des yeux clairs et innocents que j'ensanglante soudain de mon poinçon. Bruit, bruit, je te hais, mais je suis avec toi. Pris dans le silo, grain qui se fêle et laisse descendre sa poudre au milieu de la mer immobile des autres grains. Lettres qui recouvrent tout! Rires, cris, gémissements, qui recouvrent tout! Couleurs aux chapes de plomb! Matière au corps de caillou! Tombe vivante, poids qui s'écroule sur chacun de nous, et c'est moi aussi qui pèse, qui m'appuie sur la tête et l'enfonce dans la terre. J'ai tout à dire, tout à dire! J'entends, je répète! Écho de l'écho, couloir de ma gorge où trébuchent les mots, couloirs de l'air, corridors sans fin du monde. Les fausses portes claquent, les fenêtres s'ouvrent sur d'autres fenêtres. Adieu, je voudrais dire. Adieu. Je parle aux vivants, je parle aux millions d'yeux, d'oreilles et de bouches cachés derrière les murs. Ils guettent. Ils vont et viennent, ils restent, ils ne font que dormir. Mais ils sont là. Nul ne peut les oublier. Le monde a mis ses tatouages de guerre, il s'est peint le corps et la face, et maintenant, le voici, muscles bandés, mains armées, yeux brûlant de la fièvre de vaincre. Qui va lancer la première flèche?

Comment échapper au roman?

Comment échapper au langage?

Comment échapper, ne fût-ce qu'une fois, ne fût-ce qu'au mot COUTEAU?

Il y eut un jour où celui qui s'appelait Hogan marcha sur son ombre, dans les rues de la ville où régnait la lumière du soleil dur. La ville était étendue sur la terre, espèce d'immense nécropole aux dalles et aux murs éblouissants, avec le quadrillage des rues, des avenues et des boulevards. Tout était prêt, on aurait pu dire, et fixe pour que les choses se passent ainsi. C'était un plan méthodique, où il ne manquait rien, presque rien. Il y avait les trottoirs de ciment, aux petits dessins réguliers, les chaussées de goudron marquées par les pneus, les arbres debout, les réverbères, les immeubles verticaux qui s'élevaient à des hauteurs vertigineuses, les fenêtres, les magasins pleins d'écritures, les bruits, les vapeurs. Un peu plus haut, il y avait ce plafond gonflé, ni bleu ni blanc, couleur d'absence, où pendait le rond du soleil. Une étendue distraite, anonyme, un désert mouvementé, une mer où les vagues avançaient les unes derrière les autres, sans jamais rien changer.

C'est là-dessus que celui qui s'appelait Hogan marchait. Il marchait sur le trottoir blanc, le long de la rue blanche, à travers l'air débordant de lumière blanche. Tout avait été recouvert de cette poudre, cette neige, ou ce sel, et les tonnes de grains étincelaient ensemble. Il n'y avait plus de couleur nulle part, seulement cette blancheur insoutenable qui avait pénétré chaque coin de cette ville. Le projecteur géant maintenait la terre dans son faisceau, et les particules de lumière

14

bombardaient sans arrêt la matière. Chaque chose était transformée en une lampe minuscule dont le filament brûlant brillait au centre de sa bulle de cristal. Le blanc était partout. On ne voyait plus. Les lignes légères apparaissaient, disparaissaient, à l'angle des murs, sous les yeux fardés des femmes, le long des toits surchauffés. Mais elles se mélangeaient aussitôt, se divisaient, s'éparpillaient telles des fêlures, et plus rien n'était sûr. Il y avait la ligne des maisons reposant sous le ciel, la perspective des avenues qui se rencontraient au fond du brouillard, les nuages étirés d'un horizon à l'autre, les sillages des avions à réaction, les passages rapides des voitures; Hogan avançait au milieu d'eux, silhouette vêtue d'un pantalon blanc, d'une chemise blanche et d'espadrilles, prêt à disparaître à chaque instant, ou bien en train de fondre doucement dans la chaleur alentour. Il avançait sans penser à rien, les yeux fixés sur les millions d'étincelles de la terre, la nuque au soleil, et sous ses pieds il y avait une ombre noire.

C'était drôle de marcher ainsi sur son ombre, en silence, dans l'atmosphère fermée de la planète. C'était drôle et émouvant de marcher sur un seul côté de la terre, debout sur la carapace dure, avec la tête dressée vers l'infini. C'était comme d'être arrivé de l'autre bout de la voie lactée, de Bételgeuse, ou de Cassiopée, vêtu d'un scaphandre couleur de platine, et de commencer son exploration. De temps en temps, on aurait appuyé sur un bouton, et on aurait dit, d'une voix un peu enrhumée :

« Explorateur spatial AUGH 212 à Station-relais. Explorateur spatial AUGH 212 à Station-relais. »

« Station-relais à explorateur spatial AUGH 212. Station-relais à explorateur spatial AUGH 212. Parlez. »

« Explorateur spatial AUGH 212 à Station-relais. Ai quitté le point 91 et marche actuellement vers le point 92. Tout va bien. Over. »

« Station-relais à explorateur spatial AUGH 212. Vous recevons parfaitement. Que voyez-vous? Over. »

« Explorateur spatial AUGH 212 à Station-relais. Ici tout est blanc. Je marche dans un labyrinthe régulier. Il y a beaucoup d'objets en mouvement. Il fait très chaud. J'approche maintenant du point 92. Over. »

« Station-relais à explorateur spatial A U G H 212. Apercevez-vous des signes de vie organisée? Over. »

« Explorateur spatial A U G H 212 à Station-relais. Non, aucun. Over. »

On avançait aussi comme sur un fond sous-marin, avec, silence épais, bulles lourdes montant des cachettes des solfatares, glissement des nuages de vase, cris des poissons, crissements des oursins, grognements des requins-baleines. Et surtout, la masse de l'eau, invincible, pesant de ses milliers de tonnes.

C'était tout à fait cela. Hogan circulait dans les rues d'une ville engloutie, au milieu des ruines des portiques et des cathédrales. Il croisait des hommes et des femmes, quelquefois des enfants, et c'étaient d'étranges créatures marines, aux nageoires en mouvement, aux bouches rétractiles. Les magasins et les garages étaient des grottes ouvertes, où vivaient tapis des poulpes avides. La lumière circulait lentement, pareille à une fine pluie de poussière de mica. On pouvait flotter longtemps parmi ces décombres. On pouvait glisser le long des courants chauds, froids, chauds. L'eau pénétrait partout, gluante, âcre, elle entrait par les narines et coulait dans la gorge jusqu'à l'intérieur des poumons, elle s'appliquait sur les boules des yeux, elle se confondait avec le sang et l'urine, et se promenait dans le corps, l'imprégnant de sa substance de rêve. Elle entrait dans les oreilles, appuyait contre les tympans deux petites bulles d'air qui séparaient à tout jamais du monde. Il n'y avait pas de cris, pas de paroles, et les pensées devenaient comme des coraux, blocs immobiles vivants dressant leurs doigts sans nécessité.

C'était drôle, mais c'était terrible aussi, parce qu'il n'y avait pas de fin possible. Celui qui marche dans l'illumination permanente du soleil, sans craindre de tomber un jour, quand les durs rayons sont entrés par les fenêtres des yeux jusqu'à la chambre secrète du crâne. Celui qui habite une cité d'invincible blancheur. Celui qui voit, qui comprend, qui pense la lumière, celui qui écoute la lumière aux bruits de pluie sans fin. Celui qui cherche, comme au fond d'un miroir brumeux, le point fixe d'un visage incandescent, le visage, son visage. Celui qui n'est qu'un œil. Celui dont la vie est attachée au soleil, dont l'âme est esclave de l'astre, dont les désirs sont tous en marche vers ce rendez-vous unique, gouffre de fusion, où tout s'anéantit en créant son imperceptible goutte de sueur, sueur de granit fondu qui brille sur le front et pèse si lourd. Celui qui... Hogan marchait dans la rue éblouissante, dans le tourbillon de lumière claire. Il avait déjà oublié ce qu'étaient les couleurs. Depuis le commencement des temps, le monde avait été ainsi : blanc. BLANC. La seule chose qui restait, dans toute cette neige, dans tout ce sel, c'était cette ombre ramassée à ses pieds, tache noire en forme de feuille qui glissait silencieusement.

Hogan fit un pas à droite; l'ombre glissa à droite. Il fit un pas à gauche; l'ombre glissa aussitôt à gauche. Il accéléra sa marche, puis la ralentit; l'ombre suivit. Il sauta, trébucha, agita les deux bras; l'ombre fit tout cela. C'était la seule forme encore visible, dans toute cette lumière, la seule créature encore vivante, peut-être. Toute l'intelligence avait coulé dans cette tache, toute la pensée, toute la force. Lui, était devenu transparent, léger, facile à perdre. Mais l'ombre, elle, avait tout le poids, toute l'indéfectible présence. C'était elle qui entraînait maintenant, guidant les pas de l'homme, c'était elle qui retenait sur terre et empêchait le corps de se volatiliser dans l'espace.

A un moment, Hogan s'arrêta dans sa marche. Il s'immobilisa sur le trottoir, dans la rue illuminée. Le soleil était très haut dans le ciel, brûlant avec violence. Hogan regarda par terre, et il se plongea dans son ombre dense. Il entra dans le puits ainsi ouvert, comme s'il fermait les yeux, comme si la nuit tombait. Il descendit dans la tache noire, s'imprégna de sa forme et de sa puissance. Il chercha au ras du sol à boire cette ombre, à se gonfler de cette vie étrangère. Mais elle s'échap-

17

pait toujours, sans bouger, repoussant son regard, reculant les limites de son domaine. Avec application, tandis que les gouttes coulaient sur sa nuque, sur son dos, ses reins, ses jambes, Hogan essaya de fuir la lumière. Il fallait aller plus bas, encore plus bas. Il fallait éteindre sans cesse de nouvelles lampes, briser de nouveaux miroirs. Les voitures en passant jetaient des étoiles, des étincelles avec leurs carrosseries surchauffées. Il fallait crever ces étoiles les unes après les autres. La lumière qui tombait du ciel s'éparpillait en millions de gouttelettes de mercure. Il fallait balayer cette poussière au fur et à mesure, et il y en avait toujours davantage. Les silhouettes des femmes et des hommes, lourds colliers, pendentifs d'or, boucles de verroterie, lustres de cristal, glissaient autour de lui. Hogan avait à briser ces pacotilles, de toutes ses forces, à chaque seconde. Mais on ne les exterminait jamais. Les yeux luisaient au fond des orbites, blancs, féroces. Les dents. Les ongles. Les robes aux tissus lamés. Les bagues. Les murs des maisons pesaient de tout le poids de leurs falaises de craie, les toits étincelaient, plats à perdre la vue. La rue, la seule rue, toujours recommencée, traçait sa ligne phosphorescente jusqu'à l'horizon. Les platanes agitaient leurs feuilles pareilles à des séries de flammes, et les vitres étaient hermétiques comme des miroirs, à la fois glaciales et bouillonnantes. L'air arrivait en éboulements poudreux, déferlant, dérapant, étendant ses ramures de grains vivants. On était dans le dur, le minéral. Il n'y avait plus d'eau, plus de nuages, ni de ciel bleu. Il n'y avait que cette surface réfractaire, où les lignes se brisaient, où l'électricité courait sans cesse. Les bruits eux-mêmes étaient devenus lumineux. Ils dessinaient leurs arabesques brutales, leurs spires, leurs rondes, leurs ellipses. Ils traversaient l'air en traçant des cicatrices blanchâtres, ils écrivaient des signes, des zigzags, des lettres incompréhensibles. Un autocar d'acier faisait mugir son klaxon, et c'était un large sillon de lumière qui progressait comme une faille. Une femme criait, la bouche ouverte sur ses rangées de dents émaillées : « OHÉ! » et aussitôt, on voyait une large étoile gribouillée dans le ciment du trottoir.

Un chien aboyait, et son appel passait rapidement le long des murs telle une rafale de balles traçantes. Du fond d'un magasin aux éclats de néon et de matière plastique, un appareil électrique hurlait une musique barbare, et c'étaient les éclairs de feu de la batterie, le gaz brûlant de l'orgue, les barres verticales de la contrebasse, les barres horizontales de la guitare, avec, de temps en temps, l'extraordinaire désordre des particules aimantées lorsque la voix humaine se mettait à crier ses paroles.

Tout était dessin, écriture, signe. Les odeurs faisaient leurs signaux lumineux, du haut de leurs tours, ou bien enfouies à l'intérieur de leurs grottes secrètes. Hogan frôlait le sol de sa semelle de caoutchouc, et aussitôt les tourbillons élargissaient leurs cercles flottants. Il allumait une cigarette avec la flamme blanche d'un briquet, et il y avait un moment, en haut de sa main, cette espèce de volcan jetant vers le ciel sa trombe de feu et de scories. Chaque mouvement qu'il faisait était devenu dangereux, car il déclenchait immédiatement une suite de phénomènes et de catastrophes. Il marchait le long du mur, et le béton crépitait d'étincelles sur son passage. Il portait la main droite à sa figure, et, sur des milliers de panneaux vitrés disposés dans l'air, on voyait une sorte d'S éblouissant en train d'étendre ses courbes. Il regardait le visage d'une jeune femme, et, hors des yeux à la clarté insoutenable surgissaient deux pinceaux aigus qui le frappaient comme des lames. Il rejetait l'air de ses poumons par ses narines, simple souffle qui se mettait alors à brûler avec des volutes pâles. Plus rien n'était possible. Plus rien ne se faisait, puis s'oubliait. Il y avait partout cette gigantesque feuille de papier blanc, ou ce champ de neige, sur lesquels se déposaient les traces de la peur. Tout avait sa patte, son empreinte aux doigts crochus, ses sabots. Des rides, des marques, des taches, des plaies blanches aux lèvres qui ne se fermaient pas.

On ne pouvait plus penser, même. Hogan pensait, ORANGE FRUIT EAU CALME DORMIR, et tout de suite devant ses yeux il y avait écrit, en traits fulgurants, deux cercles concentriques, une pluie de barres, une raie horizontale terminée par un crochet, et un quadrillage qui couvrait le ciel et la terre. IMBÉCILE ASSEZ ASSEZ, un éclair aux angles tranchants, et un soleil en train de lentement exploser. PARTIR FERMER LES YEUX ALLONS-NOUS-EN OUI, et une multitude de fenêtres s'ouvrait dans l'espace, en brillant de toutes ses vitres constellées de nœuds.

Penser était dangereux. Marcher était dangereux. Parler, respirer, toucher étaient dangereux. Les éclats se ruaient de toutes parts à l'assaut, les signes aux grands bras pleins d'éclairs bondissaient devant les yeux. La page blanche immense était étendue comme un piège sur le monde, elle attendait le moment où tout serait vraiment effacé. Les hommes, les femmes, les enfants, les animaux et les arbres bougeaient derrière ces peaux transparentes, et le soleil mitraillait de toute sa chaleur blanche et dure. Tout était comme ça, il n'y avait probablement rien à faire. Et un jour, sans doute, on serait devenu pareil aux autres, un vrai signal de lumière, à l'angle d'un carrefour, une lampe un peu clignotante, un peu étoile aux rayons effilochés, prisonnière du dessin. On ne pourrait plus dire non, ni fermer les yeux en s'en allant. On aurait sa vie d'insecte fanatique, tout seul au beau milieu des autres, et on dirait, oui, oui, je t'aime, tout le temps.

Alors Hogan resta debout sur ses deux jambes, et de toutes ses forces, il essaya de retourner son ombre dans la direction du soleil.

Rien de plus facile que de verser un peu d'eau d'une bouteille dans un verre. Mais essayez donc. Vous verrez.

Je vous invite à prendre part au spectacle de la réalité. Venez voir l'exposition permanente des aventures qui racontent la petite histoire du monde. Ils sont là. Ils travaillent. Ils vont et viennent pendant les jours, heures, secondes, siècles. Ils bougent. Ils ont des mots, des gestes, des livres et des photographies. Ils agissent sur la surface de la terre qui change imperceptiblement. Ils additionnent, multiplient. Ils sont eux. Ils sont prêts. Il n'y a rien à analyser. Partout. Toujours. Ils sont les millions de scolopendres qui courent autour de la vieille poubelle renversée. Les spermatozoïdes, les bactéries, les neutrons et les ions. Ils tressaillent, et ce long frisson qui dure, cette vibration, cette fièvre douloureuse, c'est plus que la vie ou la mort, c'est plus qu'on ne peut dire ou croire, c'est la fascination.

Je voudrais pouvoir vous écrire, comme dans une lettre, tout ce que je vis. Je voudrais bien vous faire comprendre pourquoi il faut que je m'en aille un jour, sans rien dire à personne, sans m'expliquer. C'est un acte devenu nécessaire, et quand le moment sera venu (je ne peux dire ni où, ni quand, ni pourquoi), je le ferai, comme cela, simplement, en me taisant. Les héros sont des muets, c'est vrai, et les actes réellement importants apparaissent comme des phrases écrites sur les dalles des tombeaux.

Alors, je voudrais vous envoyer une carte postale, pour essayer de vous annoncer tout cela. Sur le dos de la carte, il y aurait une photo en Panchrome, recouverte d'une couche de vernis, avec une signature : MOREAU. Sur la photo, on verrait une fillette en haillons, à la peau couleur de cuivre, en train de vous regarder avec deux yeux craintifs entourés de cils et de sourcils noirs. La prunelle des yeux serait agrandie, portant au centre un reflet lumineux, et cela voudrait dire que son regard était vivant, peut-être pour l'éternité.

La fillette aux seins naissants tiendrait son corps dans une pose malhabile, le haut du buste tourné en sens inverse des hanches, et cela voudrait dire qu'elle était prête à s'enfuir, à disparaître dans le néant.

Elle porterait à sa bouche la main droite, avec un geste qu'on aurait voulu mutin, un peu pervers, mais qui serait resté craintif, un geste de défense. La main gauche, elle, pendrait le long du corps, au bout d'un bras nu à la peau très brune. Un bracelet de fer-blanc aurait glissé sur le poignet. Et la main, aux longs doigts sales, serait fermée sur la pièce de monnaie qu'on avait donnée pour pouvoir prendre la photo.

Elle aurait été ainsi, surgie du vide un jour, puis oubliée, et il ne serait resté d'elle que cette image fragile, cette figure de proue voguant face à l'inconnu, affrontant les dangers, recevant les embruns qui déferlaient sur elle.

Elle aurait été ainsi, magiquement multipliée à des milliers d'exemplaires, accrochée aux tourniquets de fil de fer à la devanture des bazars. Visage affamé, yeux cerclés de noir, cheveux flottant en mèches sales, front sans pensée, tempes sans battements, nuque insensible, bouche rouge entrouverte mordant continuellement l'index replié de la main droite. Et puis épaules immobiles, corps recouvert d'étoffe déchirée, d'où le sang et l'eau s'étaient retirés. Corps de papier, peau de papier, chair fibreuse peinte par les colorants chimiques. C'était elle, elle qu'il fallait retrouver un jour, entre toutes les autres, pour l'emmener et partir le long des routes qui vont indéfiniment du mensonge vers la vérité.

Signé :

Walking Stick.

Les hommes et femmes, maintenant. Il y en a beaucoup, de toutes sortes, de tous âges, dans les rues de la ville. Un jour, sans le savoir, ils sont nés, et depuis ce jour ils n'ont pas cessé de fuir. Si on les suit, au hasard de leurs marches, ou si on les observe par les trous des serrures, on les voit en train de vivre. Si, le soir venu, on entre dans le bureau de Postes, on ouvre le vieux livre couvert de poussière, et on lit lentement leurs noms, tous les noms qu'ils ont : Jacques ALLASINA. Gilbert POULAIN. Claude CHABREDIER. Florence CLAMOUSSE. Frank WIMMERS. Roland PEYETAVIN. Patricia KOBER. Milan KIK. Gérard DELPIECCHIA. Alain AGOSTINI. Walter GIORDANO. Jérôme GERASSE. Mohamed KATSAR. Alexandre PETRIKOUSKY. Yvette BOAS. Anne REBAODO. Patrick GODON. Apollonie LE BOUCHER. Monique JUNG. Genia VINCENZI. Laure AMARATO. Tous leurs noms sont beaux et clairs, on ne se lasse pas de les lire sur les pages usées des annuaires.

On pouvait s'appeler HOGAN, aussi, et être un homme de race blanche, dolichocéphale aux cheveux clairs et aux yeux ronds. Né à Langson (Vietnam), il y avait à peu près vingt-neuf ou trente ans. Habitant un pays qui s'appelait la France, parlant, pensant, rêvant, désirant en une langue qui s'appelait le français. Et c'était important : si on s'était appelé Kamol, né à Chantanaburi, ou bien Jésus Torre, né à Sotolito, on aurait eu d'autres mots, d'autres idées, d'autres rêves.

On était là, dans le carré dessiné sur le sol boueux, avec les arbustes et les cailloux. On avait beaucoup mangé de ce sol, beaucoup bu de ces rivières. On avait grandi au milieu de cette jungle, on avait transpiré, uriné, déféqué dans cette poussière. Les égouts avaient couru sous la peau comme des veines, l'herbe avait frissonné telle une toison de poils. Le ciel avait été là, tout le temps, et c'était un ciel connu, aux légères pommelures vaporeuses. La nuit, il y avait eu beaucoup d'étoiles, et une lune tantôt ronde, tantôt mince. On avait fait ces quantités d'actes, sans s'en douter. Un jour, on avait vu un feu en train de brûler au centre d'un champ, sur cette portion de terre, ce jour-là de cette année-là, sous tel nuage gris, tordant ces brindilles et rongeant ce morceau de bois pourri.

Un autre jour, on avait vu une jeune femme passer dans la rue, le long du trottoir, tenant dans la main droite un sac en matière plastique jaune. Et on avait pensé que c'était la seule femme du monde, tandis qu'elle avançait, plaçant nettement un pied devant l'autre, bougeant ses longues jambes nues, faisant osciller ses hanches sous la robe de laine rose, portant devant elle ses deux seins emboîtés dans le soutien-gorge de nylon noir. Elle marchait très droite, remontant la rue déserte, et on avait dit :

« Mademoiselle, je voulais, je voulais vous demander quelque chose, vous permettez, excusez-moi de vous aborder comme ça, mais je voulais vous dire, je. »

Allumant une cigarette, dans le café plein de bruits, et reniflant l'odeur douce qui se dégageait du corps de laine rose :

« Tu sais, tu es très belle, oui, c'est vrai, tu es belle. Comment t'appelles-tu? Moi, je m'appelle Hogan, je suis né à Langson (Vietnam), vous savez où c'est? C'est à la frontière chinoise. Vous voulez, tu veux qu'on prenne encore un café? Si tu veux, il y a un bon film au Gaumont, *Shock Corridor*, je l'ai déjà vu deux fois. Hein? »

Et il aurait suffi de vraiment peu de chose, un déplacement

insignifiant vers la droite, quelques syllabes changées dans le nom, et, au lieu de dire ça, on aurait dit :

« Espèce de saloperie, va! Tu crois que je n'ai pas compris, peut-être? Tu, tu as fait exprès, ça fait des mois que je m'en rends compte, tu veux me faire marcher. Tu crois que je n'ai pas compris, le coup du paquet de cigarettes? Tu crois que je n'ai rien vu? Saloperie, ordure, et puis arrête-toi de marcher, écoute-moi pendant que je te parle, ne, ne fais pas semblant de ne pas entendre! »

Et on aurait fait un geste du bras, et au bout du bras, il y aurait eu la main fermée sur le manche d'un couteau aigu, et la lame froide serait entrée un peu de travers dans le sein gauche de la jeune femme qui aurait dit une seule fois :

« Hah! »

et serait morte.

C'était un jour de ce siècle, dans une rue d'une ville, sur la terre, sous le ciel, dans l'air, avec la lumière qui emplissait tout d'un bord à l'autre. C'était vers midi, au milieu des constructions des hommes. Il pleuvait, il faisait beau, le vent soufflait, pas très loin de là la mer avait des vagues, les voitures noires ou bleues roulaient sur la grand-route bordée de platanes peints en blanc. A l'intérieur des casemates de béton, les transistors jouaient de la musique, les appareils de télévision étaient pleins d'images tressautantes. Dans le cinéma qui s'appelle OCÉAN, à l'extrémité de la salle obscure, il y avait une tache blanche où on voyait un homme couché sur un lit à côté d'une femme nue aux cheveux décoiffés, et il caressait tout le temps la même épaule. On entendait leurs voix qui sortaient du mur, rauques, caverneuses, chuintantes. Ils disaient des choses insignifiantes,

TU ES BELLE, TU SAIS TU
J'AI PEUR SIMON

TU AS PEUR

OUI OUI

TU AS PEUR DE MOI

NON PAS ÇA JE VEUX DIRE IL Y A LONGTEMPS QUE JE
ENFIN QUAND JE T'AI VU JE NE PENSAIS PAS QUE ÇA
SERAIT COMME ÇA UN JOUR ET PUIS TU VAS T'EN ALLER
ET ÇA SERA COMME S'IL N'Y AVAIT RIEN EU TU COM-
PRENDS

et un peu plus loin, au fond de la salle noire si grande, une
femme comptait des pièces de monnaie dans sa main en les
examinant une à une à la lueur d'une lampe de poche.

La rue était pleine de noms, partout. Ils étincelaient au-dessus
des portes, sur les vitrines transparentes, ils flamboyaient au
fond des chambres sombres, ils s'allumaient et s'éteignaient
sans arrêt, ils étaient exhibés, pendus sur des plaques de carton,
taillés dans du fer-blanc, peints en rouge sang, collés aux
murs, aux portes, aux morceaux de trottoir. Parfois, un avion
passait à travers le ciel en tirant un mince fil de fumée blanche,
et ça voulait dire « Rodeo » ou bien « Solex ». On pouvait
parler avec ces noms-là, on pouvait lire chacun de ces signes
et répondre. C'était un dialogue bizarre, comme avec des
fantômes. On disait, par exemple :

« Caltex? »

Et la réponse venait tout de suite, en beuglant :

« Toledo! Toledo! »

« Minolta? Yashica Topcon? »

« Kelvinator. »

« Alcoa? »

« Breeze. Mars. Flaminaire. »

« Martini & Rossi Imported Vermouth. »

« M. G. »

« Schweppes! Indian Tonic! »

« Bar du Soleil. Snack. Glaces. »

« Eva? »

« 100. 10 000. 100 000. »

« Pan Am. »

« Birley Green Spot. Mekong. Dino Alitalia. Miami. Cook
Ronson Luna-Park. »

« Rank Xerox! Xerox! Xerox! »

« CALOR... »

Des mots, partout, des mots écrits par des hommes et qui,
depuis, s'étaient débarrassés d'eux. Des cris, des appels solitaires, d'interminables incantations qui voyageaient sans but
au ras de la terre. C'était aujourd'hui, ainsi, à cette heure, avec
ce ciel, ce soleil et ces nuages. Des lettres rouges ou noires, ou
blanches, ou bleues, étaient fixées sur les lieux, elles signaient
l'espace et le temps. On ne pouvait rien arracher, rien voler.
Elles étaient là, et disaient sans fatigue, c'est à moi, c'est à
moi et vous ne pouvez pas le prendre, essayez donc un peu de
le prendre et vous verrez, essayez de mettre votre nom, de vous
installer ici, d'habiter à ma place. Essayez! Et vous verrez...

Mais personne n'essayait. Sur la rue plate, les gens bougeaient dans tous les sens. Ils ne pensaient pas aux mots.

C'était comme pour les voitures, par exemple. Ils montaient
facilement à l'intérieur des carrosseries brillantes, ils s'asseyaient
sur les coussins de moleskine rouge, ils tournaient la clef de
contact, appuyaient le pied gauche sur une pédale, et poussaient le levier vers le haut. Et la voiture démarrait doucement avec un glissement frémissant, et il n'y avait personne
assis à la terrasse d'un Café pour regarder les pneus et dire :

« Pourquoi, c'est vrai, pourquoi la roue se met à tourner
comme ça? »

A la rigueur, il y avait quelqu'un, un homme assez jeune,
au visage maigre, aux cheveux jaunes, qui lisait un journal
avec un crayon à bille dans la main droite. On arrivait derrière
lui, et on lisait par-dessus son épaule :

PENDANT LA CRÉATION DU MONDE

Il y avait beaucoup d'autres choses, ici et là. Il y avait une
jeune femme au visage très blanc, aux yeux lourds qui bril-

laient dans leurs halos bistre, au corps serré dans une robe blanche, aux jambes appuyées sur le sol de ciment. Elle ne disait rien. Elle ne faisait rien. Entre deux doigts de sa main gauche, une cigarette américaine à bout filtre fumait. Elle était debout devant la porte d'un bar, et de temps à autre, elle aspirait une bouffée en regardant de l'autre côté de la rue. Derrière elle, à l'intérieur du bar, le bruit d'une musique vibrait mécaniquement. Elle battait des paupières, et son regard filtrait à gauche. Ses jambes bougeaient un peu, avançant son corps, puis le reculant. Elle était là sans arrêt, comme une statue de fer et de soie, dégageant son parfum, respirant, cœur battant, muscles tendus, soutien-gorge bouclé par une charnière de bakélite sur la chair de son dos, ses poumons emplis de la fumée de tabac, transpirant un peu sous les aisselles et sur les reins, écoutant. Des sortes de pensées passaient derrière ses yeux, des images fugitives, des mots, des élans mystérieux.

LÉON MARTINE téléphoné hier soir SALAUD salaud avance départ fuite 2000 auto rouge tiens je le connais AV hier pourquoi 2000 2500 ou 3000 et Kilimandjaro rendez-vous et acheter jambon doucement doucement Victor Mondoloni ça c'est coiffeur elle a 35 ans plus peut-être non et au Pam Pam tout ça tous ces trucs encore tout ce défilé

Mais elle n'était pas la seule. Tout le monde pensait, tout le monde avait des idées, des envies, des mots, et tout ça restait caché à l'intérieur des crânes, dans les entrailles, dans les vêtements même, et on ne pouvait jamais lire tout ce qui était écrit.

Il aurait fallu connaître ce langage total, savoir ce que voulaient dire ce frémissement des lèvres, ce geste de la main, ce léger boitement du pied gauche, cette cigarette allumée dans l'encoignure d'une porte cochère. Il aurait fallu connaître tous les mots de l'histoire, tous les tissus, papiers, peignes, portefeuilles, cuirs, métaux, nylons.

→ voici ce qu'il aurait fallu faire, pour bien comprendre

où on était : rester debout au milieu de cette rue sans bouger, et regarder, écouter, sentir, comme ça, avidement, le spectacle en train de déferler. Sans une pensée, sans un geste, dans le genre d'un poteau indicateur, silencieux, debout sur ses deux jambes de fonte, immobile.

La vérité était perdue. Éparse, clignotant, scintillant, sautillant, elle explosait rapidement dans les culasses des moteurs, elle perforait les tickets de carton, elle était coque de métal dur aux courbes tendres, phares aux reflets aiguisés. Elle était la monture en or des lunettes noires, le crissement des bas frottant leurs écailles les unes contre les autres, le tressaillement dans les boîtiers des montres-bracelets, l'électricité, les gaz, les gouttes d'eau, les bulles enfermées dans les bouteilles de soda, le néon prisonnier des tubes blancs et roses. La vérité se consumait dans une seule cigarette pâle, à l'intérieur du bout de braise, et la jeune fille qui fumait était assise sur un banc devant la mer sans se douter de rien.

Elle était vêtue d'une robe orange à damier mauve, avait croisé les jambes, et elle parlait à un jeune homme, en faisant des gestes de sa main aux ongles peints en rose. Entre l'index et le médius de sa main droite, la cigarette brûlait. La jeune fille disait :

« Oui, Léa, elle sortait du Prisunic, tu sais, et elle m'a dit — »

« Hier ? »

« Non, euh, il y a deux ou trois jours. J'étais avec Manu, alors elle est venue comme ça. Qu'est-ce que tu penses de Manu ? »

« C'est un type bien, je crois. »

« Oui, je sais, c'est vrai, il m'a beaucoup aidée, à un moment, à un moment où je voulais me tuer. Ça a l'air idiot, maintenant, mais c'est vrai. J'avais prévu ça. Je voulais me mettre dans la baignoire, avec de l'eau bien chaude, et me noyer. »

« Ça ne doit pas être facile — Se noyer dans une baignoire ? »

« Si, parce que je voulais, avant, j'aurais pris beaucoup de somnifères. Ça me plaisait, l'idée de mourir comme ça, toute nue dans une baignoire d'eau bien chaude. »

29

Elle fumait, elle avalait sa salive.

« Et puis Manu m'a tirée de là. C'est un type extraordinaire, parce que, parce qu'il sait pourquoi il vit, lui. Il a une force incroyable. C'est lui qui décide tout pour moi. »

« Peut-être que ça te fait du mal, au fond. »

« Peut-être, oui... »

« Toi, tu vis sans conviction, tu es, je ne sais pas, détachée — »

« C'est vrai. Tu sais, l'impression que j'ai, quelquefois? J'ai l'impression que je pourrais m'envoler, très facilement si on me coupait les pieds je m'en irais en l'air, là, dans les nuages, je disparaîtrais, ça ne serait pas long. »

« Alors tu as besoin d'un type comme Manu. »

« Peut-être, oui, au fond. Mais quelquefois, je lui en veux terriblement, tu sais, parce que j'ai l'impression que depuis que je le connais, je ne suis plus moi. Que je mens, et que tous les autres mentent aussi. Tu comprends, lui, il fait tout immédiatement, il est heureux — ».

« Tu crois qu'il est heureux? »

« Non, tu as raison, il n'est pas heureux, enfin, je veux dire satisfait. Mais j'ai l'impression qu'il sait, alors que moi je ne sais jamais rien, alors, ça m'enfonce. »

Elle allumait une deuxième cigarette avec la première.

« Quelquefois j'ai envie, tu sais, j'ai envie de m'en aller. Je voudrais être comme avant, sans Manu, pouvoir tout laisser derrière moi. Mais je ne sais pas si j'en suis capable. C'est trop tard, peut-être. »

Un peu plus loin, un chien jaune avec des taches noires flairait un vieux coin de mur; encore un peu plus loin, un mégot jeté sur le trottoir continuait à fumer tout seul dans le vent.

Cela se passait ici, dans cette rue, à cette heure, ce jour de ce siècle. C'était le testament de ce temps, en quelque sorte, l'espèce de poème que personne n'avait jamais écrit et qui parlait de ces choses. Un poème, ou une énumération, qui n'appartenait à personne puisque tout le monde en faisait partie :

Immeuble
pierre
goudron
plâtre
gravier
fonte
plaques
gaz
eau
réverbère
ordures ménagères
blanc
gris
noir
terre
jaune
brun
peau d'orange
mare
papier
semelle
moteur

Sur la surface, pareille à une rivière gelée, de la rue de goudron, les voitures passaient, et leurs pneus traçaient des lignes
étranges pleines de petits signes et de croix. Les roues se
rencontraient et fuyaient, et sur elles les routes tournaient
avec folie, appliquant leurs ventouses de caoutchouc sur le
sol. Le poème continuait son énumération, mécaniquement,
comme s'il y avait eu quelqu'un quelque part, à qui il fallait
rendre compte. C'était harassant, un travail à devenir fou,
ou bien à s'arracher soudain les yeux des orbites pour ne plus
voir. Il y avait toutes ces variations infimes, tous ces détails,
qu'il fallait avoir vus à temps. Quand là-haut, par exemple,
en haut du poteau d'acier en forme de totem, la lumière verte
sans un bruit s'était éteinte, laissant la lumière jaune s'allumer,

qui sans un bruit s'éteint à son tour, laissant apparaître la terrible lumière rouge. Ou quand la jeune femme debout devant le bar avait sorti de son sac à main un mouchoir en papier pour essuyer son nez ou une larme. Quand, à la fenêtre de la maison jaune, au quatrième étage, cet homme était apparu et avait regardé vers le bas. Quand, au centre de la rue, était passée cette ambulance qui klaxonnait entraînant une grosse femme. Quand, dans le magasin de maillots de bain, cette autre femme aux cheveux roux avait posé le pied sur la plate-forme de caoutchouc, et que la porte s'était ouverte devant elle automatiquement, écartant d'un mouvement brusque ses deux panneaux de verre où il y avait écrit KAREN, en lettres de cuivre. Quand la jeune fille qui portait des lunettes avait tourné la page 31 de son magazine et avait commencé à regarder la page 32.

Ville de ciment et d'acier, murailles de verre s'élançant indéfiniment vers le ciel, ville aux dessins incrustés, aux sillons tous pareils, aux drapeaux, étoiles, lueurs rouges, filaments incandescents à l'intérieur des lampes, électricité parcourant les réseaux de fil de laiton en murmurant sa vibration douce-reuse. Bruissements des mécanismes secrets cachés dans leurs boîtes, tic-tic des montres, ronronnement des ascenseurs montant, descendant. Halètement des vélomoteurs, cliquetis des soupapes, klaxons, klaxons. Tout ça parlait son langage, racontait son histoire de bielles et de pistons. Les moteurs vivaient, au hasard, enfermés dans les capots des automobiles, dégageant leur odeur d'huile et de carburant. La chaleur les auréolait sans cesse, montait des culasses brûlantes, se répan-dait dans les rues et se mêlait à la chaleur des hommes. Ville vivante. Les trolleybus glissaient sur leurs pneus, en gémissant continuellement. Le trolleybus numéro 9 longeait le trottoir, et à travers les vitres on voyait la cargaison de visages pareils. Il dépassait un cycliste, il avançait sur la chaussée noire, on voyait les larges bandes des pneus s'écraser sur le sol avec un bruit d'eau. Le trolleybus numéro 9 avançait, portant dans son ventre les grappes de visages aux yeux tous pareils. Sur son dos, les deux antennes dressées couraient le long des fils électriques, s'inclinant, vibrant, crissant. De temps à autre, une boule d'étincelles jaillissait en claquant du bout des antennes, et on sentait dans l'air une drôle d'odeur de soufre. Le trolleybus numéro 9 s'arrêtait devant un pylône sur lequel était écrit :

ROSA BONHEUR

Les freins sifflaient, les portes se repliaient, et il y avait des gens qui descendaient à l'avant pendant que d'autres montaient à l'arrière. C'était ainsi. Puis le trolleybus numéro 9 repartait le long du trottoir, portant dans son ventre la grappe d'œufs blanchâtres, en route vers le but inconnu. En route vers le terminus toujours recommencé, l'espèce de place déserte avec un jardin poussiéreux, où il virait lentement sur lui-même avant de repartir en sens inverse.

Et il y en avait beaucoup d'autres comme lui. Autobus aux mufles courts, tramways aux vieux sièges défoncés, autocars, wagons, taxis, fourgons de métal qui sillonnaient la ville dans tous les sens.

La ville était pleine de ces animaux étranges, aux cuirasses luisantes, aux yeux jaunes, aux pieds, mains, sexes de caoutchouc et d'amiante. Ils circulaient sur leurs sentiers, ils allaient et venaient, ils avaient beaucoup de vies indépendantes et méticuleuses. Ils possédaient des territoires sacrés, ils s'affrontaient dans des luttes farouches où résonnaient leurs bramements nasillards. Que voulaient-ils? Qu'attendaient-ils? Quels étaient leurs dieux? Dans les boîtes aux écrous serrés, les bobines et les fils, les étincelles, les tressaillements des pistons témoignaient qu'il y avait une pensée qui agissait. Une pensée mystérieuse et confuse qui cherchait sans arrêt à s'exprimer, à modifier le monde. Il aurait fallu savoir lire les mots que ces mouvements écrivaient à l'insu des hommes. Ç'aurait été bon de deviner ces idées. Si on avait prêté l'oreille aux gron-

33

dements des moteurs, aux cris des freins, aux appels des klaxons, on aurait peut-être entendu quelque chose dans le genre d'un dialogue, une pensée en train de se former, un récit d'aventures, un poème ·

Une échelle
posée sur un balcon
monte jusqu'au toit.
Là,
accoudé sur l'antenne-télé
(fumant une cigarette Reyno)
il n'y a rien.
On dirait que le ciel rouille
et que les pas des hommes
comptent les tuiles.
La cheminée de fer
fume.
Ce n'est rien.
La maison a pris sa forme.
Regardez les rues mauves
qu'illustre l'appel de l'échelle.
Moi j'en déduis
que de ce balcon
que de ce peuple fatigué
ou que de ces airs
rien ne va monter.
Cela ne fait rien
j'
atomise.

Tout commence le jour où il aperçoit la prison. Il regarde autour de lui, et il voit les murs qui le retiennent, les pans de murs verticaux qui l'empêchent de partir. La maison est une prison. La chambre où il se tient est une prison. Sur les murs, on a accroché des tableaux, des assiettes, des bibelots, des flèches empennées de plumes de perroquet, des masques de terre cuite. Mais maintenant, ça ne sert plus à rien. Il sait pourquoi il y a ces murs, il l'a enfin compris. Pour qu'il ne s'échappe pas.

Dans la chambre, partout, sur le plancher, les cloisons, au plafond, il y a les objets hideux qui sont des carcans. Les anneaux de fer ont des chaînes qui pendent jusqu'aux poignets et jusqu'aux oreilles. On a inventé tout cela, (mais qui, au fait?) pour lui faire oublier, pour l'attacher, pour le persuader qu'il ne peut pas s'en aller. Insidieusement, comme cela, sans en avoir l'air, on l'a fait prisonnier au centre d'une chambre. Il est entré dans la maison sans se méfier. Il n'a pas vu ce qu'étaient vraiment les murs et les plafonds. Il n'a pas fait attention. Il n'a pas remarqué que cela avait l'air d'une boîte. Il y avait tant de choses déjà, tant de masques sur les murs. Il croyait qu'il pourrait sortir quand il voudrait, sans rendre de comptes à personne. Et puis sont venues les autres choses, les bouts de toile barbouillée de couleurs, les morceaux de verre, les étoffes, les meubles de bois et de rotin. Sur les chaises, il s'est assis : c'était plus commode que de s'asseoir par terre, bien sûr. Dans les murs épais, il y avait d'hideuses étroites ouvertures. Des trous hypocrites, laids, qui n'avaient l'air de rien. « Les fenêtres, les grandes fenêtres », lui disait-on. « Regarde comme la vue est belle, au-dehors. On voit un arbre, un morceau de rue, des voitures, le ciel, les nuages. En se penchant bien, on voit un peu la mer. Et le soleil entre en plein, vers deux heures de l'après-midi. » Sales portes de ratières! Elles n'étaient là que pour masquer l'épaisseur des murs, pour faire oublier le confinement. Maintenant, il le sait. Mais c'est trop tard, sans doute. Pour qu'il ne sorte pas, on a fait les portes, les vitres. On a fait la pellicule transparente où vont se tuer les mouches. On a osé faire cette paupière!

Il y a tant de choses pour déguiser la cellule. Sur les murs, on a collé du papier, on a badigeonné de la peinture. On a caché le ciment gris et le plâtre opaque, on a mis, là aussi, une paupière. Une taie jaune pâle, mouchetée de fleurs toutes pareilles, aux dessins bruns réguliers à rendre fou! Pour qu'il s'oublie tous les jours davantage, en comptant vainement les milliers de petites spirales identiques qui sont les ocelles du monde. Au-dessus de sa tête, maintenant, il voit pour la première fois la plate-forme blanche qui est suspendue; elle est si basse qu'en étendant le bras il peut la toucher : froide, dure, qui s'effrite un peu sous la pointe des ongles. Ça, ce n'est pas le ciel. Ça ne peut pas être le ciel. C'est un terrible couvercle de plâtre et de poutres dont on a coiffé les murs, sur quoi la volonté et le désir brisent leur envol.

On a lancé les mots, les gestes quotidiens, le langage sans magie, sans faim. On a dit :

« Du café, non? Une cigarette? Tiens, un cendrier... Quelle heure est-il donc? Qu'est-ce que tu fais? A quoi tu penses, dis? Tu sais, ce que j'aimerais? Une affiche, oui, une grande affiche, là, au-dessus du divan. Ça me plairait, et toi, non? De Guevara, par exemple, tu sais, la photo où il est mort, avec la bouche ouverte et on voit ses dents qui brillent. Remarque, non, ça se fait trop. Mais tu vois, une grande affiche, ça serait bien. Ou de Cassius Clay, de Mao Tsé-toung, de Baudelaire. Je ne sais pas, moi... ».

On a donné un nom à chaque chose, à chaque maillon de la chaîne : « La statue de jade. » « L'arc Lacandon. » « La tête khmère. » « La tapisserie guatemaltèque. » « Le poisson-lune. » « Le paravent chinois. » « Le tableau huichol. » « La carte d'Europe. » « Le mola. » « Le masque ibo. » C'étaient autant de mots pour ne pas entendre le cri, le vrai cri profond qui voulait sortir de la gorge :

« L'air! L'air! L'air! L'air! L'air! »

Il ne voit plus le soleil, ni la lune. Du centre de la plate-forme blanche pend, au bout d'un fil tressé, l'ampoule électrique qui brille de sa lumière mauvaise. Quand il pleut, il ne sent plus les taches de l'eau sur sa peau, il ne peut plus ouvrir la bouche vers le ciel et boire. Il entend le tapotement des gouttes, loin, au-dehors, alentour. Mais il ne peut plus boire. La soif tord sa gorge et empâte sa bouche. Dans un coin de mur, bas, tout près du parquet, est un tuyau noir, et au bout de ce tuyau, un robinet rouillé. Même les sources sont prisonnières!

Par terre, mais ce n'est plus la terre. La terre a disparu. Elle a été ensevelie sous les scories, les couches de ciment, les lattes de bois vitrifié, les linoléums à carreaux, les moquettes étouffantes d'où monte l'odeur de poussière.

Il avance, il se heurte aux meubles. Stupides cubes de bois, laids, inutiles, balises de l'impuissance! Cages qui déforment, voûtent le corps. Éternels étrangers qui vous expulsent, et en même temps font leurs crocs-en-jambe. Bancs, chaises, tabourets, coussins, fauteuils. Canapés. Ils viennent seuls et poussent leurs promontoires indifférents sous les fesses, calent les os du dos contre leurs butoirs! Tables où les repas sont servis, inaccessibles, indigestes, nauséeux. Tables où se penche la tête, tables pour écrire, hauts plateaux encombrés de féti-ches. Arc-boutées sur leurs quatre jambes sans mollets, qui jamais ne fléchissent. Tables, et ce sont de nouveaux planchers. Et lits, immondes lits, éminences molles qui vous avalent à demi, puis vous recrachent à demi, faux sables mouvants, faux écueils! Lits qui ne veulent plus qu'on dorme sur la terre dure et douce, couches visqueuses, édredons, tas de plumes mortes, sacs de vieilles laines jaunes, tels des ventres de lamantins! Le soir, quand vient l'heure (qui ne vient pas du dehors, mais du dedans), il donne son corps à cette femelle morte, mais maintenant, il sait que ce n'est pas le sommeil. Il sait que c'est la prison étroite d'une baignoire, le trou des matelas et des draps, qui le maintient élevé au-dessus de la terre, pour que le courant ne puisse pas l'emporter. Il va au lit sans espoir de se réveiller ailleurs, sans jamais pouvoir éteindre la lumière aveuglante de son désir. Et le lit le porte en équilibre sur son dos mou, pareil à une bête de somme qui jamais ne cesse d'être esclave, et jamais ne cesse d'asservir...

C'était comme s'il y avait une nuit, ou une grande nappe de fumée qui était descendue sur la terre, avait caché la vérité à ses yeux. Jamais plus il ne verrait la lumière. Il ne saurait plus ce qu'était l'espace infini, libre, qui s'étendait au-dehors.

Qui avait fait cela? Qui avait osé? Avait-il seulement connu la joie de vivre sans entraves, en désordre? C'étaient les mains des autres, les yeux des autres, qui avaient organisé ces labyrinthes. De douces mains de femme, peut-être, et les yeux humides enfoncés dans le dessin noir des cils peints au rimmel avaient régné bien avant lui, sans qu'il s'en doute. On avait choisi, ainsi, doucement, en cachette, les bouquets de fleurs pourpres, les vases décorés, les nappes de dentelle, les assiettes enluminées. Un à un les objets étaient venus du dehors, ils avaient pris possession des lieux. L'abat-jour de paille tressée, puis le lustre de faux cristal, les soucoupes d'argent, les photos vertes et bleues, les poupées de laine. Il n'avait jamais rien demandé. Les choses entraient, ou peut-être même naissaient sur place, sans qu'il ait à s'inquiéter. Tout ce qu'il pouvait penser, c'était une suite d'exclamations maladroites, comme :

« Le tabouret, oh? »

« La statue de porcelaine, ah, oh! »

« Ha! Le tapis! »

« La peau de léopard! »

« Oh! La calebasse... »

« Oh! Ah! Le gros lézard empaillé! Oh! »

Murs à fleurs, murs peints, remparts de laine et de matière plastique, tonnes de briques amoncelées... Tout cela pour vaincre l'homme, pour lui imposer des frontières, pour l'étouffer. Pour l'habiller de la mauvaise cuirasse, celle dont les clous déchirants sont à l'intérieur. Gris, gris partout, gris des blancs, gris des rouges éclatants, gris des queues d'oiseaux de paradis!

Qui a voulu les sarcophages? Qui a inventé, pour enfoncer l'homme dans la terre amorphe, les pyramides? Ce n'est pas moi, je vous jure que ce n'est pas moi. Je suis né dans ma cellule, et j'ai vécu là. Le jour où j'ai voulu briser la muraille de papier, j'ai su ce qu'elle cachait : mes ongles se sont cassés sur la pierre.

Et vous, fenêtres, encore une fois. Et vous, fenêtres. Pièges de beauté posés sur les murs, faux-semblants, trompe-l'œil; un artiste de génie, un grand menteur, les a peintes sur les surfaces de béton. De l'autre côté de la barrière de verre, je vois des arbres palpitants, des gouttes d'eau, des rayons de lumière. Je ne les sens pas, mais je les vois, clairs, limpides, légers, comme s'ils n'existaient que pour moi. Je les vois, si proches qu'il suffirait d'étendre les doigts de la main pour arracher des feuilles, des gouttes, des poussières étincelantes. Je les vois. Je compte les herbes pointues, les fibres, les grains. Je les vois à travers une loupe. Je les vois. Et ils m'oublient.

Piège qu'on ne brise pas. Piège étendu. Dans leurs cadres de métal froid, les grands panneaux de vitre sont immuables. Défense d'être au monde. Défense de pénétrer dans l'au-dehors. Ils m'oublient. Les sons délicats, les couleurs, les odeurs de la terre, les petits tas d'ordures m'ont laissé. Vitres où se tuent les oiseaux. Verre, sublimation de la roche en poudre, sable où est passée la foudre. Rocher cuit fixé dans son ordre vide. Vitres, fausses portes.

Vitre, qui glisse doucement sur ses gonds en écartant l'air.

En haut, en bas, à droite, à gauche; ces mots sont ceux de ma demeure. Dehors, sous le ciel, ils n'ont pas cours. Ces mots sont l'invention de l'ignoble grand rentier qui devine mes gestes et mes pensées. Il me repousse vers le fond. Je ne peux plus m'échapper. Je ne peux pas, je ne veux pas : vouloir, mentir, dire, frapper, extraire mes poumons de mon corps, flotter, voler, parcourir les millions de chemins, vivre au ciel, ou en haut d'une très haute montagne.

Je ne peux même pas m'enfermer. La maison est trop grande pour moi. Fermées les portes, barricadés les volets, poussés les loquets, appliqués les stores et les portières, tirés tous les lourds rideaux de brocart, il me reste encore trop d'espace, trop de vide, trop de tout. Les labyrinthes vont vers le fond, et moi, ma tête est trop grosse pour passer par l'avant-dernière porte.

AUTOCRITIQUE

Pourquoi continuerai-je ainsi? N'est-ce pas un peu ridicule, tout cela? Dehors, aujourd'hui, maintenant, il fait beau, le vent souffle, il y a des nuages dans le ciel, des vagues sur la mer, des feuilles sur les arbres. J'entends les bruits de la rue, les raclements, les grondements, toutes les voix qui appellent. Jamais on n'appelle mon nom. Pourtant, c'est ça que j'aimerais : qu'une voix aiguë de femme crie soudain mon nom sous ma fenêtre, et je me pencherais, et je lui parlerais en criant à tue-tête. Mais il n'y a jamais de bruit pour moi, pas même un pauvre petit coup de klaxon, et c'est pourquoi j'écris ce roman.

J'ai déjà écrit des milliers de mots sur les grandes feuilles de papier blanc 21 $\times$ 27. J'écris serré, en appuyant très fort le crayon à bille, et en tenant les feuilles un peu de travers. Sur chaque feuille, j'écris en moyenne 76 ou 77 lignes. A raison de 16 mots par ligne environ, j'écris donc 1 216 mots par page. Pourquoi continuerai-je ainsi? Cela n'a aucun sens, et n'intéresse personne. La littérature, en fin de compte, ça doit être quelque chose comme l'ultime possibilité de jeu offerte, la dernière chance de fuite.

Puisqu'il faut se cacher derrière les mots, s'oublier derrière les noms, les Hogan, les Caravello, Prima, Khan, puisqu'il faut s'en aller en laissant cette trace, tous les moyens sont bons. Tous les livres sont vrais. Il suffit de comprendre ce qu'ils veulent dire. J'aurais pu commencer ceci de mille façons différentes, j'aurais pu changer chaque mot de chaque phrase, j'aurais pu tout simplement faire un dessin sur un bout de papier, ou n'écrire qu'un seul mot, à l'encre rouge :

CIGARETTE

Cela aurait été quand *même* la *même* chose. J'aurais pu ne rien faire, et rester silencieux. J'aurais pu contempler un haricot en train de pousser dans une boîte de conserve remplie de terre. J'aurais pu me laver les dents et cracher. Ç'aurait été la même chose. N'est-ce pas extraordinaire, cela? Puisque dans la brosse à dents odorante il y a le roman, le poème, la phrase déjà prête, tremblante, oscillant au bord de la raison, prête à déboucher à chaque seconde; puisque dans le crayon à bille qui écrit il y a le roman : pourquoi pas dans le livre, alors? Et pourquoi dans le livre n'y aurait-il pas aussi le verre d'eau, la brosse à dents, le timbre-poste et le crayon à bille?

Voici comment il se décida à fuir. Il sortit de chez lui, un matin, et il marcha à travers la ville jusqu'à une grande place où il y avait des arbres. Il vit du monde sur cette place, beaucoup d'hommes, de femmes et d'enfants. Le soleil était déjà assez haut dans le ciel, et les autobus renvoyaient brutalement la lumière avec leurs tôles.

Sur la place, le long du trottoir, le mouvement était continu. Les autobus démarraient, en faisant grogner leurs moteurs ou en donnant de brefs coups de klaxon. D'autres arrivaient, et leurs freins soufflaient tandis qu'ils s'immobilisaient. C'étaient d'énormes machines, peintes en blanc et en bleu, avec des séries de vitres, des poignées de métal luisant, des phares et de larges pneus où étaient dessinés des zigzags.

Quand l'un d'eux s'arrêtait, la foule des hommes, des femmes et des enfants s'approchait de la porte et commençait à monter. Les visages gras étaient levés, les yeux regardaient avec anxiété, les bouches parlaient fort. Des cris fusaient :

« Hep ! Hep ! Par là ! »

« Antoine ! »

« La valise ! Là-bas ! »

« Sylvia ! Sylvia ! »

« Vite ! Dépêchez-vous ! »

« Ho ! Hé ! Tu viens ? »

et des gestes aussi, de grands moulinets des bras, des trépignements.

L'autobus dans lequel il était monté avait une longue coque rectangulaire, faite de tôle blanche, des vitres teintées et des sièges de moleskine, couleur verte. Il s'était assis vers le fond, en déposant son sac de toile entre ses jambes, et il avait attendu. De l'autre côté de la vitre, la place était inondée de lumière blanche, les arbres bougeaient. On entendait le bruit du moteur qui cliquetait régulièrement, tac-tac, tac-tac, tac-tac.

Un peu plus tard, l'autobus se mit en marche. Il y eut un bruit sourd de quelque chose qui cogne, sous le plancher, et le tac-tac du moteur s'emballa. Maintenant, c'était un grondement continu qui secouait toutes les tôles et toutes les vitres.

Dehors, la place se mit à avancer, doucement d'abord, faisant défiler le trottoir où les gens étaient debout. Les visages passaient tout près des fenêtres, taches blanches où on avait à peine le temps de voir les yeux. Puis la place tourna sur elle-même, montrant des arbres, un kiosque à journaux, une rue, des maisons aux fenêtres noires.

A présent la ville reculait, de plus en plus vite. Le rempart des maisons glissait en arrière, emportant ses séries d'ouvertures, ses cafés, ses magasins. Il essaya de lire ce qui était écrit sur les vitrines, mais c'était impossible. La lumière blanche du soleil apparaissait, s'éteignait, et il fallait plisser les yeux tout le temps. Parfois, au passage, une bosse soulevait les roues de l'autobus, et tout le monde hochait la tête. Les murs défilaient toujours. A un endroit, il put lire, en grandes lettres rouges peintes sur un panneau blanc

ICA

mais un voile d'ombre survint, et il n'arriva pas à savoir de quoi il s'agissait.

Le moteur grognait. Le moteur envoyait ses ondes rapides le long des tôles blanches, et c'était comme si le vent soufflait sur une flaque d'eau. Les rides minuscules s'étalaient sur les plaques de métal, avançaient sur les vitres, le long des barres d'acier, et se perdaient dans les pneus. De là, elles devaient courir sur la chaussée, froissant imperceptiblement le goudron, gagnant les blocs des maisons, jusqu'à entrer dans le corps des hommes. Une jeune femme aux cheveux noirs marchait sur le trottoir, en vain. Quand l'autobus passa près d'elle en rugissant, elle fut prise d'un seul coup au centre de cette toile d'araignée frémissante, et elle devint toute grise.

La ville s'en allait. Maison après maison, elle se perdait vers l'arrière, entassant pêle-mêle les murs beiges, les fenêtres aux vitres obscures, les restaurants, les places, les églises, les carapaces des voitures, les bras et les jambes des hommes. Déjà, là-bas, loin derrière, ils n'existaient plus. Ils étaient tombés dans une fosse profonde, ils s'étaient amoncelés dans l'immense dépotoir, vieilles boîtes de conserves rouillées, vieux pneus, caisses pourries, pelures, trognons de pomme, croûtons de pain, bidons crevés, cartons rongés par les rats. Quelqu'un avait débouché le fond de l'entonnoir, et tout le liquide s'écoulait, s'engouffrait. Seul l'autobus demeurait immobile. Parfois, à cause d'un obstacle, ou bien d'un feu rouge, le moteur s'arrêtait de grogner, et de l'autre côté de la vitre, il y avait un mur blanc. Puis tout repartait en arrière, tout fuyait vers la caverne brumeuse, loin, très loin.

C'était étrange d'être ainsi, prisonnier à l'intérieur de la carlingue de tôle, détaché de la terre peut-être, allant vers des endroits qu'on ne connaissait pas. On passait des rues sans nombre, des parcs, des quartiers vierges. Les tunnels arrivaient à toute vitesse, fermant leurs couvercles noirs, puis s'ouvrant à l'autre bout sur une tache de lumière.

Les heures passaient aussi, les jours. Chaque forme qu'il voyait à travers la vitre, chaque maison au toit rouge, était comme une année qui s'écoulait en arrière. Le moteur continuait à grogner et les minuscules rides recouvraient le paysage de leurs millions de fils.

A droite, maintenant, il voyait la mer.

Elle apparaissait brutalement, entre des déchirures d'arbres et de murs, large plaque de bitume à la dureté incompréhensible. Ensuite les murs et les arbres se refermaient, et il ne restait, marquée sur la rétine, qu'une sorte de fenêtre blanche ouverte qui s'éloignait en tremblant.

L'autobus continuait à dévorer la terre mouvante, en faisant rugir son moteur. De temps à autre, le paysage appuyait plus fort du côté gauche, et tous les passagers se penchaient. Ou bien du côté droit. Assis devant la grande vitre, le chauffeur tournait le volant, changeait de vitesse, bougeait ses pieds sur les pédales; on ne voyait que son dos épais, sa nuque, sa tête coiffée d'une casquette sale, et ses bras velus écartés sur le volant. Les montagnes, les maisons, les groupes d'arbres arrivaient droit sur lui à une vitesse vertigineuse, mais au dernier instant, par miracle, ils s'écartaient, ils glissaient le long de la carlingue et disparaissaient en arrière. C'était dans le genre d'une bulle, de fer et de verre, qui remontait indéfiniment à travers les forêts d'algues. Un jour, peut-être, elle arriverait jusqu'à la surface, elle éclaterait au soleil. Une bulle sortie de la vase à plus de 8 000 mètres de profondeur, qui faisait son chemin vers l'air libre.

On voyageait depuis des jours et des jours. Ça faisait des mois qu'on creusait son tunnel à travers la terre. Et il y avait toujours des maisons, des murs beiges, des jardins, des arbres dans le vent. Parfois, c'était un petit village qui passait, avec sa plate-forme de ciment chargée d'hommes. Les visages frôlaient les tôles de l'autobus, avec des expressions figées qu'on oubliait tout de suite. Un homme coiffé d'un béret, une grosse femme aux yeux enfoncés, une femme maigre aux cheveux gris, une femme portant des lunettes, un jeune garçon en train de fumer, un agent de police la bouche ouverte, mais ce qu'il disait n'entrait pas à l'intérieur de la carlingue. Des séries de photographies qui voltigeaient en arrière, qui étaient emportées par le vent.

Au ciel, des nuages dérivaient, changeaient de forme. Ils devenaient comme ça, successivement, poisson, serpent, écureuil, seins de femme, château, face de Christ, amibe géant.

On était immobile, immensément immobile. On perdait les

46

milliers de gestes, à toute allure. Ils sortaient de vous et s'éparpillaient dans le monde, transformés en tourbillons contradictoires. L'autobus était le grand moteur central qui animait le monde. A l'intérieur de sa coque de fer-blanc, la machine grognait sans arrêt, transmettant son énergie aux câbles et aux rouages. C'était lui qui faisait avancer les nuages, lui qui tirait les arbres et les rejetait par-derrière. C'était lui qui ébranlait les montagnes, avec de petites secousses, et qui faisait basculer la mer, en éclairs, au fond des déchirures des murs et des champs.

Dans l'autobus, ils ne s'en rendaient pas compte. Ils dormaient, la tête appuyée sur le dossier des fauteuils, la bouche ouverte par les cahots. Ils étaient emportés à grande vitesse vers d'autres lieux, vers des endroits inconnus où ils pourraient à nouveau vivre immobiles. Ils rêvaient de villes, peut-être, de cités à miroirs, de jardins, de fontaines. Avec des chambres fermées où bredouille un poste de télévision. Avec des cinémas, des voitures, des églises. Là, par exemple, Carlin : demain, sa femme l'attendrait. Elle mettrait sur la table la nappe de plastique à fleurs rouges. Elle lui servirait un morceau de bœuf bouilli avec des pommes de terre. Elle n'oublierait pas la bouteille de vin, et le raisin. Ou bien, là encore Raiberti. En arrivant, il irait à l'hôtel Terminus, il se raserait. Puis il irait au bureau de la Société Franco, pour expédier le moteur qu'il avait acheté. Devant lui, Monique Bréguet. Son amie Françoise l'attendait au numéro 15 *bis* de la rue Papacino. Un peu plus haut, à droite : Mohamed Boudiaf qui allait chercher du travail dans un chantier naval. Dans sa petite valise noire, à ses pieds, il y avait des vêtements, un morceau de pain rassis et du fromage, des lettres, un poste de radio à transistors, et, caché dans un tas de chaussettes, son portefeuille contenant sa carte de travail, 250 F, et une photo de sa famille prise devant sa maison en Algérie. Mais tout cela n'avait pas tellement d'importance, non, tout cela était bien connu.

Lui, ne bougeait pas. Il restait assis sur le fauteuil de moleskine verte, les mains posées sur la barre de métal devant lui. Il regardait à travers la vitre, et ses prunelles sautaient en suivant le mouvement du paysage. Il regardait tout, avidement, comme s'il n'avait jamais dû le revoir, ces palmiers, ces cyprès, ces maisons à volets, ces collines de terre rouge, ces touffes d'herbe. Il regardait ces taches d'ombre, ces éclaircies, il essayait de déchiffrer ces signes étalés. C'était un livre, c'était un journal déployé qui racontait une histoire interminable. Bien sûr il fallait choisir; on ne pouvait pas tout voir. Il fallait guetter l'apparition des formes étranges, le paysage échevelé des poteaux télégraphiques, les éclairs éblouissants de la mer. Tout à coup, du néant, surgissait le bloc blanchâtre d'une maison, et il fallait le voir arriver, glissant follement sur le côté comme un crabe; il grandissait, il passait en offrant sa face aux trous distendus par lesquels on entrevoyait, le temps d'une seconde, des formes humaines tapies dans l'ombre, une table, un chien, un rideau de tulle battant dans le vent. Il entrait dans la demeure inconnue, il pénétrait par les orifices à l'intérieur de la maison creuse. Puis la bourrasque l'emportait au loin et il était de nouveau là, assis sur le siège de moleskine, prisonnier de la carlingue de tôle. Un tunnel arrivait, fonçait, pareil à une locomotive. Il s'engouffrait à l'intérieur de la montagne, frappant de toutes ses forces sur le roc dur. Une plaine immense s'ouvrait, de l'autre côté de la montagne, et il devait se répandre aussitôt sur toute l'étendue des champs de terre. Puis c'était une station-service qui surgissait, espèce de temple blanc dressé au centre d'une aire de ciment. Il voyait venir vers lui les lettres rouges écrites sur les drapeaux blancs, ESSO, ESSO, ESSO, les plates-formes, les pompes étincelantes, les garages ouverts où gisaient des voitures dans des mares d'huile. Des hommes vêtus de bleu étaient debout sur la plate-forme, ils regardaient la route sans bouger.

On fuyait vraiment, on s'en allait comme s'il y avait eu une catastrophe toute proche qui devait détruire ce pays. Eux, ne le savaient pas. Personne ne le savait. Les hommes, les femmes, les arbres, les rocs, les nuages, personne ne le savait. Ça se passerait bientôt, dans quelques minutes peut-être. Il y aurait un éclair insoutenable dans le ciel, et la terre se transformerait en volcan. Une tache électrique recouvrirait tout l'horizon, s'agrandirait, avancerait sur les montagnes et sur la mer. Il n'y aurait pas de bruit, seulement un souffle qui coucherait tout par terre, et une onde de chaleur qui ferait fondre les antennes de télévision et sécherait les fleuves. Alors tout le monde serait mort.

L'autobus allait encore plus vite. Ses tôles craquaient sous l'effort. Il était secoué par tous les obstacles qui s'abattaient sur lui. Il allait aussi vite que le vent, aussi vite que le soleil immobile dans le ciel. Les pneus brûlaient sur le sol rugueux, la route dévalait entre les roues à la façon d'un torrent.

Il y avait des ponts, des passages à niveau, des tunnels, des carrefours, de larges virages quand tout penchait sur le côté. Il y avait des descentes profondes, des montées qui soulevaient le plancher et écrasaient les corps sur les fauteuils verts. Le grognement du moteur ne s'arrêtait jamais, et à l'avant de la carlingue, face au mouvement, le chauffeur tenait la roue du volant de toutes ses forces.

Où allait-on? Qu'est-ce qui allait apparaître, un jour, à l'autre bout de la route? Quelle ville nouvelle, quelle plaine? Quel fleuve sans nom, quelle mer?

Il était là, immobile entre ces deux mouvements, arrêté entre ces deux portes, l'une, par laquelle tout entrait, l'autre, par où tout s'enfuyait. Il raclait avec son corps les formes de la terre, il se frottait contre toutes les bosses, il entrait dans tous les creux. C'était donc ça, connaître le monde. A travers tous les pays, les hommes avaient construit ces rainures de goudron et de cailloux, pour rompre les forêts, les montagnes. L'autobus franchissait les champs, les rivières, les collines. La route n'avait pas de fin. Elle partait du centre, là où avait eu lieu la catastrophe, et elle avançait devant elle, se séparant, tournant sur elle-même, montant, descendant. Elle était née un jour, au centre du cratère éblouissant, et depuis, elle n'avait jamais eu de repos. Parfois, elle frappait sur une montagne abrupte, et il fallait commencer l'ascension, lacet après lacet. Puis, il y avait un col, avec de la neige, des nuages gris, et elle redescendait de l'autre côté en rampant. D'autres fois, c'étaient des immensités d'herbes hautes, et elle fonçait en ligne droite jusqu'à l'horizon. Le jour, la route luisait, tremblant dans la chaleur, couverte de flaques. La nuit, elle jaillissait du fond du noir, pleine de signes lumineux qui bougeaient. L'autobus flottait sur elle comme un bateau, transportant sa cargaison d'hommes endormis.

Lui, regardait toujours par la fenêtre. Il voyait la terre se déplacer le long des flancs de l'autobus, et il ne pensait à rien. Tout ne bougeait pas à la même vitesse. Il y avait d'abord, tout près de la vitre, les talus qui bondissaient si vite qu'on ne les apercevait même pas. Les poteaux de ciment aussi, rapides, lancés vers l'arrière comme des pales d'hélice. Les fils télégraphiques très courts, qui ondoyaient sur place. Ensuite, les maisons, les champs, les murailles. Mais c'étaient encore des apparitions, des ouvertures, des clins d'œil. Face blanche, face rouge, tas de pierres, face blanche, arbre, arbre, arbre, face blanche, face jaune, tas de pierres. Un peu plus loin, les maisons se déplaçaient comme de gros camions, comme de gros bateaux. Les blocs beiges flottaient au-dessus des arbres, dérivaient, et c'étaient de lourds radeaux chargés que le courant emportait. Les cimes des arbres s'agitaient, traînaient, faisant scintiller leurs petites feuilles. Parfois une branche, plus haute que les autres, traversait dressée vers le ciel, et on aurait dit un bras de noyé. Encore plus loin, les collines immobiles, avec les cubes des maisons, les taches des champs. A partir de là, le paysage n'était plus immobile : il reculait. Énormes blocs de montagnes, falaises, citernes de la mer, caps, îles noires. Leur lent mouvement tordait la terre, déchirait les forêts et les promontoires. Enfin, au-dessus, dans le ciel, les nuages se métamorphosaient sur place, s'unissant et se quittant.

Tout cela donnait le vertige. Tous ces mouvements superposés, détruisant ainsi le paysage, étaient lourds, douloureux, tragiques, ils emplissaient les yeux et créaient des remous dans les entrailles. Le grognement du moteur ne s'arrêtait pas, il fabriquait son silence, avec toutes ses ondes multipliées qui vous recouvraient.

Le monde s'écroulait, à la fois très vite et très lentement. Et chaque chose qui s'en allait vous enlevait une idée du fond de la tête. Chaque arbre arraché qui s'enfuyait en arrière était un mot disparu. Chaque maison offerte l'espace d'une seconde, puis repoussée, était un désir. Chaque visage d'homme ou de femme apparu devant la vitre, et nié au même instant, était une mutilation étrange, l'abolissement d'un mot très doux, très aimé.

Il regardait par la fenêtre et perdait ses mots.

Il y en avait qui s'en allaient d'un seul coup, LIVRE, CHAT, CIGARETTE, avec la chute de deux ou trois poteaux de ciment. D'autres s'écoulaient interminablement, MURAILLE, IDÉO-LOGIE, AMOUR, INNOCENCE, tandis que la montagne noire glissait en avant, se penchait, tanguait, et petit à petit s'enfonçait dans le sol. Il y avait des idées-nuages, effilochées, qui disparaissaient sans qu'on sache comment. Elles planaient dans le ciel, tels de grands oiseaux, et, cercle après cercle, se fondaient dans l'espace. Ou bien des idées-fourmis, qui grouillaient dans les touffes d'herbe, et que la fuite anéantissait par millions. Chaque kilomètre, il devenait plus pauvre. Le mutisme entrait dans son corps. C'était peut-être le bruit du moteur, le ronronnement régulier qui le remplissait d'ondes.

Des arbres tombaient, portant des grappes de chiffres, des 10 000, 200 000, 1 000 000. Des garages béants, où dormaient des livres entiers, des traités de philosophie, des recueils de science. Des champs en friche, où avaient vécu les dictionnaires. Des ruisseaux, pleins de poèmes. Des hangars de politique, des cuves de sport, des lacs de chansons et de films, des voies ferrées d'amour. Tout cela s'en allait, et c'était bien.

Il perdait aussi des gestes, des mouvements de la main droite vers des paquets de cigarettes, de la main gauche vers des briquets de cuivre. Des clignements de paupières, des frissons de la nuque, des déglutitions. Il perdait connaissance. Les noms sortaient de lui et s'enfuyaient, GÉRARD, ANDRÉ,

SÉBASTIEN, RIEUX, DUNAN, SONIA, CLAIRE, JANE
MARGOLD, GABRIELLE, LAURE...

(Le visage penché, Laure regardait. Ses yeux fardés
battaient légèrement, ses prunelles humides changeaient de couleur, devenant vertes, puis bleues,
puis or. Les mèches de ses cheveux flottaient sur
son front, etc.)

Il perdait des noms de rue, d'avenue, de boulevard. Il perdait
des kilomètres de trottoirs, des odeurs de pain, des odeurs de
savon. Il perdait des chiens, des pigeons, des puces. Tout cela
s'en allait hors de lui. Bientôt, il ne resterait plus rien. L'autobus serait un obus vide, volant vers son but, vers la déflagration.

Un moment, pour se souvenir, il voulut allumer une cigarette.
Mais à peine rejetait-il le premier nuage de fumée que le
conducteur tourna à demi la tête et cria quelque chose :

« ... fendu de fumer, là-bas ! »

Et il dut écraser la cigarette par terre.

C'était donc ça, la solitude du mouvement. Quelque chose
avait été rompu, un cordon, ou une chaîne, et maintenant
on bondissait en avant. La peur, peut-être, le vieux masque
qui recouvrait les visages. Le soleil était bien haut dans le
ciel, il envoyait sa dure chaleur sur le toit de tôle. C'était
lui qu'on fuyait ainsi, c'était la lumière de la vérité insupportable. On fuyait la ville trop blanche, les murs trop droits,
les bruits de pas, le va-et-vient des voitures, les douleurs de
la connaissance. On s'en allait pour ne plus voir une femme,
un enfant, pour ne plus entendre les dialogues dans les Cafés,
pour ne plus avoir à répondre à personne :

« Très bien, merci, et vous ? »

Écrasée, rejetée, piétinée, la ville maudite. Couverte de
cendres, de vieux papiers. Oublié le dépotoir plein de pourri-
tures. On avait creusé sa tombe, puis on l'avait recouverte
de fumier. L'autobus d'acier courait dans la campagne, et ses
roues écrasaient des peuples de limaces. Peut-être que là-bas,
derrière, très loin maintenant, éclatait tout à coup l'immense
gerbe de feu qui anéantissait tout en quatre secondes.

Ceux qui sont immobiles sur la terre errante : les voyageurs.

Ceux qui fuient sur la terre immobile : les sédentaires.

Mais ceux qui fuient sur la terre errante, et ceux qui sont immobiles sur la terre immobile : comment les appeler?

AUTOCRITIQUE

Est-ce que cela valait vraiment la peine d'écrire tout ça, comme ça? Je veux dire, où était la nécessité, l'urgence de ce livre? Peut-être bien que cela aurait mieux valu d'attendre quelques années, replié sur soi-même, sans rien dire. Un roman! Un roman! Je commence à haïr sérieusement ces petites histoires besogneuses, ces trucs, ces redondances. Un roman? Une aventure, quoi. Alors qu'il n'y en a pas! Tout cet effort de coordination, toute cette machinerie — ce théâtre —, tout cela pourquoi? Pour mettre au jour un récit de plus. Malhonnêteté désespérante de celui qui n'ose pas dire « je ». Maladresse de celui qui exhibe ses urticaires, ses cystites, et puis les déguise pour qu'on ne sache pas qu'il s'agit de lui! Malade honteux, homme au regard fuyant! On cherche son regard, on veut traverser les fenêtres de ses yeux, entrer chez lui. Au dernier instant, c'est un masque qu'on vous tend, un masque aux orbites vides.

Si encore il s'agissait d'une œuvre d'imagination, dans le genre de Swift, ou de Jules Verne. Ou même à la rigueur de Conrad. Mais non, il n'invente rien. Il vous donne le produit de sa chasse quotidienne. Des ragots qu'il a ramassés à gauche et à droite, des bouts de feuille arrachés à des calepins, des journaux, des sales expériences. Stendhal, Dostoïevski, Joyce, etc.! Des menteurs, tous, des menteurs! Et André Gide! Et Proust! Petits génies efféminés, pleins de culture et de complaisance, qui se regardent vivre et rabâchent leurs histoires! Tous, aimant la souffrance, sachant en parler, heureux d'être eux-mêmes. « J'écris pour les générations futures. » Quelle farce! Où sont-elles, les générations futures? Dans les salles grises des lycées, en train de rêvasser devant le bouquin ouvert, en train de ricaner en se donnant des coups de coude, chaque fois qu'il y a le mot « femme » ou le mot « amour »!

Créer la réalité! Inventer de la réalité! Comme si c'était possible! Peuple de fourmis, qui a stocké sa culture dans les livres de valeur! Peuple de singes, qui mérite son équipe de charlatans! Si encore c'était drôle. Mais non, c'est sérieux, ça se fait avec beaucoup de zèle, beaucoup de méditation. C'est peut-être le langage des hommes où a manqué tout à coup la musique, et le cri. Au nom de la logique, il y a ces espèces d'insectes malfaisants qui ont décidé de prendre des feuilles de papier blanc, et d'y écrire des histoires. Pour distraire? Pour fuir au loin? Pour se coller, plutôt, pour enduire le monde de leur glu, et se sauver. Oui, c'est cela même : pour sauver sa peau, sa médiocre petite vie, et tant pis pour les autres!

Tous les masques sont permis. On dit, bien sûr, je fais de l'analyse. Je révèle le caractère humain. Je fais de la psychopathologie, je donne aux autres les clés de la conscience. De la psychologie! Cela existe-t-il? Comme si l'esprit humain pouvait être réduit à quelques gestes, à quelques mots. Il y a aussi, bien entendu, l'étude de la passion. Vous savez, comment la vie d'un homme et d'une femme s'est éclairée tout à coup au moyen de cette grande lutte. Alors, on a inventé l'histoire d'amour. Il paraît qu'elles sont éternelles. C'est cela, le vrai, le seul roman : le beau jeune homme rencontre la belle jeune fille, et ce sont, successivement :

1. Le coup de foudre.
2. La cristallisation.

3. L'union.

4. La rupture.

N'est-ce pas extraordinaire? Comme si ces choses-là existaient vraiment. Mais les gens sont contents. Ils ont cru que ça s'était passé ainsi pour eux, et ils sont heureux de retrouver les choses qu'ils connaissent. N'allez pas leur parler de l'aventure d'un verre avec une brosse à dents, ou d'une scène de rut entre une dinde et un dindon. N'essayez pas de leur dire ce qui se passe à l'intérieur d'un arbre. Ça ne les intéresse pas. Ils tourneront les pages et chercheront le passage plus croustillant, quand la jeune fille rousse, après avoir bu et parlé, dégrafe son soutien-gorge et offre ses deux seins pointus aux baisers de son amant.

Romans qui marmonnent, romans qui radotent comme de vieilles femmes. Romans sans aventures; écrits par des gens sans histoires! Romans comme on joue aux billes... Romans écrits à la première personne, mais l'auteur est très loin, caché par ses murailles de papier. Romans psychologiques, romans d'amour, romans de cape et d'épée, romans réalistes, romans-fleuves, romans satiriques, romans policiers, romans d'anticipation, nouveaux romans, romans-poèmes, romans-essais, romans-romans! Tous, faits pour les humains, connaissant leurs défauts, flattant leurs lâchetés, ronronnant tranquillement avec eux. Jamais romans d'au-delà de la mort, jamais romans pour renaître, ou pour survivre!

Romans à personnages :

Écrits par des femmes :

« Lucie est une jeune femme de trente ans. Etc. »

Écrits par des hommes :

« Au lendemain de la guerre, qu'il a traversée sans la connaître, que doit faire Carlos? Quel avenir l'attend? Est-ce Béatrice, sa femme, en qui il n'espère plus? Etc. »

Et vient une femme de trente ans, un homme qui s'appelle Carlos, qui achètent le livre, et puis disent :

« Comme c'est bien dit. C'est tout à fait moi. »

Heureux de n'avoir pas eu à s'étonner.

56

Alors, qu'ai-je à dire, moi? Carlos, Hogan, Lucie, est-ce que ce n'est pas la même chose? Est-ce que je ne parle pas de *problèmes*, moi? Est-ce que j'écris pour les hommes, ou bien pour les mouches?

Le Livre des Fuites, bien d'accord. Mais, en fuyant, est-ce que je ne me retournerais pas de temps en temps, juste un coup d'œil, histoire de voir si je ne vais pas trop vite, si on continue à me suivre? Hm?

Pendant ce temps-là... On avait passé des chaînes de montagnes, des fleuves, des plaines grises, et maintenant, il y avait cette grande ville étendue au bord de la mer. Une ville de ciment, plate, blanche, aux rues rectilignes. C'était en Italie, en Yougoslavie, ou bien en Turquie. C'était en 1912, ou bien en 1967, ou en 1999. On ne pouvait pas savoir. Une ville irréelle, peut-être, simplement un mirage sur le gigantesque désert.

Jeune Homme marcha dans les rues de la ville, sans savoir où il allait. Il suivit le dédale des rues, traversant, puis longeant les trottoirs. Il regarda les visages des inconnus. Il passa sous des arcades obscures, où étaient accroupis des mendiants. Devant un magasin ouvert, des photos aux couleurs vives étaient exposées. Elles représentaient le Bosphore, l'Acropole, ou bien l'île de Krk. Jeune Homme acheta quelques photos, et il écrivit derrière :

Amitiés

J. H.

Puis il les mit à la poste.

Le soleil était au zénith, ses rayons brûlaient les surfaces plates. La ville bourdonnait, remuait, éclatait en tous sens. Jeune homme commençait à être fatigué. Il chercha des yeux un endroit où il pourrait s'asseoir. Mais c'était le centre de la ville, et personne ne songeait à s'asseoir. Des jeunes filles aux cheveux et yeux noirs passaient tout près de lui, sans le voir. Des hommes chauves, suant dans leurs chemises de nylon, marchaient rapidement. Il y avait là, comme naguère, un vertige étrange; un drôle de tourbillon dansait sur place, rejetant les corps humains en arrière. La zone du vide, au centre du tourbillon, avançait lentement. Bientôt, sans doute, elle serait sur lui, et il sentirait toutes les petites pattes cheminer sur son corps, toutes les mandibules le ronger. Il fallait faire quelque chose. Voici ce qu'il fit.

Il descendit vers la mer. Elle était là, sur la gauche, en bas, à moins d'un kilomètre. Il marcha très vite sur le bord du trottoir, évitant les flots humains qui montaient. Quand il arriva sur la promenade, il vit la grande étendue bleu-gris, et toutes les vagues scintillantes. C'était la mer. Il la regarda comme si c'était la première fois, ou comme si quelqu'un venait de s'y noyer. L'horizon était toujours à la même place, indistinct, mélangé à de la brume.

Jeune Homme s'assit sur le parapet de ciment. Il posa son sac de plage à ses pieds, puis il alluma une cigarette et regarda.

Ce qu'il vit était assez étonnant : là, peut-être, s'arrêtait l'empire des hommes. Ils avaient raboté la terre, ils l'avaient creusée, fécondée, ils l'avaient cachée avec des murs et des plaques de goudron. Mais la terre s'arrêtait là, le long de la côte, en hésitant. Et commençait le domaine du liquide, du bleu. Tout était bleu. Non pas d'un bleu terne, délavé, comme celui qu'on voit dans le ciel, ou sur les tableaux. Mais un bleu profond, un bleu vivant, qui respirait, qui se dilatait, qui se perdait au fond de lui-même. Un bleu inconnu, absolu, sans la moindre parcelle de rose, ou de violacé, ou de verdâtre.

Jeune Homme se tourna complètement dans la direction du bleu, afin de ne plus rien voir d'autre. Au début, c'était difficile. On était distrait par les bruits des gens, par les cris des voitures, par le raclement du ressac. Mais il fallait concentrer toute son attention sur la couleur, sans voir le balancement des vagues, ou les étincelles de lumière. Alors, tout à coup, la mer cessait d'exister. Il n'y avait plus de houle, ni d'écume. Surtout, il n'y avait plus de terre. On avait glissé dans le bain de couleur, on flottait en lui, plat, étiré, mince pellicule fondue avec la surface. Alors on pouvait relever la tête, et tout était bleu.

Jeune Homme passa quelques minutes dans la couleur extraordinaire. Puis, un nuage passa, une voiture klaxonna, une orange flotta, et la couleur se retira brusquement de la mer.

Au bout de la promenade, il y avait une plage de cailloux, et une jetée. C'est là qu'il vint s'asseoir, pour regarder à nouveau la ligne de démarcation entre le ciel et la mer. Un mur, tout à fait un mur, qui s'enfonçait sous l'eau et maintenait le monde.

Il regarda aussi le dessin de la côte, golfes, caps et presqu'îles, jusqu'à l'horizon. C'était une côte préhistorique, pleine de vieux restes du temps des calmars et des animaux brutaux. De l'eau sale jaillissaient des os pourris, des vertèbres noires couvertes de vase, des fragments thoraciques, des crânes cousus d'algues. Là aussi on pouvait s'enfoncer et disparaître, dans le temps épais. Il y avait un curieux soupir fatigué qui montait du flot, lentement, un souffle chargé d'odeurs lourdes. La ville fuyait dans l'eau, par toutes les bouches des égouts. Tous les excréments glissaient le long des tuyaux, ils descendaient la pente continue de la mer. On était l'un d'eux, assurément, un étron noir poussé par la gorgée d'eau, et on s'en allait vers les pays fabuleux... Quand donc la terre sera-t-elle enfin *sèche?* Quand donc se videra ce bassin, cette baignoire pleine d'écume? Un jour, peut-être... Un jour le soleil brûlera enfin sur un grand désert, et les nuages ne seront plus d'eau, mais de sable, de poussière et de cendre. Les cavernes secrètes apparaîtront, toutes noires des milliers de siècles passés loin du jour.

En attendant, Jeune Homme s'éloigna. Il tourna le dos à la mer, et marcha vers une grande place sèche, où il y avait des pins debout au centre du goudron. Il s'arrêta sur un banc, à l'ombre, et il vit tous les gens qu'il ne connaissait pas. Il essaya de se souvenir de chacun d'eux, et pour cela, il prit un calepin dans son sac bleu, et avec un crayon à bille il écrivit tout ce qui passait :

> Fillette avec un sparadrap sur chaque genou.
> Homme qui ressemble à Hemingway.
> Homme avec tache de vin sur la cuisse.
> Femme qui a la tuberculose.
> Homme en short qui avance en se grattant les parties génitales.
> 3 femmes d'âges variés avec 3 chapeaux identiques.
> Un groupe de romanichels, habillés de façon voyante, avec des lunettes noires.
> Jeune fille dont on voit le nombril.
> Jeune fille avec, écrit sur la poitrine, FLORIDA.
> Homme à visage écrasé.
> Fillette faisant sauter une boîte.
> Femme avec cible entre les seins.
> Fillette au nez aquilin.
> Homme portant des lunettes noires enfilées dans le col de son tricot bleu.
> Fillette criant Ahoua Aho Ahoua.
> Glacier à roulettes poussé par un vieux et une vieille.
> Bouchon humain.
> Jeune fille avec une tête de poupée sortant de la poche de son pantalon vert.
> Femme avec un très long nez accompagnée d'un fils avec le même nez.
> Fillette aux yeux cernés.
> Deux jeunes femmes aux yeux fardés.
> Petit garçon soufflant dans un harmonica.
> Deux filles passent, une mâchant du bubble-gum, l'autre chantant « Ni pour qui ni pour quoi ».
> Mère et fille portant le même furoncle rouge sur la jambe.

C'était inépuisable. On pouvait s'installer là, jour et nuit, avec son calepin et son crayon à bille, et il n'y aurait rien eu d'autre à faire qu'écrire, écrire, écrire.

Sur le sol, les pieds des gens allaient et venaient sans arrêt. Cela aussi, était nouveau. Jeune Homme regarda la surface de ciment où avançaient les pieds. Les chaussures marchaient sur le sol, chacune à sa façon. Il y en avait qui martelaient durement, talon d'abord. D'autres progressaient plus lentement, en tournant imperceptiblement à chaque pas. Il y avait des sandales de femme, aux talons pointus, qui creusaient de petits trous en forme de demi-lune. Il y avait des espadrilles qui s'émiettaient. Des chaussures à semelle de caoutchouc, des tennis percés de petites bouches d'aération. Il y avait des galoches usées, des savates laissant nus les gros orteils. Il y avait des pieds nus, à la corne noire de poussière. Tout cela avançait, avançait, ne s'arrêtait jamais.

Tout à coup, Jeune Homme perçut un bruit qu'il n'avait jamais entendu auparavant : un bruit sourd, inquiétant, une sorte de raclement profond qui couvrait tout le reste. Cela montait du sol sans rythme, résonnait, tombait comme des pelletées de sable, fusait en poudre, cela avançait aussi, mais sur place. Un bruit de frottement, un CRRR, CRRR ininterrompu qui vous prenait, vous ensevelissait peu à peu. C'était le bruit des pas traînant, le bruit nonchalant, doux et terrible des pieds en train de marcher. On ne pouvait pas oublier cela. Soudain la terre, le ciel, et même la mer, là-bas, au loin, se mirent à retentir de ce bruit de pas, et tout devint chemin pour ces pieds.

Ville de fer et de béton, je ne te veux plus. Je te refuse. Ville à soupapes, ville de garages et de hangars, j'y ai assez vécu. Les éternelles rues cachent la terre, les murs sont des paravents gris, et les affiches, et les fenêtres. Les voitures chaudes roulent sur leurs pneus. C'est le monde moderne.

Les gens qui martèlent avec leurs talons sur le sol dur, en cadence, ne savent pas ce qu'ils font. Moi, je le sais. C'est pour cela que je m'en vais.

Habitat groupé, mais habitat divisé, multiplié, anéanti. Foule noire qui se nie, foule aux mouvements qui s'annulent : la ville résonne; la ville parle; la ville se tord sur elle-même; la ville mange, boit, fornique, meurt. Les toits sont gris : c'est là que frappent les gouttes de pluie. Les coins des murs sont pleins de poussière. Au milieu des déserts de bitume, jaillissent les arbres calcinés. Les chiens affamés rôdent, et les chats. La nuit, les rats filent vite entre les roues des voitures arrêtées Ville d'odeurs de nourriture, de fumée, de vomi. Il y a des gens qui sont nés dans la ville, et qui y sont morts. Est-ce que la terre n'est pas une seule ville immense dont on ne sort jamais? Est-ce que les rues ne s'enfoncent pas sous l'eau des mers, infinis boulevards brumeux, anneaux périphériques qui montent, descendent, à perte d'idée? Sortie? Vers où? Avenue numéro 8. Déviation. Autoroute sans fin qui mène à toujours davantage de blocs, de toits, de rues... Ville au squelette

apparent, monstre envahi de parasites minuscules qui se
gonflent doucement de sang. Et puis ville en ruines aussi,
murailles dérisoires dressées, repoussant le vide du ciel. Ville,
la grande ville infinie, c'est peut-être simplement l'invention
de la peur des hommes. Pas un refuge, ni une cachette, mais
un faisceau de harpons dentés où flottent de vieux lambeaux
de peau, et qui ne cesse pas d'être tourné vers le corps lointain
de l'immense baleine du ciel.

Cette ville est celle où je suis. Elle est mon temps, mon espace.
Comment pourrait-elle ne pas être? Je suis là, ce jour, cette
heure, et avec moi les millions d'habitants de la ville. Ce qu'il
y a eu avant cette plaque de ciment, avant ces fausses montagnes creuses percées de lucarnes, je ne le sais plus. Je ne peux
plus le savoir. Un moment, dans tout l'univers, il y a eu ce
royaume; comme un livre, tout à fait comme un livre ouvert,
dont les mots parlent d'une science qui se suffit à elle-même,
et que personne ne peut, ni vraiment comprendre, ni vraiment
ignorer. On ne sait jamais ce qu'on fait. On le fait, c'est tout.
De même est la ville. Elle est là; ou bien l'on y est, ou bien
l'on n'y est pas. Si l'on n'y est pas, c'est une autre histoire.
Mais quand on y est, pas moyen de le savoir dans le fond. On
est citadin, et du fond de sa casemate, on regarde le soleil et
le ciel. Ce qu'on hait, c'est la ville. Mais on la hait avec des
injures du dedans, avec d'autres toits, d'autres trottoirs. On
veut la tuer dans son âme; et son âme, tout à coup, c'est cette
limousine noire qui roule avec le bruit de son moteur chaud,
le long des rues blanches.

Ville, ville-femme! Elle avance sa main, c'est un carrefour de
rues. Son visage peint est une maison habitée, son corps un
grand magasin. C'est donc cela : tout est prêt : égouts, ruisseaux,
chaussées bruyantes, réverbères, feux clignotants, réservoirs,
jardins publics, fontaines, chantiers; noms curieux qui sont les
siens :

Rue de l'aine
Avenue des cinq sens
Boulevard des artères fémorales

Rue de la veine cave
Ministère des deux seins
Jardin pubis
Rotules & Cie
Larynx
Banlieue de l'anus
Zone du sexe
Grand Cinéma du lobe occipital.
C'est elle, ma ville, ma ville-femme. Comprenez-vous maintenant pourquoi je la visite tout le temps?

Je marche. J'avance dans la ville, et mes pieds cognent sur le sol rude. Autour de moi s'est fait le silence. Je marche sur le sol horizontal, et je n'entends rien. Le silence s'est gonflé horriblement dans ma tête, s'est appuyé de toutes ses forces sur moi. J'avance sans savoir où je vais, le monde s'est vidé soudain de ses bruits. Le sol est dur, est plat. Les murs sont hauts. Les toits ne sont pas visibles. Le ciel est une esplanade déserte, immense. Autour de moi, les mouvements des voitures rapides, les passages des hommes. Je les vois, derrière ma vitre, effacés, humbles. Mais je n'entends rien. Je marche comme un sourd, enfermé à l'intérieur de ma bulle tranquille. Les gens crient et je n'entends rien. Les voitures foncent en faisant rugir leurs moteurs, les avions à réaction traversent les nuages, et je n'entends rien. Je les entends tout de même, c'est vrai, je perçois les grondements et les coups de klaxon. Mon oreille est pleine de bruits. Mais c'est à l'intérieur de la tête que je suis sourd. Tous ces vacarmes sans pitié sont autour de moi. Je pour ainsi dire les vois, tous, tels qu'ils sont, larges taches sombres qui avancent, meute de chiens fous, ondes circulaires qui jaillissent du soleil, flèches, dessins lourds. Mais dans ma tête, tandis que je marche, il n'y a rien. Aussitôt que je les ai perçus, les voilà oubliés, il ne reste pas même une cicatrice. Ou bien je suis sous l'eau, à 5 000 mètres de profondeur, dans un monde de vase qui tremblote et fuse en nuages lents sous mes pieds. Non, je n'entends rien. Le silence est dans ma tête. J'entends pourtant quelque chose, mais c'est si dur et si terrible que ça m'enfonce encore davantage dans le silence, ça me rejette à encore plus d'années-lumière de la vie libre : c'est le bruit de mes pas. Une, deux, une, deux, une, deux, coups sourds des talons sur le ciment du trottoir, coups comme si j'enfonçais des clous avec mes pieds. Travail de mes pas, seuls, en cadence, tenacement, seuls, bien seuls. Je marche sur moi-même et je m'enterre. Le bruit de mes talons résonne dans le monde, c'est tout à fait comme si j'avançais vite, car il faut s'échapper, le long d'un corridor désert au silence en forme de tube.

C'est ce silence qui m'abstrait. C'est ce silence qui fait que je ne suis plus là; silence épais comme une mer, devant laquelle on s'assoit et regarde. Silence de fonte, de béton armé, silence de lac de boue. Jamais je n'aurais cru qu'une telle chose fût possible : être au milieu de tant de bruit, de tant de matière et de lumière, et ne rien entendre. Boules de cire enfoncées dans le canal auditif, boules d'eau calme. Vitre incassable qu'on a remontée à mon insu, et qui m'isole. Je ne pourrai jamais retrouver la musique, la longue, compliquée musique des fracas anonymes.

Mais je me trompe : je les entends. L'autobus passe en frôlant le trottoir, et je sens sur moi le hurlement déchirant de son moteur. Il racle le sol, il s'étale pareil à une volée de silex aigus. Il zigzague, il sort des canons de la mitrailleuse, et ses balles éclatent, rebondissent sur les murs, cognent dans la chair humaine en ouvrant de petites étoiles de sang. La mitrailleuse lourde tire sur la foule, tandis que s'étale un drôle de nuage bleu-gris, âcre, redoutable, le nuage de la poussière mortelle, le dangereux brouillard qui entre par les pores de la peau et dissout la vie.

Ou bien, l'avion traverse le ciel bleu, lourd oiseau d'argent qui bombarde la terre de son vacarme.

Ou bien, les cris souterrains des postes de télévision, la musique des radios, les coups de pieds des juke-box, au fond des Cafés sombres.

Ou bien, les voix humaines, les petits glapissements brefs, qui n'arrêtent pas, qui parlent tous à la fois.

Les aboiements des chiens.

Dans les arbres, les hurlements des oiseaux.

Sur les rails lisses, le tumulte noir, suant l'huile et couvert d'étincelles, du train qui avance.

Brouhaha, éclats, langages mêlés, déclics, tic-tac, glissements, vapeurs, déroulements, fluides, rythmes sourds, rythmes lumineux, balancements, fontes, naissances, hoquets, gongs, gargouillis, vibrations au fond, stries, et, fuites, fuites.

J'entends tout. J'aperçois tout. Mais je suis là, légèrement en retrait, en retard peut-être, ou en avance d'un dixième de seconde, et plus rien n'est vrai. TOUT EST JOUÉ. Dans mon corps, règne un désert qui n'a son pareil nulle part sur terre. Dans le centre de ma tête, il y a un océan sans limites. Qu'est-ce que cela? Qu'est-ce que cela veut dire? Je suis au milieu des événements, quasiment invisible. Est-ce que, par hasard, je n'existerais pas? Est-ce que je ne serais qu'un nœud, le point d'interférence des ondes sonores? Ou alors, est-ce moi qui rêve tout?

Le monde surgit en permanence de ma tête, comme des rayons, comme un doux bruit de mécanique, plein de fourmillements de ressorts et de carambolages de rouages, d'une montre-bracelet. Je suis fou, j'ai raison, je suis seul, j'entends, mais je suis sourd, je vois, mais loin, toujours, ailleurs que moi, sans moi.

Et le bruit de mes pas au fond de mon crâne gonfle, gonfle, emplit tout ce que j'ai d'inépuisablement, de douloureusement EN CREUX.

Un garçon de café en bleu
apporte un bock de bière
sur un rond de carton au
milieu d'une table rouge

Marcher au soleil

Le pot de fleurs tranquille

Rien ne peut plus me toucher vraiment. Tout ce qui se passe,
se passe très loin, comme dans un autre monde. Je suis assis,
peut-être en face de l'éternité. Accidents, passions, désirs,
appréhensions, tout cela est en moi, tout cela bouge, s'anime,
mène sa lutte. Et moi je regarde. Je *crée*. Le spectacle tellement familier, qu'il en devient, non pas indifférent, mais
ENFANTÉ.

I WALK ON THIS FLAT LAND
WITH NEVER ANY PURPOSE

Il y avait une autre façon de s'enfuir. Je vais vous dire comment. Jeune Homme Hogan, un soir, vers dix heures, arriva dans un quartier étrange d'une ville. La nuit était noire, et il se dirigea naturellement vers les endroits où il y avait de la lumière. Il marchait plutôt vite, en balançant les bras. A mesure qu'il s'approchait du quartier des lumières, il voyait que la nuit devenait moins noire. Le ciel prenait peu à peu une teinte rougeâtre, comme s'il y avait eu là-bas un volcan, ou au moins un incendie.

J. H. s'arrêta un instant pour regarder les lumières. Au bout de la rue, elles brillaient avec des éclats sauvages, elles lançaient leurs appels, elles s'ouvraient et se refermaient sur place. C'étaient des astres bizarres, immobiles sur le fronton des bars et des magasins, des étoiles rouge sang, des comètes vertes, des nébuleuses, des soleils à pattes. Il n'avait jamais rien vu de pareil. Sous la nappe obscure de la nuit, toutes les lueurs dansaient, tremblant dans l'air humide, changeant de couleurs, écartant leurs rayons convulsifs.

Un instant il eut peur, et voulut s'en aller. Il regarda derrière lui. Là-bas, de l'autre côté, la ville disparaissait dans la nuit. On voyait les rues vaguement éclairées par les réverbères, et les phares des voitures qui glissaient. Mais là-bas aussi, c'était le danger. Les drôles d'animaux d'acier rôdaient le long des couloirs, avec des reflets brutaux sur leurs ailes, et des lueurs inquiétantes dans les yeux. Quand ils tournaient le dos, il y avait deux points rouges qui s'allumaient et qui fuyaient à toute vitesse. C'était la vie mécanique qui régnait ici, et ailleurs. Le soleil, en disparaissant derrière l'horizon, avait laissé le champ libre à toutes ces petites lumières, et maintenant, elles rongeaient, elles rongeaient sans arrêt. La nuit était de l'acier. La ville s'était recouverte de plaques dures, elle avait sorti ses rasoirs, elle s'était mise en embuscade. Au fond du ciel, il n'y avait plus de miroirs, et à la place du soleil, était un grand trou sanglant, dans le genre d'une molaire arrachée. La mer s'était vidée probablement, creusant sa cuvette au précipice vertigineux. La terre elle-même avait disparu, elle avait cessé d'être solide. On était sur une planète inconnue, Jupiter, ou Neptune, une planète faite de gaz qui traînaient les uns par-dessus les autres.

Sur les grands monolithes des maisons, les lucarnes étaient bouchées. Les gens s'étaient enfermés dans leurs grottes, parce qu'ils avaient peur, ou bien parce qu'ils ne voulaient pas voir. Dans les boîtes hermétiques des appartements, ils étaient assis sous les lampes, ils regardaient les écrans d'où jaillissaient des flots de lumière bleue. Çà et là, il y avait des sortes de temples immenses où les gens étaient assis sur des rangées de fauteuils. Sur le mur du fond, face à eux, une tache éblouissante. C'étaient *L'Œil sauvage*, *Le Petit Soldat*, ou bien *La Femme des sables*. Mais ça n'avait aucune importance, parce que ce que les gens venaient voir, ce n'étaient pas des histoires, ni des images, mais de la lumière, seulement de la lumière.

J. H. alluma une cigarette avec son briquet, et se dirigea vers l'endroit d'où venaient tous les éclairs. C'était une rue très longue, avec des trottoirs pleins de gens, et des files de voitures. En entrant dans la rue, J. H. dut cligner des yeux à cause de la lumière intense. Il s'arrêta un instant pour regarder les enseignes au néon. Il y en avait partout, sur les murs, au-dessus des vitrines, au fond des magasins, et même au-dessus de la rue, pendues à des câbles.

Certaines étaient fixes, intensément, brûlant comme des

soleils au centre des halos vagues. D'autres s'allumaient,
s'éteignaient, indéfiniment, d'autres encore bougeaient. Il y
en avait de rouges, écarlates, qui jetaient leurs durs rayons
droit devant elles. Des blanches, qui zébraient la nuit, des
bleues qui tournaient sur elles-mêmes. Les signes crochus écrivaient des noms étranges, pareils à des éclairs en train d'avancer entre les nuages. Les lettres gesticulaient au-dessus des
portes, tournoyaient, se faisaient, puis se défaisaient. Au centre
d'un immense panneau blanc qui ondulait comme un tapis,
un mot n'en finissait pas d'être jeté, effacé. RONSON. Au-
dessus d'un grand magasin vide, une flèche rouge et verte
avançait, sa pointe effilée vers l'avant. Puis elle touchait un
cercle, et dans une explosion d'or, on voyait écrit en noir,
WALLACH. Il y avait toutes ces lettres, et puis des croix, des
triangles, des cercles qui s'agrandissaient sans cesse, des spirales
de feu, des zigzags, des points, des bulles, des explosions.
Tout cela parlait ensemble, lançait ses cris muets, soulignait,
exhibait, crachait. Il n'y avait pas de paix. On était dans le
volcan en éruption, dans le flot de magma, ou dans un orage
électrique. Les tubes de néon grésillaient dans l'air, la lumière
vacillait telle une vapeur. J. H. progressa lentement dans la
rue, changeant de couleur, les yeux pleins d'étincelles. Il n'y
avait pas de pitié. Un instant, il s'arrêta au-dessous de KEL-
VINATOR qui ouvrait et fermait ses lettres rouges. Il regarda
la rue qui tremblait, et, tout à fait au bout, un très grand
panneau sur lequel COCA-COLA nageait au centre d'un astre
tour à tour rouge, blanc, noir. C'est vers lui qu'il se dirigea.
    Il aboutit à un carrefour, où l'agitation des lumières était
à son comble. Là, les centaines de mots appelaient dans toutes
les directions; mais c'étaient de faux appels. Derrière les lettres
flamboyantes il n'y avait rien, qu'un amas de tubes et de fils.
Les fenêtres des immeubles s'éclairaient brutalement, les façades devenaient rouges. On aurait pu rester longtemps, là aussi,
à lire tout ce qui était écrit. A la rigueur, on aurait pu écrire
un poème avec ces mots, un poème en lettres fuyantes, en phrases
inachevées, en pensées saccadées. On aurait pu installer ses

mots, les river sur les murs des maisons, et lancer ses appels.
On aurait pu écrire quelque chose du genre de :

S S SI SI SIL SIL SILEN SILEN SILENCE SILENCE

MORT

AIDEZ-MOI AIDEZ-MOI AIDEZ-MOI

PLEASE

AIMEZ-MOI

ap ap ap ap ap ap ap

APPARAISSEZ!

Ou bien on aurait pu dessiner des choses, avec toutes ces
ampoules électriques et ces tubes de néon. Un cœur immense
en train de battre, accroché au sixième étage d'une maison,
et puis, sur toute la rue, une femme géante, aux yeux verts
s'allumant et s'éteignant, au corps rose bonbon, aux seins
se soulevant à chaque respiration, une grande femme flottant
sur un tapis bleu et mauve, et dans sa main droite, il y aurait
eu une cigarette en train de fumer.

Tout cela était la folie, peut-être. Quelque part dans le
monde, au milieu de la nuit, il y avait ce nœud de lueurs qui
tressaillait. Les appels étaient désespérés, car ils n'arrivaient
nulle part. Il n'y avait pas de chemin qui s'ouvrait derrière les
mots, seulement des murs, et des vitres. Partout, on se heurtait
à ces barrières dressées, on ne passait pas. Les flammes froides
dansaient dans la nuit, avec des soubresauts mécaniques, et cela
ne voulait rien dire. Sur la courbe de la terre, il y avait ce
rougeoiement, cette explosion extraordinaire et belle, mais
c'était pour rien. Les objets étaient loin, ils avaient refermé
leurs portières d'acier. Les mots déments vous disaient, sans
se lasser, « Mangez! », « Buvez! », « Fumez! », « Venez! »,
« Aimez! », et il n'y avait jamais rien d'offert. C'était ici, le
vertige du vide, le gouffre aux grands tourbillons de lumière.
Il n'y avait pas de langage. Il n'y avait pas de signes, pas de

couleurs, pas de jour. Il n'y avait que la nuit, rien que la nuit, l'absence.

Autour de J. H., les gens allaient et venaient. Des couples marchaient, éclairés par les lueurs étranges. Des hommes passaient vite, des groupes serrés qui avançaient en parlant. Sur la chaussée, les voitures défilaient, carrosseries pleines de reflets cassés, calendres pleines de phares, de feux clignotants, de lampes rouges.

J. H. entra dans un bar, et but un verre de bière au comptoir. Là aussi, il y avait beaucoup de barres de néon, vertes, blanches, roses. Dans la salle, des gens buvaient. Les murs portaient de grandes plaques de miroir qui renvoyaient la lumière. Même le verre que J. H. tenait dans sa main était lumineux, comme découpé dans un diamant, et la bière était couleur d'or. J. H. alluma une cigarette, et un instant, la flamme du briquet fut une étincelle, le centre de l'univers aux milliers de galaxies. Il regarda au-dehors. Près de la porte, il y avait deux billards électriques et un juke-box. Le juke-box scintillait de toutes ses forces; au sommet, il portait une espèce de lucarne par où on voyait des halos de couleurs, des irisations, des cercles concentriques en train de nager. La musique lourde sortait de l'appareil, mêlée aux éclats de lumière, elle se répandait sur le monde. Chaque coup de tambour était une nappe électrique qui planait et, par-dessous elle, les étincelles rapides de la guitare filaient vers le plafond. Devant le juke-box, une fille dansait sur place avec ses hanches. Elle avait les deux mains agrippées au rebord de la machine tiède, et elle regardait à l'intérieur de la lucarne les espèces de bouches irisées qui s'ouvraient, se fermaient... A côté du juke-box, les deux billards électriques miroitaient. Sur leurs tableaux de verre, les lampes vertes s'allumaient. Une femme en bikini était dessinée, dont les yeux s'embrasaient soudain, sans raison, dans le genre de canons de fusils. Autour des billards, il y avait deux hommes. L'un jouait, le corps secoué de spasmes. L'autre le regardait jouer, sans rien dire. De temps en temps, il sortait une pièce de monnaie de sa poche et la posait sur la vitre du billard, avec un geste très lent de la main. Chaque fois que la pièce disparaissait dans la fente de la machine, il en posait une autre. Et ses yeux brillaient comme ceux de la femme en bikini.

De l'autre côté de la rue, devant un magasin de livres, J. H. vit deux femmes. Elles étaient debout sur le trottoir, l'une à côté de l'autre, et elles attendaient. Elles étaient très jeunes toutes les deux, belles, convenables. Vêtues de beaux habits, portant des bijoux d'or et d'argent. Elles avaient des visages intelligents, raffinés, des yeux innocents, des cheveux bien coiffés. De temps à autre, elles se parlaient, elles riaient, et on entendait les éclats de leurs voix fluettes, de leurs rires de filles à peine pubères. Mains délicates, sourires délicats, corps graciles et flexibles. Elles bougeaient avec des mouvements pleins d'élégance, croisant leurs longues jambes, tirant sur la bretelle de leurs sacs, jouant avec leurs colliers ou leurs bracelets. Figures pleines de grâce, de pudeur, avec des nuques hautaines, des fronts distants. La lumière des vitrines les enveloppait, les portait dans son halo, les rendait presque transparentes. Et quand passait un gros homme au ventre distendu, au crâne chauve, qui sentait fort le cigare et le vin, elles penchaient la tête un peu de côté, et sans rien dire, avec les yeux seulement, elles se proposaient à la vente.

J. H. sortit du bar et recommença à marcher. Tout à coup, voici ce qu'il vit : passant dans la nuit, une femme mulâtresse vêtue d'une robe de métal, pareille à un char d'assaut, glissant hautainement au milieu de la foule. Son corps long et souple, moulé dans la robe couleur d'acier, jeta des reflets. Elle tourna la tête, et J. H. vit son visage brun, ses yeux de charbon, ses cheveux épais écartés sur son front. Elle traversa la rue et s'arrêta pour allumer une cigarette. J. H. marcha très vite vers elle. Il avança vers la silhouette qui brillait, ne voyant plus qu'elle. Elle dominait la foule de sa haute taille, bougeant ses longs bras pour choisir une cigarette et faire jaillir une petite flamme de son briquet à gaz. Quand J. H. arriva à côté d'elle, il fut surpris de voir qu'elle était réellement très grande, 1 mètre 86 probablement; son corps musclé était pris dans la robe serrée, couverte de petites écailles de métal. Quand elle vit J. H., elle s'arrêta un moment de fumer et le regarda avec ses yeux noirs où le blanc brillait durement. Puis, sans rien dire, elle reprit sa marche, allongeant les jambes, balançant les bras le long des hanches. Ses talons cognaient le sol, les écailles de sa robe cliquetaient. J. H. marcha à côté d'elle, sans rien dire non plus.

Il glissa, attaché au corps de la mulâtresse, entraîné par le mouvement rythmé de ses jambes, par son déhanchement, par l'oscillation souple de sa nuque. Elle avait la bouche fermée, elle respirait silencieusement par les narines, et de temps en temps, elle portait la cigarette à ses lèvres pour avaler de la fumée. Les reflets des glaces coulaient sur sa peau noire, sur ses cheveux épais, rebondissaient sur l'acier de sa cotte de mailles. Devant elle, et devant lui, la foule s'ouvrait, les voix cessaient de parler. C'était comme de marcher à côté d'une machine, dans la violence du mouvement régulier, tandis que le moteur tourne sans bruit, que la calendre brise de son museau chromé les résistances obscures de l'air. Une machine faite femme, aux rouages inconnus, au corps dangereux, au rythme invincible. Elle progressait le long de la rue, dans la nuit, sans gestes inutiles, sans dévier de sa route. A un moment, la mulâtresse s'immobilisa à un carrefour; elle attendit là, un instant, sans bouger la tête. Puis elle redémarra, entraînant J. H. avec elle. La marche pouvait durer des heures, des jours. Le corps de la femme pouvait avancer à travers des kilomètres de ville, franchissant les routes de ciment, passant des ponts, des tunnels, des frontières de fil de fer barbelé. Puis continuer sous le soleil, et la robe de métal brillerait de milliers d'éclats comme un avion. Sous la pluie, et l'eau ruissellerait sur les joues cuivrées, sur les cheveux de matière plastique. Le corps pouvait franchir des océans, dans le genre d'un sous-marin, ou bien des espaces pleins de nuages, dans le genre d'une fusée de nickel. Il serait froid dans le gel, il brûlerait dans les déserts. Jamais rien ne pourrait écorcher cette peau lisse, percer cette carapace de fer. La femme serait toujours victorieuse, marchant dans les rues, la nuit, balançant ses longs bras nus, portant haut sa tête brune, fixant sans ciller avec ses yeux éclatants. J. H. marcha longtemps à côté d'elle, sans la regarder. Puis il glissa en elle, il se fondit dans son corps, habitant la machine au fuselage de métal, avançant ses jambes dans les siennes, respirant avec ses poumons, regardant la foule avec deux yeux en forme de phare.

Plus tard, il entra dans un bar vide et s'assit avec elle devant une table. Sur les murs du bar, les grands pans de miroir étaient éclairés par les reflets de la robe de métal et de la peau de cuivre. Elle parla, avec une drôle de voix rauque, qui résonnait au fond de sa poitrine. Chaque fois qu'elle avait fini de parler, elle le regardait quelques secondes, puis elle tournait la tête et fixait la porte du bar. Ils discutaient rapidement, à la manière des mots écrits en lettres rouges et bleues sur les façades des immeubles.

« Qu'est-ce que tu bois? »

« Tu as de l'argent? »

« Oui. »

« Combien? »

« Tiens, regarde. »

« OK. »

« Alors? »

« Coca, avec du rhum. »

« Cuba Libre. »

« Quoi? »

« Ça s'appelle Cuba Libre. »

« Sais pas. »

« C'est vrai. »

« Comment tu t'appelles? »

« Jeune Homme. »

« Quoi? »

« Jeune, Homme. »

« Pas un nom, ça ».

« C'est comme ça qu'on m'appelle. »

« Hm-hm. »

« Et toi? »

« Quoi? »

« Comment tu t'appelles? »

« Ricky. »

« Ricky? »

« Oui. »

« D'où tu es? »

« Tobago. »

« Longtemps que tu es ici? »

« Deux ans. Et toi? »

« Je suis arrivé ce soir. »

« Tu viens ici? »

« Non. »

« Où tu vas? »

« Peut-être à Tobago. »

« Ah oui? »

« Ou ailleurs, peut-être. »

« Oui, ah oui. »

« Et toi? »

« Quoi? »

« Tu vas rester ici? »

« Sais pas. J'irai peut-être à Londres. »

« Oui? »

« Faire de la danse. Tu connais le Six Bells? »

« Non. »

« C'est une boîte. »

« Ah bon. »

Plus tard, la mulâtresse se leva et sortit du bar. Ils marchè-rent côte à côte dans la rue, en allongeant les jambes et en balançant les bras. Ils passèrent à travers des nappes de lumière jaune, disparurent dans des trous d'ombre. L'air froid frappait au visage, glissait le long de la robe de métal. Les gens conti-nuaient à s'écarter devant eux. Puis, la mulâtresse entra dans une maison, sans regarder derrière elle. Elle monta des escaliers abrupts, levant très haut ses longues jambes noires. Au deuxième étage, elle ouvrit la porte d'une chambre et entra. A travers les rideaux tirés, une lueur rouge entrait et sortait sans arrêt de la chambre, éclairant le lit aux draps blancs, la table, les chaises, et une espèce de lavabo fêlé aux robinets nickelés. Sans rien dire, elle s'assit sur le lit, et J. H. s'assit à côté d'elle. Ils dirent encore quelques mots, avec des voix métalliques, et J. H. sortit de l'argent. La mulâtresse compta les billets, les glissa sous le matelas.

Après, tout devint mécanique. La robe aux milliers de petites écailles descendit le long du corps brun et tomba au pied du lit, en cliquetant. Dans la chambre allumée, puis éteinte, selon un rythme inconnu, il n'y eut plus d'homme, ni de femme mulâtresse. Il y eut une sorte de tourbillon, ou de lutte, qui traçait de grands mouvements horizontaux. Il y eut un désir de tuer, peut-être, d'écraser le monde, de piétiner la foule; des choses sans nom s'en allaient en arrière, à toute vitesse, des montagnes de temps, d'espace, de pensées. La peau couleur de cuivre vibrait sous les trépidations du moteur, le ventre se creusait, les mains s'ouvraient et se fermaient, les longues jambes s'appuyaient de toute leur force. Dans l'air épais, la poussière flottait, les particules de limaille sans doute, les odeurs d'essence et de gaz. Et les souffles devinrent plus rapides, raclant les murs de la chambre, emplissant le monde de leurs efforts. Hhhh-Hhhh. Hhhh-Hhhh. Hhhh-Hhhh. Sans paroles : le tourbillon se creusa, il devait maintenant avoir traversé la terre de part en part, canal vertigineux par où passerait la lave ardente. La fuite est éperdue. Elle a lieu dans tous les sens, par tous les moyens. Il allume une cigarette à la flamme jaune et rouge : il fuit. Il prend un livre qui s'appelle *Le Nez qui voque, Les Tragiques, Lord of the Flies*. Il fuit. Sur la route de poussière noire, il avance doucement, écoutant le vent froid qui siffle : il fuit. Il pense aux années sans nombre qui le séparent de son image naissante : il fuit. Il mange, dans le creux de sa main, des miettes de pain vieux d'un jour : il fuit. Assis dans le fauteuil de coiffeur du dentiste, il regarde sa dent, sa seule dent que ronge l'aiguille d'acier. Il fuit, on vous dit, il fuit. La route est explosive, elle couvre de milliers de méandres la surface de la terre. Elle vole aussi dans le ciel, à la façon des moucherons rapides, ou bien fixe comme un réacteur de B 52. Dans le fond de la mer elle passe, au museau de requin, silencieuse, prompte, efficace.

Le viol est tragique, car c'est l'achèvement d'une poursuite. Dans la chambre, là, sur le lit blanc, l'ennemie a été rejointe, a été vaincue. Son corps a été martelé, brisé de coups, son autonomie infecte, et celle de toutes les femmes, a été détruite pendant quelques secondes. Maintenant la machine cesse d'avancer. Elle dérive, elle ne vibre plus, elle ralentit. Quelque part au milieu des draps en désordre, si loin qu'on la dirait à des kilomètres, flotte la tête de la femme mulâtresse. Elle ne regarde pas. Elle ne veut rien voir, dédaigneuse, indifférente, masque de bronze aux cheveux de fibre. Et soudain, tandis que l'homme s'acharne, le long bras se détend, cherche sur la table, à droite du lit, et rapporte une cigarette. La tête lointaine se met à fumer tranquillement, en rejetant des ronds gris vers le plafond, et ça n'a aucune importance si, plus bas, sur son corps, le moteur a été éventré, et les pièces démontées.

Dix minutes après être monté, J. H. redescendit l'escalier et se retrouva dans la rue. Il voulut allumer une cigarette, mais il s'aperçut qu'il avait perdu son briquet. Alors, il décida de jouer à demander aux gens.

« Vous n'avez pas du feu, s.v.p.? »

Pour voir un peu ce qu'ils répondraient.

JOURNAL DES IMPONDÉRABLES

30 mai 1967

Colonne de fourmis qui marche au centre de sa route creusée.
Deux fourmis noires traînent un brin de paille.

Gitans.

Hérisson.

Être assis sur un banc, au soleil, face à la ville déployée
et attendre.

La terre et le ciel sont nés de la salive des dieux.

Quelques insultes, maintenant :

Salaud! Fumier! Gredin! Filou! Patate! Pied plat! Testa pelada! Monstre! Imbécile! Porc! Idiote! Saleté! Butor! Voyou! Gros plein de soupe! Paysan! Minable! Chien! Pingre! Boudin! Canaille! Apache! Vicieux! Casse-pieds! Tordu! Bossu! Bougre! Maquereau! Coquin! Cochon! Bouseux! Merdeux! Morveux! Baveux! Gâteux! Maniaque! Paillasse! Va-nu-pieds! Rôdeur! Râleur! Mercanti! Rascal! Coyote! Chat-huant! Vampire! Primaire! Bandit! Bougnoul! Melon! Bicot! Trouillard! Sale rat! Face de singe! Peau de fesse! Chauffard! Chie-en-lit! Polichinelle! Traînée! Viceloque! Rombière! Bâtard! Poule mouillée! Pute! Putain! Pouffiasse! Bordel! Vendu! Maudit! Traître! Ordure! Tyran! Gibier de potence! Ectoplasme! Sang de navet! Ivrogne! Soûlard! Camé! Gorille! Cloche! Tortue! Vipère! Assassin! Fanatique! Dogmatique! Bourreau! Niais! Nullité! Con! Conard! Bigle! Brute! Salope! Tondu! Nouille! Pédé! Pédéraste! Dondon! Obsédé! Couard! Fils à papa! Profiteur! Barbare! Sale nègre! Négro! Canaque! Chinetoque! Jap! Rosbif! Froggy! Macaroni! Matamore! Fanfaron! Indio! Sans-gêne! Grossier! Sale juif! Tortionnaire! Soudard! Judas! Fou! Illuminé! Étranger! Voleur! Songecreux! Écrivaillon! Rapin! Bas-bleu! Enquiquineuse! Snob! Bêta! Moule! Foutu! Abruti! Feignant! Punaise! Corbeau! Radin! Bourgeois! Vautour! Crapule! Médiocre! Boit-sans-

soif! Sans-cœur! Water! Guette-au-trou! Reptile! Sale coco!
Tête à gifles! Charogne! Goitreux! Rachitique! Schizophrène!
Catin! Chèvre! Iguane! Phtisique! Fasciste! Gigolo! Stupide!
Vérolé! Enfant de la Chingada! Aïno! Chien rouge! Entremet-
teuse! Cyclothymique! Névrosé! Hystérique! Fada! Cocu!
Bamboula! Gos cul! Corrompu! Sodomiste! Païen! Fesse-
mathieu! Joseph! Pachyderme! Morpion! Parasite! Pique-
assiette! Tapeur! Juteux! Branleur! Requin! Espèce de
steack! Soupe au lait! Provincial! Sectaire! Réactionnaire!
Capitaliste! Impérialiste! Menteur! Hypocrite! Vieux schno-
que! Bouc! Pédant! Diable! Saligaud! Despote! Vilain!
Mécréant! Sorcière! Bidon! Poubelle! Allumeuse! Bigote!
Cafard! Lèche-cul! Oie! Pick-pocket! Sac à puces! Clodo!
Crado! Gitane! Méridional! Chouan! Flic! Croque-mort!
Baudruche! Poire! Courge! Quenouille dorée! Merlan! Con-
cierge! Bobard! Panaris! Autruche! Chameau! Vache! Dragon!
Cogne! Retardé! Arriéré! Sourd-muet! Veau! Fier-à-bras!
Vantard! Camelot! Marin d'eau douce! Pirate! Anarchiste!
Dentiste! Soldat d'opérette! Bizu! Pion! Hochet! Sapé!
Bêcheur! Parigot! Puceau! Vaurien! Sale roumi! Prolo!
Coucheuse! Méduse! Pieuvre! Pécheur! Infidèle! Athée! Héré-
tique! Fagot! Fayot! Tête de pioche! Galoche! Galopin!
Gueux! Clown! Miséreux! Maigrichon! Timoré! Pâlot! Enfoiré!
Mijaurée! Hermaphrodite! Cage à lapins! Baraque! Crasseux!
Beatnik! Square! Pékin! Cave! Truand! Engliche! Boche!
Frisé! Fritz! Teuton! Charcuteur! Arracheux! Mouton! Jules!
Cubain! Rapporteur! Tricheuse! Ane! Écho! Endormi! Ven-
tripotent! Banquier! Oriental! Adipeux! Lambin! Fumiste!
Métis! Gringo! Yankee! Otomi! Aristo! Péripatéticienne!
Alcoolique! Sournois! Victor Charlie! Raciste! Sous-développé!
Bête! Arabe! Indigène! Tartarin! Comédien! Pou! Moutard!
Mouflet! Lardon! Os à moëlle! Tenancière! Pipelet! Cruche!
Purin! Mouche à merde! Corbillard! Rosse! Godelureau!
Gommeux! Tapin! Sale mec! Cavaleur! Pétochard! Esclave!
Pompier! Cul-de-sac! Loup! Pygmée! Pet! Touche-à-tout!
Notaire! Doublure! Dingo! Métèque! Trafiquant! Tonneau!

Pie! Constipé! Égout! Soviet! Lunatique! Cannibale! Gorgone! Fœtus! Ahuri! Bonne femme! Femme à barbe! Raseur! Loufiat! Marijuano! Primitif! Adonis! Avorton! Dégénéré! Hippopotame! Saltimbanque! Anus! Ver de terre! Encroûté! Ignoble! Tonton-macoute! Nez-percé! Gros ventre! Al Capone! Tigresse! Méchant! Insolent! Bavard! Poids mort! Geôlier! Nazi! Zouave! Pignouf! Maraud! Mufle! Martien! Zombie! Noceur! Inconscient! Tête de mule! Gaspilleur! Potineuse! Chouchou! Marie-salope! Intellectuel de gauche! Lâche! Béni-oui-oui! Veuve noire! Spermatozoïde! Cagneux! Barbouze! Barbon! Derviche! Succube! Vandale! Plagiaire! Damné! Polisson! Maquignon! Foutriquet! Andouille! Farang! Aventurière! Youpin! Hommasse! Lavette! Calamité! Roulure! Berlingot! Déchet! Jésuite! Pot de peinture! Gouape! Lope! Naturiste! Mémée! Gonzesse! Truie! Satyre! Corniaud! Maboule! Menteur! Menteur! Menteur! etc.!

(Chère Ricky)

Sauvagerie des rapports entre les hommes. Ici, tout le monde
cherche à profiter, cherche à surprendre l'autre, à le délester
de son bien, à jouir de sa chair. Il n'y a pas de douceur, il n'y a
que les plaisirs. Yeux qui dévorent, déjà, la proie facile offerte,
yeux qui cherchent le défaut de la cuirasse, le point faible, le
recoin de peau pâle où pourra s'enfoncer l'ongle, et faire jaillir
le sang. Yeux qui épient, yeux féroces, yeux pointus, qui
détestent et qui blessent. Regard qui juge sans procès, qui
connaît, qui ne veut pas comprendre, mais tenir à distance,
manger à distance. Espèce de tentacule, œil de suçoir rattaché
à l'estomac de l'intelligence. Le monde n'est pas pur. Le monde
est libre, parcouru d'animaux sauvages, habité de monstres
avides, haineux. La solitude, l'indifférence : la haine.

La jeune femme au manteau de peau traverse la salle, et
elle est pesée dans sa chair comme n'importe quel morceau
de viande.

L'homme entre dans le restaurant, sous la lumière du plafond blanc; et le regard de la femme qui bat vers lui une
demi-seconde est plus dur que cette lumière. Il veut dire
indifférence, terrible indifférence, évaluation rapide, mépris,
rejet.

Les trois jeunes filles entrent dans le magasin, serrées dans leurs robes de nylon trop neuves. Sur les marches du magasin, il y a une femme jeune, enceinte, au corps distendu, avec entre les mains un bébé endormi. Et elle lève sa large face brune aux yeux étroits, elle tend la main. Les trois jeunes filles aux robes de nylon trop serrées la regardent vite, puis éclatent de rire. Et leurs regards ont ri avant leurs bouches.

Dans les rues si longues, aux horizons toujours ouverts, puis rebouchés, pareilles à des séries de portes coulissantes, celui qui marche sans aller nulle part avance dans la jungle dévorante. Il laisse les parcelles de sa peau, les bribes de sa chair aux ronces et aux crocs. Il n'y a pas de vide plus vide que cette abondance, il n'y a pas de cruauté plus cruelle que cette sécurité, partout.

Plaques de métal, portes blindées, trottoirs, murs, coffres forts, toits de tôle, dureté partout, surfaces impénétrables.

La main ne traverse pas, la main de la pensée.

Les havres sont faux, ils mentent.

La peau est hypocrite, il n'y a que la froide lame qui la traverse.

Le visage aux traits connus,

cheveux

front

œil   œil

nez

bouche

menton

est un masque de plâtre et de fer-blanc, il ne dit jamais rien. Il n'y a pas de plus mort que ce vivant. Il n'y a pas de plus silence.

Spectacle joué pour l'autre, jeu pour rien, jeu qui n'est pas tendre, jeu joué pour gagner, et jamais pour perdre.

ET L'ON GAGNE TOUJOURS.

Carapaces, cuirasses, peaux, habits, habitudes, mots, gestes,

idées; jeux fermés. Je veux dire, moi, j'en ai assez. Assez joué.
Assez fait semblant de croire au jeu, assez fermé les yeux, la
bouche, le nez, les oreilles. Assez été vendu, assez avoir acheté.

Je veux dire, pourquoi ne me ferait-on pas cadeau, un jour,
sans raison, comme ça, dans un restaurant aux barres de
lumière blanche, d'une double défaite? La mienne, et une
autre?

Pourquoi ne me ferait-on pas don d'une faiblesse, un jour,
sans nécessité, pour que je la prenne et la fasse mienne?

Et par cette vitre cassée, par cette brèche scandaleuse où la
force hargneuse s'en va et s'éparpille, qu'on me laisse voir
l'envers, l'intérieur, le creux de vie rouge, la fêlure, la boule
de peur et d'amour, la douleur irradiée, oui, peut-être, le numéro
caché du domino qui ne veut plus gagner la partie.

> Loin de la méchanceté
> loin, très loin.
> Loin du vice, du malheur, de la haine,
> Qu'on m'emporte loin
> très loin
> loin
> par les navires
> par les avions de fer
> par les routes de tonnerre.
> Je veux être placé loin.
> Si loin, dans un pays si étranger
> que je ne puisse plus me reconnaître moi-même.
> Loin
> au pays du loin
> du grand, du brûlant, du vibrant
> du lointain loin.

Dévorer les paysages, c'est donc cela qu'il me faut. Comme
un qui ne serait jamais rassasié de terre, ou de vie, ou de
femmes, à qui il en faudrait toujours davantage. Il ne s'agit
pas de comprendre. Il ne s'agit pas de s'analyser. Non, il s'agit

de se faire moteur, monstre de métal chaud qui tire son poids vers ce qu'il ne sait pas. J'avance, vite, plus vite, avec effort, je me propulse sur la route inconnue, je bouge, je traverse l'air, je file droit comme un trait vers d'autres régions qui vont s'ouvrir à leur tour. Les portes ne cessent pas. Je n'écoute rien. Écouter quoi? S'arrêter où? Les langages pullulent, les visages sont brisés par vagues. Comprendre quoi? Il n'y a rien à comprendre, rien du tout. Il n'y a pas d'enchaînements, pas de raisons. Il faut bouger, coûte que coûte. Détaler à travers les champs épineux, dévaler les pentes des collines, courir sous le soleil, frapper la terre avec la plante de ses pieds. Je dévore les paysages, comme ça, et puis aussi les gens, les lèvres des jeunes femmes, les mains des vieillards, je ronge le dos des enfants. Tout ce qui s'offre, change incessamment. J'étire mon corps à travers l'espace. Il faut peupler. Je couvre les suites de kilomètres. Il faut arpenter. C'est moi qui fais les routes, et qui les mange au fur et à mesure. Un fleuve? Je jette un pont. Une montagne? Je fore un tunnel. Une mer? Je bois, je bois. Je voudrais des cartes, beaucoup de cartes. Je les étale et je lis les noms des villes et des villages, les lignes des routes, les numéros des méridiens. Je change d'heure : 10.30, 0.25, 2.10, 4.44, 23.00. Je lis tous les points, toutes les croix, les contours des côtes. Caps, îlots, sierras, plaines d'alluvions, déserts, forêts subtropicales, calottes glaciaires, névés, toundras. Je regarde tous les pays qui sont à moi, tous les fleuves qui coulent pour moi. Je regarde ce masque peint qui est le visage de ma terre. Je prends possession, comme du haut d'une tour. Je suis partout chez moi. Mes territoires, je les dévore, je les mâche longuement, et le jus coule dans ma gorge. Terre à plantes, terre à lagunes et à fjords, terre pleine de terre rouge, humide, âcre, où se roulent les millions de vers. Par la bouche, par les mains aux ongles qui se cassent, par les pieds, par les yeux, les narines, les oreilles, par tous mes trous aventureux, je prends possession. J'urine sur elle sans arrêt. Comme quelqu'un qui n'aurait pas mangé depuis des siècles, j'avale des tonnes de terre, et tout ce qu'elle porte glisse en moi. Maisons, arbres, oiseaux, cactus, foules compactes, cités étoilées, je mange, je mange! Ma faim n'est pas de celles qui s'apaisent vite! Il me faut des villes de 6 000 000 d'habitants, aux visages charnus, il me faut des forêts qu'on traverse pendant des mois, tout ce bois et toutes ces feuilles. J'avance vite, préoccupé comme une blatte, car ce que je prends, je ne le rends pas.

Fuir, toujours fuir. Partir, quitter ce lieu, ce temps, cette peau, cette pensée. M'extraire du monde, abandonner mes propriétés, rejeter mes mots et mes idées, et m'en aller. Quitter, pour quoi, pour qui? Trouver un autre monde, habiter une autre ville, connaître d'autres femmes, d'autres hommes, vivre sous un autre ciel? Non, pas cela, je ne veux pas mentir. Les chaînes sont partout. La ville, la foule, les visages connus sont partout. Ce n'est pas cela qu'il faut quitter. Un déplacement géographique, un petit glissement vers la droite, ou vers la gauche, à quoi bon? Fuir, c'est-à-dire trahir ce qui vous a été donné, vomir ce qu'on a avalé au cours des siècles. Fuir : fuir la fuite même, nier jusqu'à l'ultime plaisir de la négation. Entrer en soi, se dissoudre, s'évaporer sous le feu de la conscience, se résoudre en cendres, vivement, sans répit.

D'abord, pulvériser son nom, son masque. Oter la carapace de carton et de plâtre, se *démaquiller*.

Les os sont à peine voilés, sous la fine pellicule dermique. Un raclement, le froissement de tôles d'une voiture, par exemple : l'enveloppe fragile éclate, et ce qui était contenu à l'intérieur coule, coule, emplit l'espace interdit. Voici la vérité. Non pas ce qui est vrai, non pas ce qui assemble des formes pour la gloire d'un nouveau nom, mais ce qui écarte douloureusement les deux rideaux gris du théâtre.

Derrière eux est la scène magique, derrière eux, et personne ne le savait, la scène de passion et de lumière. Elle resplendit, salle immense, tapissée de miroirs infinis. Salle où on n'entre pas. Cathédrale de verre et d'acier, sorte de navire géant qui vibre et s'enfonce dans la masse de l'eau. C'est ici. Ce lieu, je ne le toucherai pas. Je ne veux pas le toucher. Je veux le voir, simplement, comme d'un regard porté en arrière, car ce regard est le seul lien entre ma fuite et la réalité.

A des milliers de kilomètres-heure, je m'éloigne de ce lieu inconnu. Je suis lancé telle une torpille vers un autre but aimanté qui bientôt me détruira. Et le spectacle de lumière de vie ne cesse pas de s'éloigner de moi, sans recours, vite, vite. Il recule, il disparaît dans le gouffre noir, puits de haine, entonnoir, il diminue, il s'en va, il me quitte, il n'existe plus.

Est-ce moi qui fuis? Ou bien est-ce le monde qui se décompose sous mes pas, espèce de sable gluant qui referme sa bouche sur mes empreintes?

Terre, je te fuis, c'est pour mieux te connaître. Penché vers toi, plaque aux gerçures sèches, quand le soleil est exactement à la verticale. Ici, là, des vallonnements, des failles, des gorges, des falaises escarpées. Çà, là, un arbre, une fougère, une herbe aux feuilles poussiéreuses. Et un caillou éclaté, un seul caillou éclaté qui dresse sa pointe vers le haut. Des signes, peut-être, des écritures, des calligrammes anciens gravés sur la croûte dure. Des rides, des pattes d'oie très finement marquées, des fêlures aussi, qui ont couru sur la fragile surface de verre. Des trous profonds que le vent a bouchés, mais dont le canal doit s'enfoncer loin à l'intérieur de la terre, jusqu'au centre bouillant peut-être. Miniatures, petits visages peints dans les médaillons au centre des rosaces, poils follets, jointures, métatarsiens brisés jonchant le sol après un orage de mains et de pieds.

Fioritures, cicatrices minuscules laissées par les milliers de tourbillons. L'air a passé sur ce sol, la pluie a coulé souvent dans ces vallées. Qu'y a-t-il d'imprimé là? Qu'est-ce qui est marqué sur cette dalle? Les noms des morts, peut-être, et les empreintes spiralées des vivants. Les signatures, également. Les dates des jours et les chiffres des heures, les numéros des années, 1002, 1515, 1940, 1967, 2001, 36628. Les phases de la lune, les vents et marées, les éruptions solaires. Le nombre des feuilles des arbres, des écailles des serpents, des pattes des scolopendres. Arêtes sans nombre, vieux vestiges, reliefs du festin, miettes, miettes! C'est cela mon domaine, ma prison. Moi, je n'en sortirai pas. Mais je veux compter les grains de sable et donner un nom à chacun d'eux, parce que c'est le seul moyen d'emplir le vide vertigineux de ma fuite.

Je ne veux plus savoir. A quoi cela me servirait-il? Je veux simplement mesurer l'espace qui me sépare du point initial. Je veux faire corps avec ma chute, je veux n'être qu'un avec la force qui me pousse.

Je suis un wagon. Sous mes roues, les rails froids sont étendus, que j'anime un éclair de ma chaleur qui dévale. Le bruit sinistre de l'air frappant est mon silence. Le mouvement est ma vérité tranquille. Les arbres filant le long de mes flancs, le tintement des poches des tunnels, les éclats d'ombre et de lumière me giflent sans cesse. Ce tourbillon est ma pensée. Chaque fois qu'apparaît une silhouette, elle est déjà enfouie dans l'obscurité. Dans le mouvement sans fin, la terre respire, elle bouge, elle a des tentacules et des mâchoires. Elle bée, bâille, se referme, s'éloigne, s'arc-boute, se ramasse, frappe, ondoie, fuse, flambe.

Beckenham Junction, Mont-de-Marsan, Vintimille, Trieste, Constantinople.

La réalité fume. La lumière est fardée. La terre est molle, et les milliers de navires aux cuirasses étincelantes, faits pour durer une éternité, s'y engloutissent lentement. Moi aussi, sans savoir à quel point c'est vrai, je suis un naufragé de la terre.

Encore plus loin, encore plus tard. Il y eut de plus en plus de villes, de plus en plus de gens marchant dans les rues, au soleil. Il y eut des ports aux eaux tachées d'huile, des hangars, des places avec de grands marchés qui sentaient les fruits et les ordures. Il y eut des chiens affamés, aux côtes saillantes, aux dos marqués de coups, qui disputaient aux enfants des débris pourris. Il y eut des mendiants bourdonnants aux yeux vitreux, des esclaves ruisselant de sueur, des mouches, des lézards, des rats noirs, des policiers aux regards durs, des pros-tituées enceintes de trois mois, des ruelles sombres où dégou-linait le linge, des voitures déglinguées. Il y eut des hœmmes aux visages bruns, épais, aux yeux enfoncés, qui restaient assis pendant des heures au bord des trottoirs. Il y eut des femmes aux longs cheveux noirs, aux yeux brillants, aux bouches larges, qui marchaient dans les rues, qui riaient, qui parlaient fort avec des voix traînantes. Leurs corps aux ma-melles lourdes, aux jambes courbes étaient vêtus de toile légère, et il y avait de drôles d'ouvertures déchirées dans les blouses et les robes, par où on voyait des morceaux de peau cuivrée.

Il y eut surtout le soleil. Le phare incandescent toujours braqué sur la terre, et qui chauffait sans arrêt. Partout, au fond du ciel vide, on le voyait brûler. Haut, jeté par-dessus les toits et les terrasses, il dardait ses rayons, il flottait, presque

immobile; ou bien il tombait vers la terre à une vitesse terri-
fiante, forant son trou dans l'espace, franchissant en une seconde
l'infini, montrant déjà ce point de l'univers, éclairé d'une
large tache jaune, où il allait se précipiter.

Au-dessus des villes, sur les cimes des arbres, sur les nuques
des hommes, il y avait toujours ce rond blanc indestructible.
Et si on fermait les yeux, on le voyait toujours là, à sa place,
tache aveugle posée sur la rétine, nageant dans un bain de
sang.

Jeune Homme H. avait voyagé depuis des jours dans la
direction du soleil. Depuis des années, il avait marché en regardant droit devant lui, guidé par le rond blanc d'où jaillissaient
des trombes de lumière. Il était né comme ça, peut-être, et la
première image qu'il avait vue avait été celle-ci : par la fenêtre
ouverte d'un seul coup sur le mur gris, l'œil immense, l'œil
dément qui plongeait son regard sans pitié au fond de ses
prunelles. C'était un appel, et en même temps une menace, un
jugement implacable qui l'avait condamné d'avance. Il n'y
avait pas moyen de résister. La nuit, quand l'œil n'était pas là,
on dormait. Et le matin, on décollait ses paupières, et l'œil
était là de nouveau, qui n'apportait rien de bon.

Assis sur une pierre, devant la route, J.H.H. écrivait sur
une feuille de papier un poème au soleil. C'était :

> Ici S
> Face mortelle
> au front haut avec 4 rides
> aux yeux qui voient
> au nez vertical percé de 2 trous
> aux rides sur les joues
> à la bouche qui sourit
> Visage de bébé
> Face!
> Front!
> Yeux!
> Bouche!

Bébé!
Le monde est plat et ne veut jamais être personne.

Puis il cacha le message sous la pierre et il s'en alla.
C'est ce jour-là qu'il commença à traverser le désert.
Tout de suite après la ville, il vit cette étendue ocre qui allait jusqu'à l'hoziron, ces montagnes noires, ces arbustes desséchés ce ciel nu, et, au milieu de tout ça, la route qui allait tout droit. Il se mit à marcher sur la route, posant un pied après l'autre sur les traces des roues des camions. Il ne marchait pas très vite, à cause de la chaleur, et le sac bleu qu'il avait accroché à son épaule battait contre sa hanche. De temps en temps, il y avait un tas de cailloux sur les bas-côtés, et il voyait les pointes aiguës qui luisaient au soleil. Il n'entendait rien. A gauche, à droite, les dunes de sable absorbaient les bruits à l'intérieur de leurs monticules. La route était plate. J.H.H. marcha plusieurs heures, sans s'arrêter, la tête et les épaules brûlées par le soleil. A un moment, il eut soif, et sans cesser de marcher, il sortit un citron de son sac et se mit à le mâcher. Il écouta le drôle de bruit que faisaient les aiguilles acides à l'intérieur de sa bouche. Un peu plus tard, il se retourna, et il vit la ville très loin, dansant entre les dunes. C'était dans le genre d'une robe pailletée sur le ventre d'une femme, mais on ne voyait pas la femme. On ne voyait que les diamants et les bijoux de pacotille qui sautaient sur place, très loin, dans le brouillard de poussière rose.
Il alluma une cigarette et fuma en marchant. Mais la fumée du tabac se mélangeait avec sa salive, et faisait une pâte dans sa bouche, qui l'empêchait de respirer. Il dut la jeter avant de l'avoir achevée; le mégot brûlant tomba dans le sable et continua à fumer tout seul.
La poussière était légère. Elle jaillissait du sol à chaque pas, formant un petit nuage qui montait dans l'air. Les traces des pneus des camions étaient enfoncées dans la piste, allant droit devant elles, se rejoignant, se séparant. Des gens étaient passés par là, autrefois, de lourdes machines chargées d'hommes

qui traversaient le désert en soulevant des nuages de sable. J.H.H. regarda les traces qui filaient sous ses pieds; elles avaient gravé des signes dans le sable, des séries de Z et de X, parfois de W. Les semelles des sandales les écrasaient régulièrement avec un petit bruit net, et sur la route, derrière lui, il y avait ces marques ovales rayées de barres symétriques, qui voulaient dire qu'un homme avait marché par là.

Peu à peu, le soleil était monté dans le ciel; maintenant il était ici, tout à fait au-dessus de sa tête, dans le genre d'une ampoule électrique. La terre était sèche, parcourue d'étincelles, les petits grains de sable n'avaient plus d'ombres. Le silence et la lumière s'appuyaient sur le plateau de la terre, et c'était dur de rester debout. Il fallait avancer la tête haute, le dos raidi, les mains balancées au bout des bras, en résistant de toutes ses forces. Si on courbait la tête, si on commençait à compter ses pas, on courait le risque de tomber au bout de quelques minutes à plat ventre dans le sable dur.

J.H.H. s'arrêta. Il urina au bord de la route, regardant la mare jaune que le sable buvait tout de suite. Puis il regarda autour de lui. Aussi loin qu'on pouvait voir, il n'y avait rien. Les colifichets de la ville avaient disparu, à présent, derrière les dunes. Le sable s'en allait de toutes parts, disparaissant sur lui-même. De grandes vagues figées attendaient. Plus loin, au bout de la route, on voyait toujours les silhouettes des montagnes noires, ni plus proches, ni plus lointaines. La piste s'en allait, rectiligne, elle fuyait vers l'horizon. Les arbustes continuaient à sortir du sol : espèces de racines dressées vers le ciel, griffes noircies, vieilles brindilles calcinées. L'incendie était venu sur la terre, sans doute. La flamme ardente était descendue du soleil, un jour, elle avait tout consumé. Arbres, lacs, rivières, terre molle, tout avait disparu dans le brasier, tout avait fondu. Et aujourd'hui, il ne restait plus que ces cendres, ces bribes tordues, cette surface vitrifiée recouvrant le sol de pierre. Tout brillait, tout luisait au soleil; c'est qu'il y avait encore des flammes à l'intérieur des racines, ou dans les grains de poussière. Elles voulaient brûler le monde jusqu'au bout, évaporer la dernière goutte d'eau, détruire la dernière chair. Le sable vide était couvert de bouches cruelles qui voulaient boire, boire. Les cailloux tranchants étaient des crevasses vertigineuses qui vous attiraient, vous prenaient les jambes, arrachaient vos lambeaux de peau. Et là-bas, au loin, les dunes relevaient lentement leurs murailles, réduisant peu à peu le cirque où l'homme avançait, fermant la prison de leur cercle. C'était comme d'être tombé dans la fosse du fourmilion, un jour, sans espoir d'échapper. Au centre, l'insecte au ventre mou attendait que sa proie se fatigue et se laisse glisser jusqu'à lui. C'était comme d'être une fourmi prisonnière du puits de sable creusé sur la plage par un petit garçon de onze ans.

La route montait, maintenant. Elle allait en pente jusqu'au ciel, mince rayure verticale dessinée sur le mur de pierre. La gorge serrée, J.H.H. se mit à escalader la falaise, en penchant le corps en avant. La sueur coulait le long de son dos et sur ses joues, et ses jambes heurtaient brutalement le sol comme si elles avaient été usées jusqu'aux rotules. Dans le silence, il entendit le raclement de sa respiration, une sorte de kchch kchch de locomotive qui l'assourdissait. En haut de la falaise de poussière, il y avait le mur du ciel, une véritable plaque d'acier qui dominait la terre. Et quelque part sur le couvercle de métal, il y avait cette goutte en fusion, cette bouche de haut fourneau qui soufflait sa chaleur aveuglante. Il était prisonnier de ce paysage de fer, lui, l'homme à la peau fragile, au sang liquide. Le monde voulait sa destruction, sans aucun doute, l'avait condamné. Ça ne servait à rien de marcher vite, de buter sur les cailloux, de soulever de petits nuages de poussière avec ses pieds. Le sable allait plus vite que lui, il glissait sur place comme la mer. Les petits grains carrés roulaient les uns par-dessus les autres, recouvraient la route, s'infiltraient dans son corps par les narines et par la bouche. Le ciel faisait tournoyer sa coupole d'acier, et la gueule ouverte du fourneau soufflait, soufflait. Il marchait sous le cratère du volcan, l'haleine brûlante s'appuyait sur sa tête, entrait à l'intérieur de sa colonne vertébrale. Le feu glacé, qui engourdissait les fibres de ses muscles, qui arrêtait ses pensées.

La chaleur était lourde, elle avait plusieurs épaisseurs de rideaux. L'air avait cessé d'être léger. Il oscillait sur toute l'étendue du désert, bloc de gélatine trouble qui freinait les mouvements. J.H.H. ne marchait plus; il nageait plutôt, son corps tendu vers l'avant dans l'effort, ses bras s'ouvrant et se refermant, ses jambes battant le sol lointain. A l'horizon, les montagnes noires bougeaient, pareilles à des récifs couverts d'algues. J.H.H. essaya de ne pas les perdre de vue. Les pointes déchiquetées dérivaient derrière la brume blanche, se dédoublaient, apparaissaient, s'engloutissaient. Elles étaient tantôt soulevées à des kilomètres de hauteur, comme si quelqu'un respirait très fort; tantôt elles s'aplatissaient sur l'océan de sable, dégonflées. Le monde était malade de la fièvre. Le monde mourait de soif et de fatigue. Le monde était abruti de chaleur, sa transpiration ruisselait sous ses aisselles en longs ruban de mica. De l'or, il y avait de l'or partout, des pépites grosses comme des œufs, qui rutilaient au milieu de la poussière grise. Les roues des camions avaient creusé sur la piste des sillons de poudre d'or qui étincelaient dans la lumière du soleil.

J.H.H. regarda toutes ces richesses étalées sur le sable; elles demandaient qu'il s'arrête, qu'il boive, et qu'il s'endorme. Alors, il s'assit sur le bord de la piste, il étendit les jambes et il sortit de son sac la gourde d'eau. Elle contenait un peu plus de deux litres. Le premier point d'eau était à deux jours de marche. C'était là que les camions remplissaient leurs réservoirs.

J.H.H. avala une gorgée, puis deux, puis trois. L'eau emplissait sa bouche, descendait dans sa gorge en faisant un bruit rauque. J.H.H. regarda le niveau de l'eau par le goulot, puis il humecta son mouchoir et s'essuya la figure, le cou, la poitrine et les bras. Il reboucha la gourde et la cacha dans son sac. Il eut envie de fumer. Il alluma une cigarette et la fuma, assis par terre. Quand il eut terminé, il éteignit le mégot en l'enfouissant dans le sable. Sa bouche lui faisait mal. Il ressortit la gourde et avala une nouvelle gorgée. Dans le sac, il y avait aussi des biscuits, des œufs durs, une boîte de conserves, des oranges et des citrons. Avec son couteau, il pela une orange et la mangea lentement. Après cela il recommença à marcher.

Vers deux heures de l'après-midi, il entendit un bruit de moteur. C'était un camion qui arrivait vers lui dans un nuage de poussière. Il le vit grandir progressivement sur la piste. Quand le camion s'arrêta devant lui, J. H. H. vit le conducteur, un homme à peau brune, aux traits aigus. A côté de lui, il y avait un gros homme roux en maillot de corps, avec une serviette-éponge autour du cou. Le conducteur le regarda sans rien dire, mais le gros homme roux descendit du camion et marcha jusqu'à lui. Il se mit à rire et lui dit en anglais :

« Alors, mon vieux, qu'est-ce que vous faites? »

« Je marche », dit J. H. H.

« A pied? »

« Oui. »

Le gros homme roux s'épongea la figure avec un coin de la serviette.

« Vous êtes fou, vous allez y laisser votre peau. »

« Vous n'avez pas un peu d'eau? » dit J. H. H.

« Pas une goutte », dit l'homme. « A part ce qui est là-dedans! » Il montra le moteur du camion en riant.

« C'est loin? » demanda J. H. H.

« Quoi? »

« Le poste d'eau. »

« Le point 100? »

« Oui. »

« 40 ou 50 milles! », dit l'homme.

« Oui, ça doit être ça. »

« Vous avez assez d'eau? »

« Oui, là, dans mon sac. »

L'homme roux était perplexe.

« Dites — C'est un pari, ou quoi? »

« Si vous voulez », dit J. H. H.

« Parce que, parce que avec ce soleil, vous allez crever. »

« Je suis habitué. »

« Dommage que ce soit le jour de descente », dit l'homme roux. « Sans ça je vous aurais pris dans le camion. »

« Ça va », dit J. H. H. « J'aime bien marcher. »

« Tout de même », répéta l'autre, « avec ce soleil, vous allez en crever, c'est sûr! » Puis il remonta dans le camion et lui cria bonne chance. Le conducteur le regarda sans rien dire, et il embraya. J. H. H. ferma les yeux à cause de la poussière. Il entendit le bruit du moteur s'éloigner, décroître; puis tout redevint comme avant. Sur la piste, maintenant, il y avait deux nouvelles traces de pneus qui avançaient droit devant elles.

Le soleil était descendu du côté droit. Il appuyait sur le corps de J. H. H., enfonçant son poing dans ses côtes, pour le faire tomber. Peu à peu, la soif revint sur le plateau du désert, éclaboussant le sable de milliers de gouttelettes de mercure. J. H. H. essaya de se concentrer pour résister. Il ferma la bouche, et voulut penser à quelque chose. Mais rien ne bougeait dans sa tête. Seule l'eau coulait, le fleuve d'eau, bondissante, claire, murmurante, l'eau aux doigts rapides, qui glissait le long de son corps, entrait dans ses yeux et ses narines. Elle faisait un drôle de bruit de voix de femme, tout près de son oreille, elle glissait autour de ses pieds, s'y emmêlait, le faisait trébucher. J. H. H. voulut manger un citron, mais il le recracha tout de suite, parce qu'il était salé. Dans le sac accroché à l'épaule, la gourde pesait lourd. J. H. H. changea le sac de place. Il regarda le ciel, et vit tout à coup qu'il était devenu noir. Puis, de nouveau blanc, mais avec de grands cercles qui ondoyaient. Les cercles étaient des vautours qui planaient en rond autour du soleil. Les vautours disparurent, et ce furent des damiers peints sur la grande plaque de marbre, de larges carrés blancs et noirs offerts pour le jeu. Sur l'échiquier, les pions se promenaient à toute vitesse, gagnant des douzaines de parties chaque minute. On avait à peine le temps de les apercevoir alignés, que déjà ils couraient les uns vers les autres, se culbutant, formant des figures de combat, s'anéantissant en un clin d'œil. Ensuite, les carrés se dispersèrent, laissant la place à une grille de mots croisés, et là aussi les mots fulguraient, se repoussaient, s'assemblaient, s'effaçaient. C'étaient tous des mots très longs, dans le genre de Catalepsie, Thunderbird, superrequeteriquísimo, Anticonstitutionnellement. La grille disparut, et d'un seul coup, le ciel entier se couvrit de mots enchaînés, de longues phrases pleines de points-virgules et de guillemets. Il y eut pendant quelques secondes cette gigantesque feuille de papier où les phrases écrites avançaient par saccades, changeant de sens, modifiant les constructions, se métamorphosant. C'était beau, si beau qu'on n'avait jamais rien lu de pareil nulle part, et pourtant on ne pouvait pas comprendre ce qui était écrit. Il était question de mort, ou de pitié, ou des secrets incroyables qui sont cachés quelque part, à un des bouts du temps. Il était question d'eau aussi, de lacs immenses suspendus en haut des montagnes, de lacs miroitants sous le vent froid. L'instant d'un éclair, J. H. H. put lire, en clignant des yeux, mais c'était disparu aussitôt, et rien n'était sûr : *Il n'y a pas de raison d'avoir peur. Non, il n'y a pas de raison d'avoir peur. Il n'y a pas de raison d'avoir peur. Il n'y a pas de raison d'avoir peur. Il n'y a pas de raison d'avoir peur. Non, Non, il n'y a pas de raison d'avoir peur. Non, il n'y a pas de raison d'avoir peur. Il n'y a pas de raison d'avoir peur. Il n'y a pas de raison d'avoir peur.*

Quand la nuit tomba, Jeune Homme Hogan choisit un endroit, au bord de la route, pour dormir. Il s'installa à l'abri d'une dune, et mangea assis dans le sable. Puis il but pour la deuxième fois de la journée; quatre ou cinq gorgées d'eau. Sa bouche et sa gorge étaient si sèches qu'il ne pouvait pas avaler. Rapidement, l'ombre s'étendit sur le désert. J. H. H. regarda la nuit emplir le ciel, en fumant une cigarette. Les étoiles apparurent les unes après les autres, brillant fixement au fond du noir. Au bout d'un instant, la lune se leva, blanche, avec de petits dessins gravés au centre. Là-bas aussi il y avait un désert, sans doute, avec de grandes plaines de sable, et du silence, beaucoup de silence. Comme il avait encore soif, J. H. H. mangea une orange en regardant la lune.

Il y avait treize siècles, Hiuen-Tsang avait vu la même chose, après le premier jour, le deuxième jour, le troisième jour de marche. Il avait mangé un fruit, ainsi, en regardant la lune. Son compagnon s'était tourné vers lui, et lui avait dit à voix basse, à cause du silence :

« Maître, quand arriverons-nous au but ? »

Et comme Hiuen-Tsang ne répondait rien, et regardait toujours la lune :

« Maître, sommes-nous proches ? »

Hiuen-Tsang avait répondu :

« Non, nous avons encore beaucoup de jours de marche. »

« Maître, j'ai peur de l'inconnu », disait le compagnon.

« Il n'y a pas d'inconnu », disait Hiuen-Tsang.

« J'ai peur du silence, ô Maître ! »

« Il n'y a pas de vrai silence. »

« Pourquoi dites-vous cela, ô Maître ? N'est-ce pas l'inconnu, ici ? N'est-ce pas silencieux ? »

Et il ajoutait :

« Maître, j'ai peur de mourir avant d'arriver au but. »

Hiuen-Tsang, sans cesser de regarder la lune, répondait simplement :

« Ce n'est pas l'inconnu, puisque c'est le chemin du Buddha. Ce n'est pas silencieux puisque nous avons la parole du Buddha. Pourquoi aurais-tu peur de mourir, puisque c'est la vie du Buddha ? »

Alors, le compagnon n'osait plus rien dire. Il s'enfonçait dans le sable en claquant des dents, et il regardait avidement Hiuen-Tsang qui regardait la lune.

Le lendemain, le soleil était revenu à la même place, et Jeune Homme Hogan continuait à marcher. Depuis une heure, il avait bu sa dernière gorgée d'eau. Dans le sac bleu pendu à son épaule, la gourde était légère. J. H. H. regardait les montagnes noires. Elles étaient plus proches, à présent, semblait-il, grands pics qui déchiraient le drap blanc du ciel. Là-bas, au pied des montagnes, était l'eau.

Ça faisait déjà des heures qu'il marchait sur la route de sable. Ses pieds se posaient régulièrement l'un devant l'autre, faisant jaillir de petits nuages de poussière. Les dunes étaient immobiles à perte de vue, de chaque côté de la route. Il n'y avait même plus d'arbustes calcinés. Rien que le sable éblouissant, aux milliards de petits grains cassés, et les cailloux secs, striés, qui s'effritaient par plaques. Parfois, au bord de la piste, il y avait des bouts d'os, des morceaux de coquillages; ou bien des boîtes de fer vides, rongées par la rouille, qui avaient contenu de la bière. Personne. Les camions ne passaient pas. Les hommes ne marchaient pas. Dans le ciel immense, on ne voyait jamais d'avions. Les insectes et les lézards étaient morts, les serpents avaient changé de continent. Ce n'était même plus la solitude, tant il n'y avait rien. C'était comme de marcher sur soi-même, de ramper sur place au fond d'une crevasse. C'était comme d'être continuellement étendu sur le sol, ou bien allongé sur une esplanade au milieu du désert de voitures. Ou encore

101

flottant sur l'océan, à des milliers de kilomètres de la côte, tandis que les vagues minuscules avancent les unes derrière les autres. L'idée même de la solitude avait disparu de la surface de la terre; elle s'était engloutie dans le sable, elle avait été bue comme une eau. Tout avait été rempli instantanément d'un bord à l'autre; le ciel avait été étendu, plafond invincible, plus dur que l'acier. Les montagnes noires étaient dressées, les dunes gelées dans leur mouvement; près du ciel, la ligne de l'horizon reposait, mince fil noir qui contenait, retenait sans cesse. Et en haut, le soleil était un point incandescent, rien qu'un point. Il n'y avait pas moyen d'ajouter autre chose. C'était le monde comblé, bondé, le monde au sac gonflé, qui refusait, qui ne voulait pas d'intrus. Il n'y avait de place pour personne. La foule s'était entassée dans le wagon aux parois hermétiques, et les portes avaient été fermées. Chaque élément du désert pesait lourd, s'appuyait violemment. L'air à la chaleur boueuse était si dur qu'il aurait fallu une hache pour l'ouvrir. Le sol était une énorme roche concassée, et la route filait droit vers l'horizon, dans le genre d'une muraille, ou d'une digue.

Tout résonnait, tout vibrait, était plein. C'était toujours la foule de la ville, sans doute, les éclairs de néon et les carapaces des voitures. Aujourd'hui, ils avaient d'autres masques et d'autres violences. Mais c'était toujours le même lieu qu'il fallait fuir, désespérément, pour pouvoir respirer.

J. H. H. reconnut son corps, arc-bouté jusqu'à l'horizon. Son corps qui l'avait déjà dépassé. Il reconnut deux ou trois de *ses* idées, fuyant là, à travers les nappes de sable. Il entendit ses mots qui détalaient le long de la piste, ses mots qui allongeaient leurs ellipses autour du soleil. Jamais personne n'arriverait au but. Jamais personne ne trouverait à boire, ne fût-ce qu'une flaque d'eau croupie au fond d'un trou, ne fût-ce qu'un crachat.

Il lui fallut quelque temps pour comprendre qu'il s'était perdu. Il marchait sur les traces de pneus des camions, en regardant droit devant lui le paysage sanglant. Et petit à petit, il réalisa qu'il n'allait plus dans la même direction. Il chercha les montagnes noires : elles étaient derrière lui, à présent, lointaines, inaccessibles, flottant au-dessus des dunes. Et aussi, *elles avaient changé de forme.* J. H. H. s'arrêta un instant, les pieds enfoncés dans le sable. Il pivota sur lui-même et regarda la piste. Les traces des pneus fuyaient à travers le désert, avec les poches creusées par les semelles des sandales. Il avait dû y avoir une bifurcation, à un moment donné, et J. H. H. avait pris par la droite sans s'en rendre compte. Sous la chaleur du soleil, tout était égal, silencieux, pris par la peur. Le vide était étalé sur la terre, et le ciel était absent, sans profondeur. Rien ne parlait. Il n'y avait pas de signes. Au zénith, le trou de lumière fourmillait, lançait ses flèches blanches. Il n'y avait pas de nuages. On pouvait aller dans n'importe quelle direction, cela n'avait aucune importance.

J. H. H. revint sur ses pas. Puis, il s'arrêta de nouveau. Il chercha les montagnes. Et voici qu'elles apparaissaient et disparaissaient, à tous les coins de l'horizon. Les pics noirs sortaient du fleuve de sable, quelques secondes, puis retombaient. C'était un requin gigantesque qui nageait au loin, décrivant ses cercles autour de sa proie. Lentement, il allait refermer sa course sur l'homme égaré, l'obligeant à zigzaguer, à fuir sans comprendre. Au dernier moment, il surgirait, juste devant lui, il foncerait, ses mâchoires grandes ouvertes.

J. H. H. se retourna encore, et il crut voir les cimes noires, là-bas, entre deux dunes. Il repartit le long de la piste, les yeux brûlants, les pieds cognant le sable dur de plus en plus vite. Il escalada un monticule, en trébuchant, pour voir le plus loin possible. Mais le regard se perdait sur la surface de pierre en miettes, le regard s'échappait droit à travers le sable brûlant, sans rien rencontrer.

Sans comprendre ce qu'il faisait, pris par une stupeur étrange, J. H. H. suivit son regard. Il marcha longtemps dans le sable rouge, en haletant. Il vit le sol se soulever, respirer comme un flot. Il vit les dunes glisser sur elles-mêmes, larges lames à la crête écumeuse. Le ciel lui-même était devenu une nappe de sable, il était sec, durci : il haïssait. Le soleil glissait le long de cette mer terne, entouré d'un halo de poussière. C'était une route infinie qui s'éparpillait sur le monde, qui tirait en avant de toute la force de son vide. J. H. H. regarda ses pieds, et il vit que les traces des pneus de camion avaient disparu, à présent. Il n'y avait plus que le sable, un monceau de sable lisse, où les semelles des sandales s'enfonçaient en craquant. J. H. H. chercha dans son sac la bouteille d'eau vide. Il porta le goulot à ses lèvres, et il chercha à aspirer la dernière goutte. Quelque chose d'humide toucha ses lèvres gercées, s'évapora avant d'avoir atteint sa gorge. Tout était sec, ici, il n'y avait d'eau nulle part. Le ciel, le soleil, la terre, les cailloux, tout mourait de soif, mais d'une soif immense, d'une soif si intense qu'il aurait fallu tout à coup le Mississipi, le Nil, ou au moins la Vistule, pour pouvoir la rassasier. Les grains de sable n'étaient plus doux : c'étaient des aiguilles cruelles, qui guettaient du fond de leur chaleur la moindre goutte d'eau, d'urine, ou de sang, pour enfin boire. Le ciel était d'un bleu insoutenable, bleu comme la soif, et le soleil brûlait férocement, toute son ardeur brutale tendue vers la terre, dans le genre d'une langue de jaguar.

J. H. H. avança de plus en plus vite, les yeux voilés par la fatigue. Depuis qu'il avait quitté la piste, le sable entrait dans ses vêtements et ses sandales, et il dut se déchausser et marcher pieds nus. La poudre fine entrait aussi dans sa bouche, elle brûlait ses gencives et sa glotte, elle desséchait ses glandes. Bientôt il allait tomber sans doute, pour la première fois, la face dans le sable, et les cercles noirs qui flottaient autour du soleil s'abattraient sur le monde.

L'après-midi du huitième jour, Hiuen-Tsang avançait, absolument seul au milieu du désert. Son compagnon était parti, une nuit, sans rien dire, parce qu'il craignait les reproches du Maître. Quand Hiuen-Tsang avait vu qu'il restait seul, il avait compris que son disciple n'avait pas eu le courage de continuer, qu'il ne pouvait endurer de telles souffrances et qu'il avait préféré regagner la Chine. Peut-être arriverait-il sain et sauf chez lui? En partant, il avait volé la moitié de la provision d'eau, et la moitié du riz et des vivres. Hiuen-Tsang avait compris aussi que le Buddha n'avait besoin que de lui, puisqu'il l'avait laissé seul, ainsi, au milieu du désert. Et cette pensée l'avait aidé à continuer.

Il avançait vers l'ouest, sans jamais s'arrêter. Depuis quelque temps déjà, sa robe était déchirée, et le soleil brûlait son corps décharné. Son visage était couleur de brique, et ses yeux frappés par la lumière et la poussière de sable étaient tout collés de larmes. Le sable avait lentement arraché la peau de ses pieds, qui saignaient tout le long de la route. Parfois, la douleur était tellement vive qu'il s'asseyait par terre en gémissant et enveloppait ses pieds dans des morceaux d'étoffe. Sa main droite aussi saignait, à cause du bâton qu'il portait sur l'épaule, au bout duquel était accroché le baluchon contenant les provisions. Hiuen-Tsang marchait droit devant lui, sur le sable bouillant, sous le ciel vide. Il y avait longtemps qu'il avait bu sa dernière gorgée d'eau, en posant ses lèvres gercées sur l'embouchure de la calebasse. Il l'avait gardée jour après jour, sans oser y penser, puis la soif avait été la plus forte; maintenant, il ne restait plus rien, plus rien dans le monde. Il marchait sur la nappe de sable immobile, penché en avant, écartant le mur de chaleur avec son front. Chaque fois qu'il posait un pied devant l'autre, il y avait un drôle de bruit qui sortait de sa gorge, une espèce de rrhan! rrhan! de douleur et d'effort. Dans sa tête aussi, c'était le vide, un vide insupportable. Les visages des hommes avaient disparu. Les paroles, les longues paroles douces s'étaient enfuies le long du sable. Le silence pesait sur le monde, pareil à une vapeur de pierre. Un long nuage gris et rose qui sortait des grains de sable, qui gonflait l'air.

Hiuen-Tsang avançait sur une planète étrangère. C'était toujours le même mur qu'il fallait défoncer, avec son corps, avec ses bras, avec ses pieds écorchés, le même rempart vertical qui fermait le monde et le rendait imperméable. De l'autre côté, il n'y avait rien, un abîme, un trou d'ombre noire, peut-être, qui l'engloutirait. Ou bien, il n'y avait pas d'autre côté.

Le désert était sans fin, piège de pierre sèche qui ne libérait pas celui qui s'y aventurait. Hiuen-Tsang avançait vers l'ouest, et le soleil descendait lentement devant lui, rejetant derrière l'ombre vacillante. Quand il tomba pour la première fois, Hiuen-Tsang fut tout étonné. S'appuyant sur son bâton, il se releva tout de suite et se remit en route.

Puis il tomba une deuxième fois, une troisième, une quatrième fois, encore, encore. Alors il comprit que ses jambes ne pouvaient plus le porter, et il sentit un mouvement glacé descendre vers son cœur. Il regarda le ciel couleur d'ivoire, et la croûte de la terre. Le mur ne reculait plus, maintenant; il était dressé d'un bout à l'autre du désert, calme, gigantesque. Hiuen-Tsang ne le défonçait plus. Il l'effritait seulement, cassant une brèche de plus en plus étroite à travers les briques de boue, arrachant à grand-peine des bribes aux moellons. A un moment, Hiuen-Tsang tomba plus lourdement. Sa poitrine heurta le sol dur, et ses os craquèrent. Pendant de longues minutes, il chercha à se relever, sans y parvenir. Il y avait un poids terrible sur ses épaules, sur sa nuque, un poids qui l'écrasait contre le sable. Le voile rose s'obscurcit sur le désert, et devint gris, puis noir.

Hiuen-Tsang, devenu aveugle, chercha à tâtons son bâton, s'y agrippa et se hissa à genoux. Comme il ne pouvait plus marcher, il se mit à ramper sur les genoux et sur les mains, en regardant le gouffre noir qui recouvrait le désert. Il voulut parler à haute voix, implorer l'aide du Buddha, ou bien crier de toutes ses forces vers les terres de l'Ouest. Mais sa gorge était comme un arbre vieux de mille ans, et les paroles ne pouvaient plus la traverser. Il voulut penser à quelque chose, à l'eau, au vent, au bruit du vent dans les filaos, au chant des oiseaux. Mais son cerveau était comme une pierre vieille de dix mille ans, et rien ne venait. Il y avait seulement des images fulgurantes qui le traversaient de part en part, et puis s'éteignaient : des images de course éperdue, de flots de lave, ou de sang, des images qui l'emportaient avec elles à travers les houles de sable. Des vols d'oiseaux rapaces éparpillaient des lambeaux de sa peau à travers l'espace, des chevaux bruns à longue crinière traînaient ses os dans la poussière, le long d'une route inconnue. Il y avait des bruits aussi, des bruits étouffés d'une musique souterraine qui vibrait à travers l'air. C'était le vent, sans doute, qui faisait chanter les dunes, ou bien l'armée des femmes du désert, aux longs sanglots aigus. Et ces voix surnaturelles le tiraient à elles, faisaient glisser son corps sanglant sur le sable, vers l'ouest, toujours vers l'ouest. Grâce à elles, grâce aux chevaux sauvages galopant vers l'horizon, Hiuen-Tsang avançait. Il rampait, jour et nuit, accroché à son bâton, les yeux fermés par les larmes durcies, respirant imperceptiblement, les jambes transformées en moignons sanguinolents. Hiuen-Tsang était devenu de la couleur du sable, cruel et dur comme lui, vide comme le ciel et le soleil.

Hiuen-Tsang était un morceau du désert, rien qu'un morceau du désert qui glissait en avant sur la route du vent, mince, allongé dans la chanson des femmes souterraines, vers l'ouest, vers l'ouest, vers *l'eau*.

Quand le camion passa près de lui, il ne l'entendit même pas. Quand le gros homme roux mit le goulot de la bouteille entre ses dents, en les écartant de force, il but pendant des minutes, des heures, des années peut-être. Puis il vomit. Le camion fonçait dans un nuage de poussière, et sa tête cognait sur le plancher de tôle, mais il ne sentit rien.

Ces choses-là se passaient en Lybie, ou bien dans le désert de Gobi, en l'an 630, 1966, quelque chose comme ça.

Je veux fuir dans le temps, dans l'espace. Je veux fuir au fond de ma conscience, fuir dans la pensée, dans les mots. Je veux tracer ma route, puis la détruire, ainsi, sans repos. Je veux rompre ce que j'ai créé, pour créer d'autres choses, pour les rompre encore. C'est ce mouvement qui est le vrai mouvement de ma vie : créer, et rompre. Je veux imaginer, pour aussitôt effacer l'image. Je veux, pour éparpiller mieux mon désir, aux quatre vents. Quand je suis un, je suis tous. J'ai l'ordre aussi, le *contre*-ordre, de rompre ma rupture, dès qu'elle est advenue. Il n'y a pas de vérité possible, mais pas de doute non plus. Tout ce qui est ouvert, soudain se referme, et cet arrêt est source de milliers de résurrections. Révolution sans profit, anarchie sans satisfaction, malheur sans bonheur promis. Je veux glisser sur les rails des autres, je veux être mouvement, mouvement qui va, qui n'avance pas, qui ne fait qu'énumérer les bornes.

Une frontière s'ouvre, c'est une nouvelle frontière qui apparaît. Un mot prononcé, c'est un autre mot. Je dis *femme*, c'est-à-dire *statue*, c'est-à-dire *pieuvre*, c'est-à-dire *roue*. Je dis Transvaal, c'est-à-dire Jupiter. Yin, c'est-à-dire Yang. Je ne dis rien. Je dis cela, ceci, cela. Je veux m'élancer. Qui a étendu ces champs? Qui a levé ces montagnes? Qui a plaqué cette mer? Surfaces toujours pleines, surfaces goûtées, puis délaissées, surfaces sans épuisement.

Le mouvement m'a pris un jour, et son ivresse n'est pas près de finir. Mon moteur me tire en avant, et c'est pour toujours de nouveaux kilomètres. Ma voix m'a étendu sur ma route sensée, et c'est pour toujours de nouveaux langages. J'enfonce les portes. Je brise les fenêtres. Je repousse les murs, comme quelqu'un qui meurt dans son lit. Et je ne peux jamais rien oublier.

LE MONDE EST MODERNE   IVRESSE DES MÉCANIQUES
DE L'ÉLECTRICITÉ
DES AUTOMATES

Monde moderne : ivresse des métaux et des murs de verre.
Pâles les murs
Pâles
les grands fronts de béton dressés
devant l'océan de bruit et de lumière.
C'est la guerre, la guerre calme
qui se déchaîne à coups de lignes et de courbes.
La guerre du plastique et du linoléum
du néon nylon et dralon ®
La guerre des bouches sauvages.
Aujourd'hui
les armées sont entrées à l'intérieur des murs
sous leurs sabots durs le sol résonne
et l'air vibre.
Ils sont modernes
Ils ont nom
HLM, AUTOROUTE DU SUD,
TURNPIKE, TORRE DE AMERICA LATINA
TRAIN LUMIÈRE
TRAIN ÉCHO
MAFEKING SEMENT MAATSKAPPIJ BEPERCK
Ils s'appellent comme ça, c'est vrai.
Ils portent ces noms extraordinaires et rétractiles

Ils ont des ongles, des crocs, des couteaux et des poings
Ils ont des cuirasses d'argent
Larges blocs blancs et barres noires contre le ciel
Ils crient avec leurs gorges les appels mystérieux,
FISSURE FISSURE
ÉCLAIR
(Prrfuitt-clac!
BOM! BODOM!)
Routes ponts parkings
Immeubles neigeux
Déserts, ô déserts!
Ils frappent, et leurs coups de massue
font naître une douce ivresse.
Ils déchirent
et ces blessures ne saignent pas mais jouissent.
Ils écrasent sous leurs quatre pneus noirs
et dessinent sur la peau le secret du chemin
l'esprit de la guerre contre la mort
tous les zigzags du siècle qui ne sait pas qui il est.

Je fuis. Je détale comme un rat. Je dévale les pentes raides,
je monte les montées, je trébuche sur les cailloux, j'arrache
ma peau aux ongles des ronces. Je fuis. Je dégouline mécaniquement, et chaque parcelle qui se détache suit la même route
à travers l'espace. La goutte étincelante tombe comme si elle
était de plomb, s'écrase sur le sol, éclate en poudre, bulles,
gouttelettes. Sans bruit. Sans effort. Sans cris, paroles, gestes.
Ma fuite est un glissement d'avalanche, ma fuite est une lente
coulée de lave, ou bien la fêlure blanche, si rapide qu'elle
demeure, photographie impérissable, cassure noire sur l'immense pan de mur couleur de craie, de l'éclair.
Je fuis devant, je fuis derrière, je fuis en haut et en bas, à
l'intérieur. J'abandonne des tonnes de souvenirs, comme ça,
très facilement, et je les laisse derrière moi. Je traverse des
séries de décors, hautes parois de carton sur lesquelles sont
peints les mensonges de la vie vue par les hommes :

les champs d'herbe verte où passe le vent
les maisons aux volets fermés
les villes blanches sous le soleil
les serpentins des lumières magiques
les rues désertes
les parcs, les jardins, jungles, marécages où flotte la mince vapeur, les Cafés pleins de jambes et de mains, les temples, les tours de fer, les hôtels aux vingt étages capitonnés de feutre, les autoroutes où foncent les voitures aveugles, les hôpitaux, les fleuves, les plages de galets, les noires falaises où sont assis les oiseaux, les.

Je flotte. Je nage à reculons. Je suis le bateau à hélice, et l'hélicoptère aux pales qui décapitent. Je suis l'oiseau féroce qui descend l'escalier de l'air, je suis le poisson aux ailes transparentes. Je suis le vol de mouches, le zigzag des moustiques nerveux. Je suis la plante grasse prisonnière de son vase rouge, et qui jamais n'éclatera. Je suis le mouvement imbécile, la vibration sourde, la gesticulation du désir, le moment de la soif, de la faim, du coït, de la parole. Je suis le déploiement, puis la contraction. Le muscle, et au bout du bras aux veines dilatées, il y a le poing qui tient le pistolet qui jette sa balle qui perce la gorge. Je suis la chaleur du soleil, le cheminement des gouttes de sueur sur la courbe des reins. Le dos de la jeune femme se penche, tandis que la main touche l'extrémité des orteils et peint les ongles en nacre. Les cheveux de noyée flottent dans l'eau qui coule sans cesse, anneaux de goémons, herbes d'oubli.

Je suis celui qui avance et ne sait pas où il va. La terre est petite, les chemins sont courts, on arrive toujours quelque part. La mer infinie est à peine large comme un lac, on voit des rivages, des rivages partout. Au fond de l'horizon, dans la brume, traîne la mince bande noire, pareille à un dos de poisson. C'est de là que je viens, c'est là que je vais. Il y a des arbres, des herbes géantes, des buissons habités par les insectes. Il y a des rivières qui descendent lentement, écrasant leurs virages. Il y a des creux d'ombre, des taches de boue, des danses de pluie, des rocs, des plaines de neige. Moi, je passe sur tout cela, longuement, maladroitement. Je reconnais maintenant chaque pli, j'aperçois les traces de mes pas qui me précèdent.

Ce n'est pas de nouveau que j'ai soif, je me moque bien des terres vierges. Non, je ne suis pas obsédé par la nouveauté. J'ai envie de ce lieu que je reconnaîtrai comme ayant toujours été le mien, mais je ne le savais pas. Choisir une terre, avec soin, avec passion. Je voudrais bien que le voyage servît à cela, à trouver, à hériter. Je voudrais tant que le mouvement s'arrête, et que j'entre dans un autre mouvement, celui, pareil au déroulement d'une belle histoire, qui m'entraîne heureux d'un point à l'autre de ma vie.

Signé :

John Traveller.

Ben m'a dit un jour, devant un plat de spaghetti à la sauce tomate, dans un jardin où il y avait sa mère et beaucoup de fourmis : « Pour m'exprimer, je ferais n'importe quoi. Si on me disait, fais de la compote, j'essaierais de m'exprimer en faisant de la compote. »

En buvant du thé, dans la chaleur étouffante, Locke Rush parlait du Zen. Le Maître du Ryutaku-ji lui avait appris cela : faire le silence en soi, se vider totalement, n'être plus rien du tout. Alors je lui ai montré le jardin, tout ça, les millions de petites feuilles qui vous regardent tout le temps, qu'il n'y a pas moyen d'oublier. Locke Rush n'était pas content : il n'aimait pas penser aux petites feuilles.

AUTOCRITIQUE

C'est vrai qu'il n'y a plus de limites. Tout s'échappe, se divise, fonce en tous sens. Quand on a commencé à ouvrir les portes de la fuite, quand on a libéré son esprit, ou ses mains... Jusqu'où se laisser porter? Quand je suis étendu sur le lit, dans le noir, la tête couchée sur l'oreiller, les idées naissent sans arrêt, explosent, tracent leurs sillages embrasés. Je veux arrêter. Je veux saisir. Mais c'est impossible. Peut-être ne suis-je pas allé assez loin, alors? Il va falloir recommencer, encore, essayer de capturer le sens d'une idée, d'une demi-idée. Où est-ce qu'elle m'emportera? Vers quelle connaissance de l'avenir, vers quelle révolte, vers quelle détermination? Écrire pour soi, la malédiction! Écrire pour se relire avec le frémissement de la satisfaction, les jeux de mots, jeux de mémoire, allusions : tout cela qu'il faut tuer, une fois pour toutes! Qu'importent ma mère, ma vie, ma naissance, mes embarras gastriques! Faire vrai! La grande niaiserie! Parler des problèmes de son temps, ricaner avec les hyènes, faire la roue devant les bouches heureuses! Joli métier! Ou alors, mentir : mentir en cachant ses vices, donner dix faiblesses pour en cacher une, honteuse... Et le style, le stupide style. Celui qui fait qu'on aura le sursaut apaisé, tout à coup, en cornant une page. Voilà, c'est lui, c'est bien lui, c'est tout à fait lui. On l'attendait là : il n'a pas déçu. Ha! Je vois une ligne directrice, j'aperçois un sens de l'œuvre. Il y a comme un relent de philosophie. Vite, maintenant, l'étiquette : roman noir, film à thèse, western, surréalisme, théâtre de l'absurde. Et quand, par hasard, une petite porte, non, même pas, un vasistas est ouvert, par où s'échappe un peu de substance : comment? Quoi? Non, là, ce n'est pas du tout de lui, c'est très mauvais, ça, ça ne lui ressemble pas! Qu'est-ce que cela veut dire?

Livres, cavernes d'échos sonores. Et vous, carcans qui m'étreignez, camisoles qui me coupez le souffle. Fioritures partout, grappes, feuillages baroques qui déguisent la pierre. C'est au fond, très loin, que se passent les choses. Celui qui joue, celui qui refuse, celui qui trahit. Celui qui espère, qui vit d'air blanc, de pureté, de lointain : les yeux avides n'ont jamais assez de loupes pour le voir.

Tout ce que j'écris, je le barre. Tout ce que je saisis, brutalement, et que je plaque sur le papier, avec l'encre plus laide que la colle, tout cela est né au même moment par quelqu'un d'autre que moi; un fantôme caché qui fait non de la tête, et nie continuellement. Avoue! Avoue! J'allume le projecteur aveuglant et je l'avance vers le visage. Je secoue l'accusé par les épaules, je lui souffle à voix basse, entre deux coups de poing sur les lèvres, ce qu'il faut qu'il dise. Le monde serait si heureux s'il disait oui. Mais lui, sans rien dire, secoue la tête et refuse.

Savez-vous? Il faudrait que les livres n'aient plus de noms, jamais.

Il faudrait que tout le monde travaille, avec des pensées de fourmi, sur un seul grand livre qui serait le dictionnaire du monde. Il faudrait qu'il n'y ait plus rien que des chansons. Ou bien que tout soit brûlé, régulièrement, à date fixe. Tous les vingt ans, il y aurait l'année de l'extermination. Peintures, films, musées, cathédrales, maisons, temples, casernes, archives, bibles, vêtements, prisons, hôpitaux, avions, usines, récoltes, tout finirait en bouillie, en cendres, en liquides boueux. Plus de statues, plus de médailles, plus d'annuaires du téléphone, plus de monuments aux morts ni d'exégèses.

Comment aller dans tous les sens? Comment effacer ses

traces, au fur et à mesure qu'on avance? Quel masque prendre, quel faux nez, quelle fausse pensée, quelle fausse vie? Tromper les autres, c'est se connaître soi-même, & vice versa.

Maudire la littérature ne suffit pas. Il faut le faire avec autre chose que les mots. Quitter sa conscience, disparaître dans le monde. Devenir martien. Arriver sur la terre, un jour, et entrer dans un grand restaurant, regarder les gens bouger entre les tables, et dire :

* zkpptqlnph!

Ce qui se traduirait à peu près :

« C'est drôle de voir tous ces gens debout se plier en deux et s'asseoir sur leurs derrières! »

Mais comment être martien?

Je dois m'oublier. Je dois perdre mon nom. Je dois devenir petit, plus petit encore, si petit qu'on ne me verra plus. Je dois apprendre à marcher sur les lattes de brique, au milieu des fourmis, vers la montagne d'odeurs debout au soleil, d'une poubelle pleine. Je dois apprendre à faire des marques, des encoches. Je dois arrêter la machine à théories, la belle machine cliquetante aux pistons de chrome qui fabrique sans arrêt ses théorèmes. Il y a tellement de figures de rhétorique, de systèmes, de postulats, d'évidences, de machines :

les machines pour vivre
les machines pour marcher
les machines pour qu'il n'y ait plus de guerres
les machines pour aimer une femme
les machines pour oublier la mort.

Chacun a la sienne, alors, à quoi bon? Il y a ceux qui pensent en Cadillac, et ceux qui pensent en Volkswagen.

Je dois retrouver un jour la jeune fille qui est comme ça :

LA PROPRIÉTÉ : ELLE VOIT UNE POMME
ET ELLE CROIT QUE LE FRUIT
LUI APPARTIENT DE DROIT
ELLE LE PREND A L'ÉTAL

ET ELLE LE MANGE
SANS PENSER
QUE LE FRUIT A ÉTÉ CULTIVÉ SOIGNÉ ACHETÉ
QU'IL A COUTÉ DE L'ARGENT
QU'IL EST A VENDRE

Encore plus loin, encore plus tard. Les jours passés dans les trains sont longs, ils dévalent en arrière à toute vitesse, et il y a beaucoup de villes et de montagnes entassées à l'horizon. Les routes ne cessent pas, ne cessent jamais. Sur les grandes avenues poussiéreuses qui vont droit devant elles, il n'y a personne. Le vent souffle fort sur les plaines, le soleil est dur au milieu du ciel bleu. On voit des chiens écrasés au bord des routes, et des carcasses de vaches où mangent des vautours.

Le camion rouge sur lequel est écrit SATCO roule à toute vitesse sur la route, et J. H. Hogan est assis sur la plate-forme arrière, sous la bâche. Il regarde. Parfois, il aperçoit de grands carrefours vides, avec des hommes assis par terre qui attendent. Les plaines vont jusqu'au bout du monde, les montagnes sont immobiles, portant accrochés à leurs cimes des filaments de nuages. Les fleuves pourris descendent dans leurs rainures, les poteaux télégraphiques sont debout.

Parfois, on fait connaissance avec de grands postes d'essence, des espèces de pagodes de ciment sale toutes seules au milieu de l'espace. Sous le toit en surplomb, les pompes vertes et jaunes aux vitres cassées résonnent pendant que le liquide rouge descend dans le réservoir. On urine dans les latrines bouchées, on se lave les mains sous un robinet, on peigne ses cheveux devant un miroir graisseux, et on boit une bouteille de soda glacé qui sent le soufre. A la rigueur, on dit quelques

mots au chauffeur, en regardant de l'autre côté de la plate-
forme de ciment la route poussiéreuse, les pancartes de bois,
le soleil, les cabanes de tôle. On dit toujours à peu près la
même chose :

« Il y a combien jusqu'à Habbaniya? »

« Il faut combien d'heures pour arriver à la frontière? »

« Vous ne connaissez personne qui va à Rohtak? »

« Pour aller à Cuttack, est-ce qu'il faut passer par Raïpur? »

Il y avait aussi, dans les ports, les bateaux de bois qui vous
emportaient sur la mer pendant deux jours et deux nuits.
J. H. Hogan était assis par terre, sur le pont, et il regardait
la masse de l'eau noire qui se gonflait et se dégonflait sans arrêt.
Au loin, il voyait la mince bande de terre où brillaient de petites
lumières. Puis il dormait allongé sur le pont, à l'abri d'un
rouleau de cordage, et les vibrations du moteur agitaient son
corps, le secouaient, le frappaient de milliers de petits coups
de poing.

Vers minuit, il se réveillait, couvert de sueur, il descendait
sur le pont inférieur pour boire de l'eau. Il marchait à tâtons
jusqu'au bidon rouillé, et avec le creux de sa main, il puisait
l'eau noire, qui avait goût d'essence. Les cancrelats fuyaient
devant ses pieds, avec de drôles de reflets rouges sur leurs
cuirasses. Près de l'échelle, un marin était assis le dos contre
la cloison, les yeux fermés. Il chantonnait dans sa gorge, une
chanson interminable où il n'y avait pas de mots, mais seulement des nasales,

Mmmmmnn, mmmm, mmmnnn, mmmm, mmmm...

Quand J. H. Hogan passait devant lui, le marin ouvrait les
yeux une seconde, avec d'inquiétants reflets d'acier dans ses
prunelles. J. H. Hogan remontait sur le pont, et il fumait
encore une cigarette en contemplant les mouvements de la
mer, qui se gonflait, se dégonflait.

Il n'allait nulle part. Il était arrêté dans le temps, quelque
part entre deux siècles, sans rien attendre. Il flottait sur les
vagues invisibles, porté par la coque de bois, pas très loin de
la mince bande du rivage, au hasard. Que ceux qui savent

quelque chose le disent. Que ceux qui ont des révélations à faire les révèlent. C'est le moment, c'est tout à fait le moment. Mais peut-être n'y a-t-il rien à dire, rien à révéler? Peut-être n'y a-t-il que ça de vrai, ce mouvement de balancier, cette glissade monotone sur le fleuve Amazone, ce camion devenu bateau, ce bateau devenu avion, cet avion devenu radeau. Le moteur bat, et on ne sait jamais où il est. Tantôt devant, résonnant loin de l'autre côté des caps et des presqu'îles. Tantôt poussant par-derrière, frappant l'eau comme avec deux pieds mécaniques. Le moteur glisse sur les côtés, il s'enfonce dans l'eau fermée, il flotte très haut dans l'air. Ou bien c'est la terre tout entière qui porte son moteur; avec sa trépidation lente, elle s'en va dans l'espace, voguant de travers, elle laisse aller sa route molle vers les endroits incompréhensibles.

Quand le soleil apparaissait, à l'est, et montait un peu au-dessus de l'horizon, J. H. Hogan se réveillait. Il allait jusqu'à l'avant du bateau, et il regardait le paysage extraordinaire, insignifiant. Il regardait comment le ciel devenait rouge, repoussant petit à petit les taches d'ombre. Il regardait la mer plate, où couraient les vagues aux tranchants aigus, pareilles à des rangées de lames de rasoir. La côte était toujours là, sur la gauche, mince bande gris-vert, avec des huttes et des plages. L'avant du bateau défonçait les séries de lames de rasoir, les unes après les autres, en faisant des bruits de crissement. A l'arrière, le moteur battait, et la cheminée envoyait ses bouffées de fumée. On arriverait bientôt, dans trois ou quatre heures peut-être, ça se voyait à la limpidité de l'air, à la netteté des arbres verts sur la côte, et à deux ou trois autres signes de ce genre. Les odeurs de la mer ne sont pas les mêmes le matin et le soir. C'était bien le moment de penser à quelque chose. J. H. Hogan pensa :

Pensée de J. H. Hogan
à bord du rafiot Kistna
au large de Vishakhapatnam
6 h 10 du matin

« Je devrais peut-être m'arrêter. Oui, peut-être que je ferais mieux de m'arrêter, je ne sais pas, moi. Peut-être que je ferais mieux de faire ça : quand le bateau arrivera, je m'arrêterai. Je marcherai avec mon sac sur les quais, j'irai boire une tasse de thé sur la place du marché. Je serai à l'ombre. Je vivrai dans une maison, à l'ombre. J'aurai des sandales avec une semelle faite avec un pneu de camion, un pantalon blanc et une chemise de coton sans boutons. Je pourrai vivre dans le village, je mangerai du riz et du poisson séché, je boirai du thé glacé. J'attendrai. Les années passeront, et moi, je serai enfin dans l'une d'elles. Plus jamais au-dehors. Plus jamais loin. J'apprendrai par cœur le nom des gens, l'emplacement des ruelles. Je connaîtrai tous les chiens. J'aurai peut-être une femme, et des enfants, et des amis, et tous ces gens-là me diront des choses qui ne s'effaceront pas. Ou bien j'écrirai un poème très long, avec quelques mots chaque jour, un poème qui sera très beau et qui voudra enfin dire quelque chose. Un jour, j'écrirai : aujourd'hui, la conscience est plus nette et plus sensible. Un autre jour, le soleil est une roue rouge dans le ciel. Le lendemain, le soleil est une spirale noire dans le ciel rouge. Le jour suivant, le soleil est une pièce de monnaie. Et puis, le soleil est un œil. Il y aura peut-être des jours où je pourrai enfin écrire des choses sans intérêt, comme, par exemple, après trois mois : le ciel est une couleur rapide puisqu'on ne la voit pas. Ou bien des choses profondes, comme : l'état de *lobha*, et l'état de *dosa*, sont toujours accompagnés de *moha*, puisque *moha* est la racine originelle de tout mal. Voilà ce que je pourrais écrire, si je me décidais à m'arrêter. Et je pourrais venir aussi, chaque soir, sur la.plage, regarder les bateaux en train de flotter. Quelquefois, j'irais sur la plage tôt le matin, pour voir arriver ce bateau, celui-ci, celui que j'aurais quitté. Ça serait une vie étrange, ça serait une vie vraiment incroyable. Le bateau va bientôt arriver. Le bateau traverse le fleuve Styx. Je n'aurais pas cru que le fleuve Styx fût si boueux et si large. Je n'aurais pas pensé que l'Achéron était comme ça. Quand j'arriverai, je marcherai sur la plage, je me baignerai, et puis je m'arrêterai. Peut-être. Si j'ai assez d'argent, s'il y a un endroit pour moi. Je m'arrêterai. Je m'arrêterai. »

C'était ce à quoi pensait J. H. Hogan, à l'avant du bateau. Comme il y avait une mouette qui passait à ce moment-là, tout près de l'eau, il ajouta :

P.-S. « Je ne savais pas que les ailes des mouettes étaient transparentes. Une mouette volant au dessus de la mer, si on la regarde bien, a des ailes *bleues*. »

Quand c'est la nuit, les bateaux avancent en secret. Quand c'est le jour, tout éclate. Voici comment Jeune H. Hogan fut repoussé par une ville. Il était arrivé là, après des journées, des mois de voyage. Au bout des routes désertes, des voies ferrées, des pistes de sable, au bout des sillages des bateaux, il y avait cette grande ville de plus de 2 000 000 d'habitants, aux maisons basses, aux larges avenues symétriques, où s'agglutinaient des milliers de voitures, aux places immenses tapissées de fausses pelouses, aux immeubles de dix-huit étages absolument blancs, à la foule aux pieds mécaniques.

C'était une ville géante que Jeune H. Hogan parcourait depuis longtemps, et qui le refusait.

Il était arrivé là, en planant, comme en avion, ou bien en roulant dans un autobus surchauffé.

Petit à petit, la campagne s'était défaite, à coups de maisons de ciment, de terrains vagues, de bidonvilles. Les cubes blancs s'étaient resserrés, s'étaient entassés les uns sur les autres, et à chaque fois, c'était un poids qui augmentait dans son esprit. Les immeubles avaient poussé dans l'herbe, les voitures luisantes étaient apparues, toutes calendres dehors. Les visages des hommes avaient surgi, comme ça, du rien, visages bruns aux yeux qui regardaient. Il y avait eu de plus en plus de femmes, d'enfants; bientôt Jeune H. Hogan ne pouvait plus compter leurs pieds et leurs mains. Il était obligé d'évaluer par dizaines, rapidement, au risque de se tromper.

La chaleur était suffocante. Dans la lumière, les cubes d'angoisse se multipliaient sans cesse, boîtes blanches aux toits de tôle, murs percés de fenêtres sans vitres. Les bruits devenaient de plus en plus forts, les cris, les grondements, les souffles rauques qui lançaient leurs filets effrayants. Tout cela, sans arrêt, défilant, s'ajoutant, jusqu'à ce qu'il n'y ait plus d'herbe, plus de collines, plus de rivières, mais rien d'autre que ville, ville.

Jeune H. Hogan était jeté dans la fournaise. Tout autour de lui brûlait, tremblait de chaleur, se soulevait en cloques. C'était comme de marcher dans le désert, mais, cette fois, la soif n'était plus la même. Ce n'était plus de l'eau qu'on voulait, ni de la pulpe de citron. Il n'y avait plus de gourde dans le sac pour lutter contre cela. Ce qu'il fallait, c'était l'oubli, le calme, les yeux fermés.

Jeune H. Hogan, vers deux heures de l'après-midi, marchait dans une rue qui s'appelait Païtaï. D'un bout à l'autre de la terre, elle avançait, absolument droite, fleuve de macadam et de ciment bordé de maisons. On n'en voyait ni le début, ni la fin. A l'horizon, les lignes se rencontraient, lignes des fenêtres, lignes des voitures et des trottoirs, lignes du ciel. Il y avait ce point, à l'infini, où tout était mélangé, ce point de silence et de mort. Jeune H. Hogan marchait vers lui.

Il faisait chaud. Dans le ciel, les nuages étaient très bas, petites boules d'étoupe qui glissaient doucement. Sur le fleuve de ciment de la rue, les voitures se suivaient sans interruption, et dans les coques de métal bouillant, les gens étaient emportés. Le bruit était continuel aussi, et violent. Il grondait de tous ses moteurs, de tous ses klaxons, de toutes ses bouches et de tous ses pieds. La foule oscillait devant Jeune H. Hogan, trépignait, piétinait sur place. Dans les visages, les yeux inquisiteurs remuaient. Les bouches fumaient, mastiquaient de la gomme, crachaient. Des enfants couraient en se faufilant comme des orvets. Mais il y avait surtout les murs : ils repoussaient, à coups de boutoir, ils écrasaient, ils étaient blancs. Couvert de sueur, Jeune H. Hogan progressait le long des murs, en évitant la foule. Chaque fois qu'il passait devant une porte, une machine vibrante lui soufflait à la figure de l'air chaud, chargé d'odeurs. Les magasins avaient des vitrines d'acier, pleines de chiffres rouges, couvertes de points d'exclamation. Les tubes de néon crissaient au soleil, et la musique électrique beuglait.

Jeune H. Hogan marcha longtemps dans la rue, sans voir la fin. Là-bas, à l'autre bout de la terre, il y avait cette nappe de brume, faite de gaz et de lumière, où s'enfonçait la rue. Il aurait fallu des jours pour y arriver, sans aucun doute. Les carapaces des voitures disparaissaient le long de la chaussée, fuyaient vers le point mort. Peut-être ne reviendraient-elles jamais...

Jeune H. Hogan changea de rue. Il en prit une autre, une autre encore. Et toutes, elles s'en allaient, parfaitement droites, chargées de voitures et d'insectes, jusqu'à l'éternité. Parfois, il y avait un pont qui enjambait un canal, ou un égout. Parfois, on apercevait une tour blanche, un immeuble dressé au-dessus des autres, en train de flotter avec indifférence. Ou bien une espèce de fontaine de ciment, où l'eau giclait en panaches. Mais la rue contournait l'obstacle, et continuait son chemin. C'était une prairie de pierres, une plage de galets gigantesques, et chaque caillou était rongé, creusé, habité par des colonies de larves. Les taxis passaient en klaxonnant, les chauffeurs se penchaient vers vous pour crier. Les autobus gris, sans vitres, fonçaient à quelques millimètres du trottoir en faisant hurler leurs échappements libres. Les motocyclettes à trois roues cahotaient de travers comme des crabes. De temps à autre, un avion traversait le ciel lourdement, couvrant la ville de son ombre, de son tonnerre.

Il y avait des années que Jeune H. Hogan habitait cette ville. Il y était né, peut-être. Il avait travaillé dans une agence immobilière, dans les bureaux d'un journal. Il avait étouffé entre les murs, il avait respiré les vapeurs d'essence, il avait écouté les ronronnements des appareils d'air conditionné. Il avait pris les bateaux aux moteurs tonitruants, il avait mangé dans ces restaurants éclairés par les barres de néon jaunes et roses, avec la musique du juke-box qui hurlait *Evergreen*, *Maï Ruchag*, ou bien *La Raspa*. Il avait parlé avec des hommes, Wallace, Chayat, Jing Jaï, F. W. Hord. Avec des femmes, Suri, Janpen, Doktor, Laura D. Il avait dormi dans toutes sortes de chambres, des cellules de béton sans lumière où l'air était un bloc pourri, des salles climatisées aux tapis bleus, aux fenêtres ouvertes sur des piscines, des chambres de bois où l'air filtrait doucement, et où marchaient les cancrelats rouges.

Tout cela, il l'avait fait très vite, presque sans s'en apercevoir.

Et la ville, petit à petit, le chassait.

Elle le repoussait insensiblement, le coinçait avec ses murs, l'épuisait avec ses bruits de volcan, le rendait fou à force de rues droites dont on ne voyait pas la fin. Au centre de la ville, le fleuve large coulait sans arrêt, emportant des branches et des cadavres de chiens. C'était pour lui dire de s'en aller, pour le rejeter à la mer.

Jeune H. Hogan arriva un jour à un endroit qui était l'avenue du mal. C'était une rue comme les autres, droite, large, où se serraient les voitures, où les cubes blancs étaient tous pareils. Mais au milieu des cubes, vers le bas, il y avait des suites d'ouvertures, dans le genre de bouches de cavernes. Devant les portes fermées, personne. Mais quand Jeune H. Hogan entra, ce fut comme s'il avait fermé les yeux tout à coup. Un souffle glacé le frappa au visage, et une lueur rouge-noir le couvrit. Il avança à tâtons, et il sentit des corps humides se coller contre le sien, s'agripper à lui. La salle était très grande, avec un plafond d'où pendaient des stalactites de carton. Au centre, était une large tache rouge, et un orchestre qui jouait de la musique de jazz. Il n'entendit rien, ne vit rien. Il avait froid. Il s'assit à une table et se mit à boire de la bière. Dans la salle noire, il ne se passait rien : des femmes dans des robes étincelantes traversaient lentement. Un soldat noir dansait. Dans les recoins, il y avait de drôles de paquets humains qui ne bougeaient pas. La musique hurlait de tous les côtés, sans trouver la sortie. Jeune H. Hogan resta là, plusieurs heures, en buvant de la bière. Puis il sortit. Dehors, la lumière du soleil était encore plus blanche, la chaleur brûlait tout. Jeune H. Hogan entra dans la grotte suivante, puis dans une autre, dans beaucoup d'autres. A chaque fois, c'était la même chose. Des corps se collaient contre lui, le fouillaient, l'entraînaient vers une table. Une jeune fille le regarda, avec ses yeux couverts de charbon. Elle but de la bière, elle parla avec sa voix chantante. La musique stridente jaillissait dans la caverne, parmi les coups sourds, très graves, qui ébranlaient le sol. Un soldat américain se pencha vers lui, à travers la table, et commença une phrase qu'il n'arrivait pas à terminer. En parlant, il renversa un verre de bière, le liquide parcourut la table, très vite, mais on pouvait suivre chaque détail de sa route, et dégoulina par terre. La musique soulevait la tête, les épaules, les projetait vers le plafond sans arrêt. Jeune H. Hogan donna un coup de coude dans l'estomac du soldat. La jeune fille aux yeux charbonneux écarta les lèvres et se mit à rire. Elle avait deux dents en or. Jeune H. Hogan lui demanda pourquoi. Elle dit qu'on l'avait battue. Elle dit qu'elle avait eu un accident de moto. Elle dit que c'était le dentiste. Elle ne dit rien. Jeune H. Hogan n'avait plus d'argent. Il en demanda au soldat américain qui lui donna quelques billets. Tout le monde était fin saoul. La musique traversait les verres de bière, elle fusait avec les bulles, elle faisait éclater les parois des verres, elle coulait dans la gorge. Au fond de la caverne, un nègre habillé

126

d'un complet gris frappait sur un tambour, mais on ne l'entendait pas. La guitare électrique grinçait, mais on ne l'entendait pas non plus. Ce qu'on entendait, c'étaient les bruits des voitures, les vibrations de la lumière, les trépidations des pieds sur le ciment. On était sous la terre, oui, on avait descendu le long canal d'un puits de forage, et maintenant, on se promenait dans le ventre du monde. La ville bouillonnait au-dessus des têtes, pour rien, pour faire du bruit. Jeune H. Hogan donna une cigarette à la jeune fille édentée, et une autre au soldat américain qui s'endormit la tête dans la flaque de bière, sur la table. Puis il voulut dire quelque chose. Mais le vacarme couvrait ses mots. Alors il mit ses mains autour de sa bouche, et il cria, en se penchant vers l'oreille de la jeune fille :

« JE NE COMPRENDS PAS ! »

La jeune fille hurla :

« QUOI ? »

Il reprit sa respiration et cria :

« ÇA ! JE NE COMPRENDS PAS ! POURQUOI ! TOUT EST TELLEMENT ! SILENCIEUX ! »

La jeune fille cria :

« TELLEMENT QUOI ? »

« TELLEMENT SILENCIEUX ! »

La jeune fille crut qu'il plaisantait, et se mit à rire.

« NON ! » cria Jeune H. Hogan. Et un peu plus tard :

« C'EST VRAI ! IL Y A DU BRUIT ! MAIS PERSONNE ! NE DIT JAMAIS RIEN ! »

Il but un peu de bière pour s'éclaircir la gorge.

« POURQUOI TOUT LE MONDE ! EST SILENCIEUX ! AU DEDANS ! JE NE LE COMPRENDS PAS ! »

La jeune fille rit avec ses dents en or et cria :

« ÇA ! NE VEUT RIEN DIRE ! »

Jeune H. Hogan lui cria dans l'oreille :

« ET LA VILLE ! JE NE COMPRENDS PAS ! POURQUOI TOUS CES GENS ! SONT ENSEMBLE ! L'AUTRE JOUR ! JE SUIS MONTÉ ! EN HAUT D'UN IMMEUBLE ! POUR VOIR ! ET JE NE COMPRENDS PAS ! POURQUOI ! TOUS CES GENS SONT LA !

JE VEUX DIRE! QU'EST-CE QUI LES RETIENT! QU'EST-CE
QU'ILS FONT! POURQUOI IL Y A! TOUTES CES CASEMATES!
ET CES VOITURES! ET CES BARS! ICI JUSTEMENT! ICI!
ET PERSONNE! NE VEUT ME LE DIRE! LES GENS NE
DISENT RIEN! RIEN NE DIT RIEN! LES RUES NE DISENT
RIEN! TOUT EST FERMÉ! IL N'Y A PAS D'EXPLI! D'EXPLI-
CATION! ON N'ARRIVE JAMAIS! A SAVOIR! »

La jeune fille mit ses mains en porte-voix :

« POURQUOI VOUS VOULEZ! SAVOIR? »

« PARCE QUE! ÇA M'INTÉRESSE! »

Jeune H. Hogan but encore de la bière au goulot de la bouteille.

« JE VOUDRAIS SAVOIR! POURQUOI LES GENS! SONT
ICI! JE NE COMPRENDS PAS! COMMENT ILS FONT! POUR
NE JAMAIS RIEN DIRE! C'EST COMME SI! ILS ÉTAIENT
EN BOIS! ILS SONT TOUS! ILS SONT TOUS EXTÉRIEURS!
PAS MOYEN! DE SAVOIR CE QU'ILS ONT! DEDANS! »

La jeune fille avança les lèvres. Ses yeux étaient deux morceaux de charbon.

« ILS N'ONT RIEN! »

« PAS VRAI! SANS ÇA! ILS NE RESTERAIENT PAS!
ENSEMBLE! »

Puis :

« QU'EST-CE QUI LES TIENT! ENSEMBLE? »

C'était bon de crier comme ça, à travers le vacarme de la
musique. C'était comme d'être debout en haut d'une montagne,
et d'appeler une femme qui serait sur la montagne en face.

« JE NE COMPRENDS PAS! CE QUE C'EST QU'UN PAYS! »

« JE NE SAIS PAS! »

« POURQUOI! LES GENS NE PARLENT JAMAIS? »

« RIEN A DIRE! »

« ILS SE CACHENT! »

« ILS ONT PEUR! »

« PEUR DE QUOI? »

« JE NE SAIS PAS! »

« ÇA! NE VOUS INTÉRESSE PAS! »

« NON! ÇA ME FATIGUE! DE CRIER! »

« VOUS VOULEZ! DE LA BIÈRE? »

« OUI! »

« DITES-MOI! POURQUOI LES GENS! NE PARLENT PAS! »

Jeune H. Hogan cria encore une fois :

« JE NE COMPRENDS PAS! POURQUOI! QUAND ON A ENLEVÉ! TOUS LES BRUITS! TOUT DEVIENT! TELLEMENT SILENCIEUX! IL N'Y A RIEN! DESSOUS! LES GENS VIVENT COMME ÇA! ENSEMBLE! ILS NE SAVENT PAS POURQUOI! ILS NE VEULENT PAS! SAVOIR! POURQUOI! ILS NE DISENT RIEN! ILS SONT! FIGÉS! ILS SONT! MUETS! LES VOITURES NON PLUS! NE DISENT RIEN! ÇA ME FAIT! MAL! CE SILENCE! PAS MOYEN! D'ENTENDRE UN MOT! IL N'Y A! PERSONNE! JAMAIS PERSONNE! JE NE COMPRENDS. »

Sa voix s'arrêta de crier. Il se leva en titubant, et il chercha la sortie à travers le bruit et la foule. La jeune fille aux yeux de charbon s'accrocha à son bras, et ils entrèrent ensemble dans l'autre caverne, plus grande encore, de la rue pliée sous le poids de la lumière solaire. Là, on n'avait même plus le temps de poser des questions. Il fallait marcher vite, et faire attention, parce que la rue repoussait de tous les côtés, avec ses quantités de murs.

La réponse était peut-être celle-ci : une île flottante, sur la masse boueuse de l'eau, au centre de la rivière, dans la chaleur épaisse, et sur cette île les arbres et les herbes ont poussé en désordre. Les larges feuilles aux bords recourbés, les fleurs qui sentent fort, les racines enfoncées dans la terre rouge, les branches droites, les branches cassées, la poussière douce qui recouvre les creux, les cailloux, les fossiles enfouis à 1 m 50 de profondeur, la vapeur qui monte lentement du sol vers 3 heures de l'après-midi, quand le soleil au centre du ciel brûle terrible ment.

Sur l'île, un peu partout, les parcours des animaux minuscules, les chemins des insectes et des graines volantes, les passages du vent, frais, chaud, froid. C'est un point ténu de la terre, un point comme il y en a des millions d'autres à peine semblables, à peine différents. Au centre du fleuve brun, l'île flotte mollement, comme suspendue par des centaines de ressorts souples et silencieux. Un lit, peut-être, un grand lit à deux places aux draps très blancs, où sont couchés un homme et une femme, nus, qui dorment. Un lit d'amour, comme on dit, plate-forme où se débattent deux corps furieux qui transpirent et halètent. Ou bien un lit de mort, dur et froid, qui enfonce dans la chair du dos d'une vieille femme ses séries d'aiguilles affûtées.

Ça, c'est le point où il faut choisir de descendre, pour un

jour, comme un dieu qui viendrait visiter ses hommes. Il faut regarder un long moment la tache verte de cette île, examiner chaque dessin qui la ferme au centre de son fleuve, essayer de posséder le paysage de ce lieu, l'acheter, s'y laisser prendre. Alors, après, il n'y a plus à hésiter. Le mouvement du fleuve vous porte paisiblement jusqu'au rivage, le treuil invisible vous hale doucement.

Le fleuve continue à couler vers le bas, et son long glissement d'indifférence creuse une route à travers la terre aride. Il vient de la montagne, quelque part au nord, et il coule vers la mer, quelque part au sud. Il est long. Il est paisible. Il n'a pas d'intelligence, et sa puissance ne signifie rien d'autre que cela : couler.

Il entraîne dans sa masse bombée, opaque, des morceaux de terre, des troncs d'arbre, des cadavres, des bulles. Il descend. Calme, lui, sans haine, sans désir, creusant toujours plus profond et plus large sa rainure aux bords baveux.

Et, sans bouger, l'île remonte le cours du fleuve, enfonçant son étrave au centre de l'eau, comme ça, facilement, et aussi douloureusement, dans le genre d'un sous-marin qui n'arriverait pas à couler. C'est cela le poids de la solitude, l'isolement entêté de ce bloc de terre, ancienne montagne que l'eau a réduite à cette motte de boue et d'arbres. On glisse lentement dans ce corps ancien, on prend sa forme ovoïde, on s'allonge sur la masse liquide, et on lutte contre le mouvement qui descend, pour rien, sans arrière-pensée. Les ondes s'écartent continuellement le long des flancs de l'île, créant une suite de tourbillons.

C'était cela, tout à fait l'œil du cyclope, le cratère du volcan éteint, ou bien la carcasse échouée d'une gigantesque baleine aux os noirs. On s'approchait du monstre, glissant sur la barque plate, écartant les unes après les autres les plaques des nénuphars. On suivait la route courbée du courant, patinant silencieusement sur la grande coulée de mercure qui reflétait le ciel. On descendait. La chaleur vibrait entre les joncs, il y avait des oiseaux, et des passages de vent, frais, froid, chaud. Au centre de sa prison aquatique, la masse bombée de l'île était bien tranquille. Seuls les imperceptibles frissons la parcouraient dans tous les sens, les sillons des gouttes d'eau continuellement suées, et bues. Les crissements des aiguilles des ronces, les stries des arbustes et des grands arbres, tous ces quadrillages, pointillés, piqûres, cheveux, qui avançaient rapidement, étendant indéfiniment leurs ramifications sur la terre. Et puis s'effaçaient aussitôt, recouverts par le silence, l'ombre.

C'était la vie, l'île de vie, aux milliers de goûts et de puanteurs; on n'avait vraiment rien à dire. Il aurait fallu se concentrer, et écrire sur un bout de papier, avec un crayon à bille, en fumant une cigarette, quelques mots et quelques chiffres :

KOH PEIN' TUA
ME PING
18º 50 N.
99º 02 E.

Ce qu'il fallait écrire, aussi, sur le même morceau de papier, c'était :

beauté
chaleur
eau sale qui coule
et
cris des oiseaux
et
nénuphars
et
reflet du soleil
insectes au ventre noir
serpents
ciel vide
cris des crapauds-buffles
beauté
beauté

en pensant à chaque mot, mort, mort, mort, mort. Il y avait tant de beauté, sur cette île, tant de calme et de douceur partout. Où était-ce? Pourquoi tous ces arbres avaient-ils pris racine là, pourquoi avaient-ils grandi, vieilli?

On était à bord du navire, maintenant, voguant aveuglément. Les chemins de sable étaient tracés dans toutes les directions, on voyait les traces de pas qui conduisaient aux endroits secrets. Les signes avaient été déposés là, n'importe comment, pour vous tromper, pour vous faire croire que la vie existait, qu'elle s'agitait quelque part. On allait de l'avant. On marchait le long du chemin, traversant sans arrêt la muraille de la chaleur. A gauche, à droite, les feuilles des arbres étaient accrochées aux brindilles, comme des étiquettes. Des espèces d'étiquettes, oui, sur lesquelles il n'y avait rien d'autre qu'un œil qui vous regardait. On ne pouvait rien oublier. Le danger était intensément présent, invisible, inaudible. Rien que des cris d'oiseaux bizarres, des vrombissements d'insectes, la fuite des lézards aux nuques raides, et l'eau qui enveloppait, qui serrait sa gaine plombée. Le soleil, mais personne ne levait la tête pour le regarder.

Sous lui, les taches d'ombre bougeaient imperceptiblement. Elles s'agrandissaient sur la surface terne du sol, se déployaient, étalaient leurs membranes transparentes. Et c'était un peu comme si un vent avait soufflé continuellement dans la même direction, couchant les unes à côté des autres les lames d'herbes. Personne n'y faisait attention. Quelque part, au-delà du fleuve, la nuit avançait, et personne n'y prenait garde. La lune sortait d'un buisson d'épines et s'étirait comme une bulle, personne n'y pensait jamais. Tout cela se passait mécaniquement, heure par heure, jour par jour, et ç'aurait aussi bien pu se passer sur une planète étrangère.

Pourtant, sur l'île, certaines choses devenaient plus évidentes. Il y avait un village, maintenant, un village comme les autres, aux rues bordées de petites maisons toutes pareilles, cubes de ciment blanc troués de deux fenêtres et d'une porte. Devant chaque cube, était un jardinet de fleurs et de feuilles, et au-dessus de chaque porte un nom était écrit. Les noms se suivaient, chacun différent, WARAPHOL, T. E. SIMMONS, CLARKE, BRUCKER, NIELS, YOUNG, HOKEDO, et chacun disant la même chose. C'était un camp, un labyrinthe ordonné et prospère. Au centre de l'île flottante, les rues partaient, bien droites, couloirs sablonneux bordés de cubes blancs, où l'on progressait sans bruit. On avançait comme prisonnier d'une bulle, au fond de la mer, à travers les restes d'une cité oubliée. On ne s'arrêtait pas. Où pouvait-on s'arrêter? C'étaient sans cesse les mêmes blocs de ciment, les mêmes orbites vides des fenêtres, les mêmes portes, les mêmes bouquets de fleurs rouges et or, les mêmes noms écrits sur des plaques de bois, MAT-THEWS, AH SONG, DORIAN, comme s'il y avait eu toujours le même mot écrit en lettres noires, au milieu du spectacle de la beauté, du silence, de la vie aux agissements délicats : DES-TIN, DESTIN, J. E. DESTIN, DESTIN & CO, DESTIN, GEORGE F. DESTIN. Il fallait donc continuer à marcher dans les ruelles, plongeant son regard au fond des maisons vides pour chercher à voir une image, une face, une main.

La poussière se déposait sur les pétales des fleurs rouges et or, les taches d'ombre se promenaient sur le sol, la chaleur était là. L'île était grande comme un continent, on pouvait la visiter pendant des années, sans s'arrêter.

Faces sans nez, mains sans doigts, doigts sans ongles, yeux sans paupières, oreilles arrachées, bouches sans lèvres et sans dents, pieds coupés, jambes coupées, bras coupés, moignons, corps troués, abîmés, effacés, couleur de terre, et les taches d'ombre s'étaient fixées sur eux, continuant leur marche de gauche à droite, avec une très grande lenteur.

Ils ne disaient rien. Ils étaient arrêtés au soleil, debout, ou bien accroupis dans le sable, ils attendaient. Il n'y avait aucune peur sur leurs visages; vieillesse et jeunesse mélangées, pauvreté, inintelligence, impuissance. Sur une sorte de place sablonneuse, devant un hangar de tôle, ils étaient réunis, les habitants, les seuls habitants de l'île. Ils ne parlaient qu'à voix basse. Ils ne se regardaient pas. Ils étaient là, sans nécessité, prisonniers du cercle du fleuve, prisonniers des odeurs de jacinthe, des fleurs rouges et or, des cubes de ciment des maisons. Ils n'avaient plus de nom, peut-être; ils appartenaient aux MERE-DITH, DRAD, KOLHER, DELACOUR qui avaient acheté les plaques de bois pour y faire graver leurs noms.

Quelque chose les avait réunis là, quelque chose d'incompréhensible, une maladie au masque léonin, aux mains gonflées dont les doigts pourrissaient sans douleur. Cela avait dû se passer il y a bien longtemps, et maintenant, plus personne ne se rappelait rien. Le labyrinthe aux cubes blancs était prêt, chaque case obscure attendait son corps, chaque bol de terre cuite attendait sa bouche. Ç'avait été très simple, en effet. Il avait suffi de franchir la rivière. Dans l'île, les masses de feuillages verdâtres, les nœuds de brindilles et de feuilles, les fleurs, les cris rauques des oiseaux étaient prêts, eux aussi. Ils avaient tendu leur piège de beauté et de douceur, ils avaient ouvert leurs gueules aux exhalaisons enivrantes, ils avaient offert leur silence et leur paix; et les hommes avaient décidé d'habiter là. Ils y étaient, maintenant, pour une espèce d'éternité. Ils travaillaient. Ils avaient des passions, des amours, des enfants. Ils parlaient. Ils mangeaient. Le soir, ils buvaient un peu, puis ils s'endormaient. Ils allaient chercher l'eau à la rivière, ils faisaient cuire leurs repas sur des feux de bois, ils fumaient des cigarettes américaines qu'on leur donnait. De temps en temps, ils allaient dans la grande maison blanche, et on leur faisait des piqûres, des analyses. Tout cela était facile, il n'y avait pas de peur. De temps en temps aussi, ils s'arrêtaient, parce que sur le chemin de sable arrivaient un homme vêtu d'habits de nylon, et une jeune femme aux longs cheveux et au corps bronzé. La jeune femme marchait en se tordant les chevilles, à cause de ses talons hauts, et le jeune homme portait des lunettes noires. Il s'arrêtait au soleil, en tenant la jeune femme par le bras, et il disait à voix basse :

« ... Et celui-là, tu as vu? »

« Affreux, oui, oh c'est affreux. »

« Et la vieille femme, là-bas, elle n'a plus de nez, mais attends, ne te retourne pas tout de suite. »

Ou bien c'était un groupe d'hommes aux visages suants, qui cherchaient l'emplacement d'un nouveau cube de ciment aux orbites vides, et ils se serraient la main, et ils se congratulaient, CAMPBELL, THORNTON, je vous en prie, oui, W. C. ZIEGLER, très intéressant en vérité, PIENPONG SANG, œuvre magnifique, LEOPOLD GALLI, PORTER, GEORGE F. DESTIN. Parfois même, c'était un homme au visage maigre, aux yeux lumineux, qui venait en courant jusqu'au village et qui voulait absolument embrasser tout le monde, hommes, femmes, vieillards, enfants. Et il serrait longuement entre ses mains les moignons difformes couverts de croûtes blanches, et il y avait quelque chose de très laid, une vilaine excitation qui brillait au fond de ses yeux.

Voilà. Pendant ce temps, l'ombre a glissé un peu plus de gauche à droite. Elle est entrée à l'intérieur des cabanes de ciment, et on la voit se gonfler doucement dans les orbites vides. La chaleur est grise et terne, pareille à de la poussière de cendre. Sur le navire qui voyage sur place, le sommeil va bientôt venir. Il prendra les faces écrasées les unes après les autres, il couchera par terre les corps marqués de cicatrices. Ici, comme partout ailleurs, on n'attend pas. Deux enfants courent pieds nus sur la terre, qui garde l'empreinte étrange où manquent deux ou trois orteils. Une jeune femme a levé la tête, et sur son masque plat sans nez et sans bouche, les deux yeux sont bien tranquilles. Il n'y a rien d'autre dans son regard que ce qu'elle voit. Le secret de la catastrophe est perdu dans le temps, il n'existe même plus. Non pas oublié, ni vaincu, mais le secret est devenu illisible sur la chair refermée. La blessure a rapproché ses lèvres, on ne peut plus voir ce qui avait été si brièvement exposé. Le sac du corps. Toute cette peau est bien close, il n'y a plus de fuite pour le sang.

Autrefois, ailleurs, il y a eu cette vision du crime, de la guerre, de la violence contre la race humaine. Un pied gigantesque chaussé d'une pantoufle gigantesque s'est abattu sur la terre, a tout écrasé. Puis les insectes ont ramassé leurs restes, ils ont lissé leurs ailes et leurs pattes, ils ont étendu leurs antennes. Le pied monstrueux s'est soulevé, a disparu.

Sur l'île, la beauté continue à donner ses coups. Elle frappe avec ses feuilles, avec ses fleurs rouges et or, avec sa chaleur, ses cris d'oiseaux. Les lézards courent sur les clairières de sable, en redressant leurs nuques raides. Les guêpes filent au ras du sol. Les petites taches d'ombre se réunissent peu à peu, et la nuit commence de gauche à droite. Tant de beauté qui ne sert à rien, tant de beauté, de force, de

Tant d'âcres parfums qui montent du sol, tant de souplesse dans la terre, tant de couleurs, de signes, de noms partout. Tout est venu s'inscrire ici. Les grands spasmes de la vie, les joies, les souvenirs. Un entonnoir est né, un jour, au-dessus de ce point du monde, et toute la puissance s'y est déversée. Comment est-ce possible? Comment les murailles de ce lieu tiennent-elles encore? C'est l'ultime chargement, peut-être, dans les parois gonflées de l'arche qui flotte au-dessus des eaux. Le bateau ne va nulle part. Il n'a pas de destinée. Il surnage seulement par-dessus la masse de l'oubli, avec sa cargaison de feuilles, de terre, d'insectes et d'hommes. Beauté pourrie, mais l'odeur de la pourriture est une nouvelle beauté. Plénitude, danger, mort partout, dans chacune de ces brindilles, dans chacune de ces fleurs. Yeux cachés qui vous épient quand vous passez, et ce ne sont pas les yeux de la conscience. Ce sont les millions d'ocelles de la vie, toutes les antennes frémissantes, toutes les cellules orientées; c'est ici qu'il faudrait vivre, sans doute, avec un visage au nez rongé et avec des moignons à la place des pieds et des mains. Habitant un cube de ciment avec un nom inscrit au-dessus de la porte : George F. Destin. Ce serait une façon d'être pris dans la fièvre du monde, une façon d'arrêter la fuite. Le jour, on irait tailler des morceaux de bois avec son couteau, et quand le soir viendrait, on regarderait le soleil se coucher sur la rivière boueuse.

Et on flotterait tout le temps. Ou bien, on écouterait les cris enragés des oiseaux, sur les arbres, on regarderait vivre des carabes. Et tout le temps, on serait prisonnier de l'extraordinaire beauté, du calme, de l'espèce de frisson, partout on sentirait la présence du drame. Et ça serait comme d'habiter un cimetière sur une île, circulant au centre des tombes, lisant les noms, fumant des cigarettes, donnant sa sueur à boire aux mouches. Il y aurait des femmes et des enfants, et les enfants des enfants, ça ne pourrait pas s'arrêter. La vie passerait très vite, ou très lentement, comment dire? Mais elle passerait, elle déambulerait.

C'était presque fini. Il fallait quitter l'île, ou la chambre; l'ombre était plaquée partout, à présent. Dans les boules de feuillages, il y avait des explosions de cris, suivies de silences. Au-dessus des portes, les noms devenaient peu à peu illisibles, ils s'effaçaient. Le ciel était creux. C'était à des milliers de kilomètres de tout, bien clos, bien paisible. Seul. C'était un radeau qui flottait sur la mémoire, entouré des remparts de la chaleur moite, ou bien un volcan qui fumait au centre d'une plaine. On ne partait pas. On retournait en arrière, on se perdait dans le couloir du temps, et, tout au fond, la porte blanche devenait de plus en plus petite.

Est-ce que vous voyez ça, maintenant? Une tête de femme au visage sans traits, aux deux yeux noirs brillant fixement, et cette tête flotte toute seule au centre d'un fleuve gris, et de la bouche ouverte en train de respirer, il ne s'échappe jamais aucune parole, aucun mot, aucune espèce de cri, prière, injure, seulement du silence, du silence, du silence?

Voyager, voyager par haine. Aujourd'hui, j'avance le long du fleuve. Sur la barque qui glisse, je marche le long du fleuve. L'eau est très plate, couleur de métal, avec de grands reflets blancs. J'entends loin derrière moi les coups du moteur. L'eau coule le long de l'étrave, se sépare avec de petites rides, frissonne. La barque glisse entre les roseaux qui s'écartent. La chaleur du ciel se réverbère sur la plaque de l'eau, fait de grands éclairs. Le monde n'est plus que de l'eau, de l'eau magique où frappe la lumière. Je marche le long du miroir sans fin, je regarde les images doubles qui dansent. Je suis dans la stupeur. L'eau baigne les rives, baigne les buffles, baigne le corps des femmes. L'eau est tendue sous le ciel blanc, elle est fine comme une toile d'araignée, épaisse comme le marbre. La chaleur est si forte, que c'est comme si tout était froid. L'air ne bouge pas. Des choses pourries flottent dans le fleuve, dérivent en même temps que la barque. L'eau, l'eau à serpents. Le lac est long, coulée de caoutchouc, flot de salive. Tout rampe. Les bruits sont loin, les bruits dorment enroulés sur eux-mêmes avec leurs écailles luisantes. Il y a des millions de noyés, dans l'eau, qui veulent qu'on les rejoigne. Le fleuve descend vers la mer, il serpente lentement sur la terre verte. Parfois, les méandres se coupent, et il y a de drôles de flaques en forme de demi-lune, qui s'évaporent au soleil. Les insectes volent tout près de la surface, les moustiques, les libellules, les tendres araignées.

La barque avance, frôle, avance. Elle glisse au milieu de la chaudière invisible, elle se perd. Il y a des îles, il y a des caps. L'eau est un verre de lunettes noires, on ne voit rien de l'autre côté. Sur le fleuve couleur d'argent, avec le ciel blanc, les reflets, les brumes de craie, sur toute cette poussière de fer, ces gouttes de vif-argent, le radeau noir dérive, s'en va. Je suis pris sur la photographie éblouie, quelques lignes grises et noires qui vont bientôt disparaître.

Je voudrais tant que plus rien ne soit différent de moi, qu'il n'y ait plus jamais d'éloignement.

L'exotisme est un vice, parce que c'est une manière d'oublier le but véritable de toute recherche, la conscience. C'est une invention de l'homme blanc, liée à sa conception mercantile de la culture. Ce désir de possession est stérile. Il n'y a pas de compromis : celui qui cherche à s'approprier l'âme d'une nation en arrachant des bribes, en collectionnant des sensations ou des idées, celui-là ne peut connaître le monde ; ne peut se connaître lui-même. La réalité est à un autre prix. Elle demande l'humilité.

C'est d'une autre façon qu'il faut aimer ce pays. Il faut l'aimer, non parce qu'il est différent, ou lointain (lointain de quoi ?), mais parce que c'est un pays qui ne se laisse pas prendre facilement ; parce que c'est un pays qui se défend contre l'intrusion, parce qu'il a une vérité intérieure que je ne connaîtrai sans doute jamais. Parce qu'il est, comme *mon* pays, un lieu de ce monde, un instant de ce temps irréductibles aux théories et aux schémas. Il n'est fait d'aucun artifice. Tout ce qui s'y trouve lui appartient. Comment ne pas parler librement d'un pays libre ? Comment ne pas être ému par tant de contradictions naturelles, de sérénité et de violence, de saleté et de beauté ? Ces contradictions sont réelles. La terre n'est pas fabuleuse, ni paradisiaque. Elle n'est donc pas l'enfer.

Non, ce qui est intéressant, ce qui est affinant, ce qui efface enfin le voile qui sépare chaque individu du monde, c'est une terre comme celle-ci, une terre ancienne, habitée par des hommes qui parlent le même langage et travaillent aux mêmes choses. Non pas une terre légendaire, mais un sol réel, où existent des êtres aux visages réels, vieux peuple jeune qui a pris lentement racine, et qui a choisi ce lieu pour qu'il soit le sien.

Quel est le mur invisible qui maintient ce peuple, quel est l'amour secret qui unit ces êtres, quel est le nom qui les défend et les protège? Donnez-moi ce nom, ne serait-ce qu'une fois, pour que je ne l'oublie pas, moi qui suis dans la fuite... Devant cette terre plate, mélangée d'eau, sous ce ciel aux nuages bas, dans la chaleur épaisse qui descend du soleil, ou bien au milieu de la fourmilière terrible de cette ville géante, c'est toujours la même interrogation qui revient. Et cette interrogation que la vie agressive avait masquée, ici devient claire. Comme du haut d'un phare, on voit le spectacle, au dessein gravé, l'étonnant destin des hommes qui les groupe et les attache. On est là soi-même, un point parmi les autres points, sans nécessité ni recours, prisonnier de sa langue et de sa race, prisonnier de son temps, et pourtant, au même moment, on est au-delà de toute expression, indéfiniment LIBRE!

Je voudrais surtout parler du silence. Un silence qui n'est pas une absence de paroles, ni un arrêt de l'esprit. Un silence qui est une accession à un domaine extérieur au langage, un silence animé, pour ainsi dire, un rapport d'égalité actif entre le monde et l'homme. L'univers bâclé de la signification immédiate, des mots et actes utiles, n'a plus tellement d'importance. Ce qui compte, c'est cette harmonie de rythmes. On ne peut pas oublier ce voyage, ce passage de la pensée dans la vie matérielle.

Au centre de la campagne plate, sur la route d'Ayutthaya, par exemple, quand règne la terrible chaleur de midi. La vapeur monte du sol surchauffé. Je regarde autour de moi. Je ne vois que les étendues de terre mouillée de sueur, allant jusqu'au ciel directement, sans horizon. Il n'y a pas de bruit, et la lumière rebondit sur la grande flaque. Il n'y a pas de mouvement. Cela est indicible. Alors, naturellement, sans aucun déchirement, les mots ont cessé d'exister, et les idées, et les actes. Il ne reste que cette élongation du temps sur l'espace.

Quelque part, sur cette terre pleine de connaissance, les gens vivent, travaillent dans les rizières. Leurs pensées, leurs mots sont là, mélangés à ce sol et à cette eau. C'est comme si doucement, sans à-coups, le voile qui me sépare de la réalité s'était aminci, avait usé sa trame, prêt maintenant à se déchirer pour laisser passer les grandes forces. Devenu transparent, presque transparent. A travers son immobilité, je devine les signes indécis des réponses qui vont venir. C'est le silence.

Ou bien assis à l'avant de la barque, sur le fleuve. La chaleur flamboie sur les vagues aux angles de métal. Sur la masse bombée, qui coule entre les rangées de maisons de bois, les pirogues à l'étrave carrée remontent le courant. Leurs moteurs sont déchirants. Et ça aussi, c'est le silence. Car ce fleuve lourd est une voix; et ce que dit cette voix est plus important et plus beau qu'un poème.

Dans la nuit chaude à cancrelats, à l'intérieur de l'enceinte du temple, les baraques de la foire sont dressées. Devant l'une d'elles, hommes, femmes, enfants, assis par terre, regardent le spectacle des acteurs masqués figés dans leurs poses frémissantes, tandis que la musique résonne dans les haut-parleurs. Rythmes accélérés de l'*Auk Phassa*, chants nasillards du *Rabam Dawadeung*, psalmodies du *Ramayana*. Vieux tableaux violents sous la lumière des néons, tableaux de la vie qui n'a pas cessé, musique qui est née des bruits du monde, rythmes magiques qu'on n'entend plus, silence qui demande que j'écoute, que je cesse enfin d'interrompre ce qui m'est sans arrêt communiqué.

Rythme du jour et de la nuit, rythme des bains, rythme du Ja-Ké, rythme du langage à tons, des vers Klong, des Kap, des Klon. Rythme de la lumière, des pluies, des architectures aux toits porteurs de griffes. Rythme des maisons de bois aux terrasses légèrement abaissées afin que la brise du soir puisse, en glissant faiblement, venir jusqu'aux corps des dormeurs. Tous ces rythmes sont silence, parce qu'ils éteignent en moi d'autres rythmes, parce qu'ils m'obligent à me taire.

Ce silence d'au-delà des mots n'est pas indifférent. Cette paix n'est pas un sommeil. Ils sont un rempart construit contre les agressions du soleil, du bruit, de la guerre. Sur le visage nu de cette femme debout au centre de sa pirogue, il y a l'orgueil, la volonté. Sur son masque inamovible, modelé selon le moule ancien de sa race, est écrit le texte de la vieille charte : quand ce peuple a échangé son âme avec celle de cette terre. Chaque jour, au centre du fleuve, ce visage affronte les ennemis invisibles. Elle ne le sait pas, personne ne s'en doute vraiment, mais ce combat est livré chaque jour, chaque minute, et c'est un combat mortel. Sait-elle seulement qu'elle est victorieuse ? Sait-elle la force et la violence qui l'animent, quand de son lent balancement elle appuie sur la rame, poussant au centre du fleuve la barque fragile sous ses pieds ? Elle ne le sait ni l'ignore, car elle est elle, et ce fleuve est elle, et chacun de ses gestes est noble, parce qu'il n'est pas gratuit. Elle décrit son destin, sa civilisation.

Contre le bruit terrible qui menace chaque homme, contre la haine et l'angoisse, elle oppose l'harmonie et la paix de son silence. Et par moments, sous l'accablement de ce soleil, devant cette terre plate mêlée d'eau, d'où l'horizon a disparu, ou bien devant le tourbillon de cette foule aux visages pareils, aux pensées pareilles, que meut l'instinct mystérieux de peupler, le silence permet ce miracle rare, privilège des terres de conscience, d'apercevoir à travers le mince rideau de tulle qui sépare de la réalité, le dessin exact de l'aventure.

Ces choses-là se passaient il n'y a pas longtemps, à Bangkok, à Bang-Pa-In, ou à Djakarta.

LE JOUEUR DE FLUTE A ANGKOR

Hogan vit le petit garçon qui jouait de la flûte, assis par terre au milieu des ruines. Il y avait ce grand cirque d'herbes et de poussière, entouré de morceaux de murs pourris, d'arbres rabougris. Depuis longtemps il n'avait pas plu, et tout était sec, poudreux. Le soleil d'environ 4 heures de l'après-midi était haut dans le ciel. Régulièrement, il disparaissait derrière les boules des cirro-cumulus. Des taches d'ombre grise avançaient sur la terre, pareilles à des nuages de cendres, elles glissaient sans bruit à travers le cirque d'herbe. Les murailles changeaient de couleur, devenant noires, puis rouges, puis noires à nouveau. Dans les creux, près des tas de cailloux, il devait y avoir beaucoup de lézards, qui changeaient de couleur aussi.

Le petit garçon était assis par terre, au centre du cirque rempli d'herbes et de poussière, et il ne s'occupait pas des ruines. Il n'était pas exactement assis : il était accroupi sur ses talons, ses jambes nues repliées, le haut du corps penché un peu en avant. Il soufflait dans une longue flûte en bois de bambou où avait été gravé au feu un serpent qui s'enroulait autour du tube. Il soufflait dans la flûte sans regarder à droite ou à gauche, le visage indifférent, les yeux fixés droit devant lui. Ses deux avant-bras reposaient sur ses genoux. Ses mains seules bougeaient. Les doigts bruns aux ongles sales se soulevaient et s'abaissaient rapidement, sans changer de place. La flûte était penchée vers le sol, et la bouche de l'enfant touchait légèrement l'extrémité supérieure. De temps en temps, le petit garçon arrêtait de jouer, et reprenait son souffle. Puis il posait les lèvres sur l'embouchure de la flûte, ses joues se gonflaient, palpitaient imperceptiblement. L'air descendait le long du canal du bambou, faisait de drôles de nœuds invisibles, des faisceaux, des interférences. Tout le long de la flûte, il y avait une série de trous : sept trous sur le dessus, un sur le côté droit, et un autre sur le dessous. C'étaient de petits trous bien ronds, creusés dans le bois, alignés les uns derrière les autres, des puits minuscules dont on ne voyait pas le fond. Au bout inférieur de la flûte, un ruban rouge pendait.

Le petit garçon jouait tranquillement. Quand il y avait du soleil, il jouait au soleil. Son ombre était accroupie derrière lui, sur l'herbe.

Quand Hogan s'approcha de lui, il s'arrêta de jouer et le regarda. Ses deux mains penchèrent la flûte vers le sol, en bouchant tous les trous. L'enfant hésita un instant, regarda Hogan avec des yeux méfiants. Hogan s'accroupit lui aussi dans l'herbe, et alluma une cigarette. Dans le ciel bleu, les cirro-cumulus étaient très hauts, pareils à des grains de sel lancés n'importe comment. Ça faisait que le soleil s'allumait et s'éteignait continuellement. L'enfant regarda le ciel pour voir ce qu'il y avait. Puis, il ne fit pas plus attention à Hogan que si ç'avait été un chien qui était venu s'asseoir à côté de lui. Il reprit sa flûte et recommença à jouer.

La musique parlait toute seule au centre du cercle de ruines, là, sur l'herbe poussiéreuse. C'était toujours le même air qui sortait de la flûte, une série de notes ascendantes, une hésitation, une nouvelle série ascendante, une hésitation, puis quatre ou cinq notes graves, une hésitation, une série de notes descendantes. Mais on comprenait tout de suite que c'était un air inépuisable. Rien ne le commençait, rien ne pouvait l'arrêter. Ou plutôt, on pouvait l'arrêter n'importe quand, au milieu de l'hésitation, par exemple, ou bien là, sur cette trille basse, ou bien là encore, après cette suite de trois notes en demi-ton. Le son de la flûte était très perçant, net, il filait droit dans l'air serré comme un vol d'oiseaux, il ne s'écartait jamais de sa route. Cela aussi, c'était quelque chose de difficile, d'inaccessible, quelque chose sur quoi l'esprit n'avait pas de prise.

Hogan était accroupi dans l'herbe, il regardait le petit garçon qui jouait de la flûte en regardant devant lui. Un moment, il eut envie de se lever et de demander à l'enfant comment il faisait pour jouer ainsi de la flûte. Il eut envie d'essayer de siffler à son tour, de boucher avec ses doigts les neuf trous sur le tube de bambou, en mettant le pouce sur le trou du dessous, l'index replié sur le trou du côté, le médius et les autres doigts de la main droite posés sur les sept trous du dessus. Il y aurait eu aussi le serpent dessiné au fer rouge qui se serait enroulé jusqu'à sa bouche, et le ruban rouge qui aurait pendillé entre ses genoux. Mais tout de suite il n'y pensa plus, et il continua à écouter et à regarder.

Dans le cirque d'herbes, il n'y avait personne. De l'autre côté des murs en ruines, les touristes se promenaient, se faisaient photographier. Ils lisaient des livres où il était question de bas-reliefs, d'Ipsaras, d'invention du cinématographe. Des femmes drapées dans des robes longues vendaient des bouteilles de soda. Des hommes trapus couraient en agitant des peintures, en offrant des bouts de terre cuite, des têtes en bronze, des porte-clés.

Le son de la flûte perçait le silence. Il montait très haut, avec de petits cris aigus qui vibraient fort. Il redescendait vite, glissant de note en note, et les dix doigts se refermaient sur le tube. De temps en temps, le petit garçon faisait glisser son pouce vers le bas, et soulevait son index; alors le son se cassait d'un seul coup, et venait une sorte de gémissement, très loin dans l'espace, un doux bruissement de feuilles, un minuscule grincement qu'on percevait à peine. Il rebouchait le trou latéral et le grincement s'aiguisait, tandis que les doigts agiles laissaient fuir des dizaines, des centaines de notes en quart de ton, des espèces d'appels de chauve-souris, montant, descendant, remontant, parcourant la plaine de leur agitation maladroite. La flûte n'avait pas une seule voix. Elle en avait plusieurs, des douzaines peut-être, voix puissantes, sifflets de locomotive, sirènes de navire, miaulements de balles, murmures, frictions douloureuses, couacs, hoquets, ou rires, voix pour monter vite et voix pour planer, voix pour imiter les voix de femmes, ou voix pour imiter le vent. Mais tout cela se faisait simplement, sans manières, sans désir de virtuosité, sans émotion. La flûte ne voulait pas qu'on sente, ne voulait pas qu'on soit triste. Elle ne fouillait pas dans l'âme, elle ne cherchait pas à convaincre. Elle était là, seulement là quand il le fallait, poussée de vent et de bruit au milieu du silence des murs, sans rien annoncer, ni rien attendre. Les notes allaient et venaient, toujours les mêmes, se cassant, se divisant, remplissant l'espace qui se vidait immédiatement. Elle était là comme un brin d'herbe, ou comme un lézard, elle n'avait pas de volonté.

Hogan écoutait la musique de la flûte, sans oser bouger. Quand il eut fini sa cigarette, il l'écrasa sous une motte de terre sèche, entre les herbes. Il vit que le soleil était un peu plus bas dans le ciel, dix millimètres plus bas environ. Il vit que les nuages avaient traversé vers la droite, les drôles de cirro-cumulus flottant dans l'air à plus de 6 000 mètres. Sur la terre, les arbres rabougris avaient besoin d'eau. Il y avait encore quelques vagues murailles en ruines, un peu partout autour de la plaine d'herbes, mais on n'y faisait plus attention. C'était la musique aiguë de la flûte qui vidait ainsi. Elle enlevait des choses au monde, elle les dissolvait doucement, les faisait disparaître. Le son unique sortait du tube de bambou, entre les mains du petit garçon, et se promenait à travers l'espace. On ne le voyait pas, mais il allait vite, comme une fêlure, comme un filet d'eau en train de couler.

C'était peut-être une voix de femme, une voix souple et ferme, aux accents nasillards, aux longues syllabes claires qui résonnaient dans le silence. Une voix de femme en quelque sorte éternelle, avec son visage mobile aux yeux ouverts, avec sa bouche et ses dents, avec ses cheveux noirs, avec sa poitrine gonflée et ses hanches larges. Elle envahissait l'espace, elle recouvrait la terre. Partout où on regardait, elle était là...

Elle dansait sur ses pieds nus, elle étendait ses bras, elle allongeait ses doigts.

La musique avait cessé d'être étrangère. Elle était unie à chaque chose, elle sortait clairement de la terre, des arbres rabougris, des vieux murs écroulés. Elle jaillissait tout le temps du ciel, elle bougeait avec les boules des nuages, elle arrivait à toute vitesse avec la lumière. Il n'y avait plus de raison d'écouter. D'être loin. On n'avait plus d'oreilles. On était près, tout contre, on était avec elle. La musique était longue, elle n'avait plus de fin. Elle n'avait jamais commencé. Elle était là, infiniment immobile, tout à fait semblable à une flèche dans l'air, une flèche qui ne volerait pas.

C'était cela que disait la flûte, pendant que le petit garçon accroupi soufflait et bougeait ses doigts. C'était cela qu'elle voyait. Les notes ductiles étaient devenues un vrai regard, un long regard de conscience qui s'appuyait sur le paysage. Il allait et venait, il se déplaçait sur les brins d'herbe, il traversait les branches des arbustes, les murailles, les corps des gens. Le regard calme allait jusqu'au bout de l'horizon, et plus loin encore, il s'enfonçait dans le ciel transparent, il rejoignait les cirro-cumulus à 6 000 mètres au-dessus de la terre, il allait jusqu'au soleil et aux étoiles invisibles, il visitait tous les univers-îles qui se fuyaient dans le vide. D'un bond, il avait atteint les limites du monde réel, il avait traversé l'être comme un frisson. Le regard aigu de la flûte avait tout vu. Il avait voyagé sans effort à travers l'intelligence, plus vite que les millions de mots, et il continuait, encore, encore, plus loin que le temps, plus loin que la connaissance, plus loin que la spirale vertigineuse en train de se visser dans le crâne d'un fou.

Hogan était loin, à présent; il était assis sur ses talons, dans la plaine d'herbes au milieu des ruines, comme un chien aux pieds de sa maîtresse; la chaleur et la lumière étaient dures, le vent ne soufflait pas. Où cela se passait-il? Qu'est-ce qu'il allait faire? Les nuages sont lents dans le ciel, les arbres rabougris ont besoin d'eau. Est-ce qu'il y a assez de mots pour chacun de nous? La joie est grande, la joie aux notes qui montent et descendent, aux chuintements doux, aux trilles aigres. La peur est grande aussi, la peur volubile qui meuble le silence. La terre est lointaine, on la voit par le mauvais bout du télescope. Est-ce qu'on est de ce côté, ou de l'autre côté du miroir? Les oiseaux crient, les chevaux crient, les poissons crient, même les punaises crient quand passe le sang, et aussi les herbes qui n'ont pas de bouches. Tout est froid, tout est *inhabité*.

Quand le soleil fut à environ quatre heures et quart de l'après-midi, le petit garçon s'arrêta de jouer. Il se leva sans regarder Hogan et s'en alla en marchant dans l'herbe avec ses pieds nus. Alors Hogan s'en alla lui aussi. Il longea une espèce de chaussée faite de dalles usées, qui traversait un canal. Il vit beaucoup de gens aller et venir avec des appareils de photo, des calepins et des lunettes noires. Et il eut de grandes difficultés à se remémorer une partie de ce qu'il avait compris.

La posture accroupie :
devant le feu, devant l'eau
pour la miction, la défécation, l'accouchement.
Repos difficile
équilibre.
Posture favorisant la concentration totale de l'être
seuls les pieds touchent la terre
(debout, il y a dispersion)
Posture de l'envol
posture vigilante
(assis il y a abandon)
Les peuples attentifs vivent accroupis.
La figure ramassée de l'homme accroupi dans la
poussière répugne à l'homme civilisé.
ENFANT ACCROUPI DEVANT LA TERRE
HOMME ACCROUPI QUI MANGE
FEMME ACCROUPIE LAVE DANS LA RIVIÈRE

« Ils entrent dans l'obscurité aveugle ceux qui suivent l'igno-
rance mais ils entrent dans une obscurité encore plus grande
ceux qui cherchent seulement la connaissance. »
(Isha Upanishad)

La question est maintenant : un ou plusieurs?

C'est la grande question, c'est la seule question à laquelle on puisse espérer répondre un jour, avec sa vie, avec sa vie toute pleine de paroles. La fuite m'avait caché cela. Je ne le voyais pas. Je ne me doutais pas qu'il pût y avoir une telle question. Je ne m'étais posé que des questions sans importance, des questions à côté, du genre de : Est-ce qu'il y a Dieu? Qu'est-ce qu'il y a après la mort? Et puis, le monde a-t-il une fin? Est-ce qu'on peut vivre sans morale?

C'étaient de mauvaises questions, parce qu'il était évident que je ne pouvais pas y répondre.

C'étaient des questions, des tremblements du langage, des imperfections, l'exposition des désirs inassouvis, exprimée par du désirable. Je ne pouvais pas y répondre parce que, comme les autres, je n'en avais pas les moyens réels. Le langage m'avait aveuglé de son mensonge quotidien. Il m'avait accoutumé à penser en termes explicites, en raison de raisons linguistiques. Qu'y avait-il à dire? Il y avait à constater, comme d'habitude, l'impuissance de la pensée à véritablement convaincre, à imposer ses lois à l'univers. Mais cela ne faisait rien. Je voulais savoir. Je n'imaginais pas qu'on pût sortir du cirque étroit, regarder ailleurs, respirer ailleurs. Maintenant, je le sais, la véritable question est : l'un ou le plusieurs?

Mais au moment même où arrive sur moi la question, qui

m'accable, je sais que je n'y répondrai pas. Que je n'aurai pas de mots pour elle, puisque le langage est l'un, et qu'il s'agit de concevoir le plusieurs. Je n'aurai pas de paroles pour cela. Je n'aurai que des gestes, à la rigueur, pour allumer avec ma main droite une cigarette neuve, pour presser sur la détente de l'appareil-photo qui tue, ou bien pour dessiner sur une feuille de papier blanc des milliers de points noirs :

J'aurai des millions de gestes, depuis le début de ma vie jusqu'à sa fin, et peut-être même après, et ces millions de gestes seront ma réponse.

J'aurai des milliers d'écritures, rondes, cassées, penchées, renversées, des écritures tamoul, des écritures arabes, des écritures cunéiformes. J'aurai les hiéroglyphes maya, les signes chinois du premier millénaire, les caractères phéniciens, étrusques, hébraïques. J'aurai les pictogrammes Kuna, les tatouages maoris, les encoches sur les galets magdaléniens. Les graffiti sur les murs des pissotières à Londres, les calligrammes thibétains, les peintures jaunes sur les visages des peyoteros, les affiches, les enseignes lumineuses à Hong Kong, les incisions des poupées Karaja, les tableaux labyrinthes des Guarayos.

J'aurai les codes, les panneaux de signalisation au bord des autoroutes, qui disent, roulez! roulez! Les signes du Zodiaque, les runes, les quipus, les mosaïques, les tapisseries, les cerfs-volants, les osselets, toutes les croix potencées, toutes les roues, toutes les fleurs de Tóto, tous les arcs-en-ciel et les calendriers solaires qui ont servi de route aux peuples en exode. Tant de gens ont marché! Tant de pieds ont foulé le sol, tant de corps ont été mis en terre, ou brûlés sur les bûchers. Il y a eu tellement de douleurs, de crimes, de violences, ici, et là! Les champs ont été ravagés, et ils sont si grands que personne n'en voit jamais la fin. Sur les mers, les bateaux ont voyagé, et il y a tant de mers!

J'aurai aussi ces millions de corps, pour essayer de répondre. Ces millions de façons d'être, ces millions de peaux de nègre, de kabyle, de khirgize, de soudanais, d'hindou, d'indien, de métis, de blanc, d'albinos! Ces millions d'âges, à quelques secondes près, ces millions de races, de civilisations, de tribus. Pour répondre j'aurai l'histoire, non pas l'*Histoire*, mais les histoires, les aventures, qui ont traversé le temps, qui ont écrit sur les troncs d'arbre et sur les parois des cavernes.

J'aurai le vie du paysan Aurelius, qui labourait son champ dans le Latium, du temps de Claudius Niger. Celle de James Retherford, qui ferrait les chevaux à Cantorbéry, en 1604. Celle du colon Lipczick, qui avançait en chariot à travers les steppes du Wyoming, en l'an 1861. J'aurai la vie de Khabarov, arrivé enfin devant le fleuve Amour. La vie de Cuauhtetzin, en train de marcher au soleil, dans la poussière, du milieu de sa troupe d'esclaves chargés de cacao, en l'an Un de Acatl.

J'aurai aussi la vie d'un certain François Le Clézio, parti avec sa femme et sa fille pour l'Ile de France, et j'aurai écrit sur du papier à lettres vert :

Journal d'un voyage de Bordeaux à l'Isle de France
sur le bricq Le Courrier des Indes
Départ le 27 floréal An 7
Arrivée le 17 fructidor An 7

du 29 floréal
Le tems étant brumeux, nous avons perdu la con-
fiance, nous nous trouvions par 44º26" & 8º12"
Du 30
Nous avons vu à 7 hres du matin 2 navires, aussitôt virâmes de bord.
par 44º33" & 8º27".
Du 1ᵉʳ Prairial An 7
A 3 hres après midy avons apperçu 2 navires
qui courroient à contre bord l'un de l'autre & aussitôt
virâmes de bord.
ʲᵣ 44º53" & 9º18" de longitude.
Du 3 Pal 7ᵉ
A 8 hres du matin, vû un bricq, aussitôt nous
disposâmes au combat, mais bientôt il a fui par
les 44º10" & 11º17"
Du 6
A 2 hres du matin, pris connaissance d'un Nre
qui faisoit sa route.
A 4 hres ½ avons vû 3 frégates qui nous ont appuyé
chasse & malgré tous nos efforts, elles étoient à
5 hres à ½ lieue de nous : ce qui nous força de
défoncer nos pièces à eau qui étoient sur le pont. A
7 hres, voyant qu'elles nous gagnoient, nous jettâ-
mes à la mer 4 canons en fer et 6 en bois avec leurs

affûts, et d'autres objets, & malgré toutes ces précautions, nous ne gagnions que peu de marche.

A 8 hres 1/4, l'une des frégates nous tira en chasse. Nous fîmes une nouvelle manœuvre qui ne nous fut point plus avantageuse. La plus près nous vint à portée de canon et nous tira ; il tomba quelques boulets droit derrière nous ; enfin n'ayant plus de ressources, nous amenâmes & à notre grande satisfaction nous vîmes qu'elles étoient françoises ; c'étoient la Franchise, la Concorde & la Médée sorties de Rochefort le 27 fral, sous le commandement du Cne. Landolphe. Nous les suivîmes par 41o39" & 19o42" de longitude.

Du 15 Pal An 7

A 7 hres du soir, 3 poissons volants ont sauté à bord & l'un m'a voltigé un peu rudement à la figure par 27o11" & 30o9".

Du 17

A 6 hres du matin, avons apperçu une Goëlette qui courroit tribord amure, de suite lui avons appuyé la chasse.

A 11 hres du matin, l'ayant atteinte, nous lui avons tiré un coup de canon, & il a de suite amené, a mis son canot à la mer & le Cne s'est rendu à notre bord. Il s'est trouvé être américain, sortant de Cadix d'où il transportait à Charlestown 35 passagers, dont 6 capucins. Le capitaine a bien voulu nous céder de l'eau, ensuite nous nous sommes séparés par les 21o48 & 30o23".

Du 26

A 10 hres du matin, la mer presque calme, à la levée d'une brume, avons pris connoissance d'un convoi qui nous restoit dans le N.-E., distant de 2 lieues ; de suite viré de bord, & bordé six avirons de galère pour nous sauver d'une frégate & d'un bricq qui nous donnoient chasse. A midy, nous les perdîmes de vüe par un grain, mais bientôt un tems calme, quoique mêlé de beaucoup de pluie, nous les fit reconnoître toujours nous chassant. A midy nous eûmes connoissance que le vent leur manquoit & que nous allions recevoir un grain du N.-O. Nous disposâmes aussitôt nos voiles pour le recevoir & nous nagions toujours en déterminés.

A 3 hres ½ le temps s'est éclairci & après 5 hres d'un travail forcé & général sous la chaleur & sous des pluies très abondantes, avons enfin halé nos avirons dedans & vü la frégate qui nous avoit abandonnés aller rejoindre le convoi. Nous avons compté 23 voiles : c'étoit un convoi anglois sortant de l'Inde & allant à Portsmouth.

5º 48″ & 24º 21″

Du 26 Messidor

Vü un mouton du Cap, oiseau quatre fois plus gros qu'une dinde & ayant huit à quinze pieds d'envergure : nous en avons pris de 10 pieds, à l'ameçon : son plumage imite beaucoup celui du Cÿgne.

29º42″ & 19º52″

22 au 23 Thermidor

Pendant l'après midy, les vents bons frais du N.-O. La mer très grosse.

A 10 hres du soir pris les ris aux huniers ; la mer devient horriblement grosse, le Nre fuit devant le tems sous la mizaine & le petit hunier, il file 10, 11 & jusqu'à 12 nœuds par la force des vents & des courants. Beaucoup de tonnerre, nous reçûmes plusieurs coups de mer.

A une heure après minuit, le plus fort coup de mer eut lieu, nous fûmes couverts de bout en bout ; plus d'action au gouvernail pendant environ une minute ; c'est alors que nous nous sommes crus perdus sans ressources, le Nre s'enfonçant de plus en plus par son devant ; mais heureusement, sa légèreté ranima notre courage ; à cette époque, la mer inonda nos cabanes, plusieurs objets furent emportés de sur le

pont par la mer qui nous priva également de notre
dernier cochon que nous avons regretté pendant plu-
sieurs jours. Le reste de nos poules fut noyé, mais
nous en fîmes une fricassée le surlendemain. Cet
affreux coup de mer eut lieu par le travers du banc
des Aiguilles, par 36º3″ & 24º14″
28
Les vents presque calmes, tems brumeux, la mer
houleuse, de l'orage, par 34º14″ & 30º35″
10 au 15
Tems beau, belle mer, jolis frais par 21º55″ & 58º14″
16 fructidor An 7
Nous avons pris connoissance de la terre de l'Isle
de France, mais à cause de la nuit, nous nous sommes
tenus écartés.

J'aurai la vie de Rudy Sanchez, assis dans le bar en matière plastique, et qui boit de la bière en écoutant de la musique stridente. J'aurai la vie de Lena Børg, de Laurent Dufour, de J.L. Quirichini, de Simone Chenu, de Troubetzkoy, de M. & Mme Bongiovanni, de Thanat Gojasevi. Ou bien j'aurai la vie de Hoang Trung Thong et de Nguyen Ngoc écrivant des poèmes pour gagner la guerre. Et quelquefois, j'aurai la vie d'un nommé Yarmayan, et je vivrai dans un drôle de monde à la lumière éblouissante, aux villes pleines de fer et de cristal, un jour, en l'an 10 223 ½.

C'est tout cela qui sera ma réponse, sans que je puisse jamais la connaître. Et cette réponse n'aura pas d'importance, puisqu'elle ne sera jamais adressée qu'à moi seul, dans le genre d'une lettre secrète.

Il n'y a pas besoin de le savoir. Les autres questions, elles, voulaient une réponse, tout de suite. N'importe quoi pourvu que ce fût fait avec des mots, avec du langage à mots. Elles assaillaient, elles étaient avides, indiscrètes. Elles n'avaient pas de patience.

Ma question, elle, est douce; elle ne demande rien, presque

rien. Elle n'exige pas. Elle est là, tranquillement, qui me fait mal, qui creuse son tunnel dans mon corps. Je la satisfais avec des gestes et du temps, avec des choses grandes ou bien insignifiantes. Je la remplis de réalité. C'est mon ver qui dévore ma nourriture au fur et à mesure que je l'absorbe.

Ma question aime que je fuie. Elle veut davantage de mouvement, davantage d'insécurité. Plus je vais, et plus elle devient forte. Chaque fois que je suis frappé d'un coup, je la sens qui remue au fond de moi, qui frémit de plaisir. Douleur, jouissance, désir, haine, tout lui est bon. C'est pour me repousser plus loin, pour me faire perdre un peu plus que ce que j'avais appris. C'est par elle que, tout le temps, je RECULE.

Toujours morcelant l'univers, jusqu'à ce qu'il n'en reste plus qu'une bouillie indéchiffrable.

Y a-t-il une pensée?

Y a-t-il une idée qui soit vraie d'un bout à l'autre du monde, une idée qui reste vraie plus qu'une seconde?

Y a-t-il une pensée qui ne soit pas attachée à l'objet, comme une sale algue au roc, une pensée qui ne soit pas emportée tout de suite dans la chute, dans l'égout qui suce en faisant des bruits?

Ou bien, et c'est encore pis, tout n'est-il que mensonge, le plus grotesque, le plus fou des mensonges, puisque son propos n'est pas de déguiser le réel, mais de ne faire qu'un avec lui, de le représenter, de l'inventer?

Y a-t-il une pensée qui ne soit pas comme un poil, une pensée si grande et si belle qu'en revenant sur la terre après mille siècles, on la reconnaîtrait tout de suite? Y a-t-il une pensée que ma fille comprendra? Y a-t-il même une pensée que je pourrai saisir au vol, un jour, après l'avoir abandonnée?

C'est pour cela que je m'en vais. C'est à cause de cela, si je suis un jour là, un autre jour ici. Je vais dans tous les sens, c'est pour échapper au sortilège maudit qui veut me faire statue de sel. Les mots sont aux aguets. Derrière les couvertures des livres, sur les façades des maisons, dans la bouche des femmes et des enfants, ils veulent m'avoir. Ils attendent l'instant d'inattention, la seconde molle où je cesserai de les regarder en face : ils bondiront. Leurs harpons minuscules sont prêts. Je suis pour eux la baleine aux flancs chargés de graisse. Leurs ficelles solides veulent s'enrouler autour de mes bras et de mes jambes, leurs toiles d'araignée veulent couvrir ma tête, m'étouffer sous un masque de poussière. On veut m'habiller. On veut me passer la cagoule de laine, aux nez, yeux & bouche inventés. On veut me donner le nom, le mot chantant aux syllabes puissantes, qui me recouvrira tout entier. On veut m'appeler comme ça, Homme, Jeune Homme, Jeune Homme H. Tous. Et au fond de moi, c'est vrai, il y a déjà la place pour ces syllabes, il y a déjà la douleur du tatouage qu'on incise.

Comment on veut m'appeler? On veut m'appeler L'UN.

D'un seul coup, on me fera entrer dans l'univers solide, aux murs réguliers, au plafond blanc, où pend l'ampoule électrique, aux fenêtres belles, sans espoir, où tout est cohérent. Il n'y aura plus de peur, plus de misère. Plus de mouvement. Il n'y aura que la stabilité, l'extraordinaire, abominable stabilité du mensonge.

Si je dis oui, quelle joie dans la lumière, quel orgueil dans le regard des autres hommes. Autour de moi, ils sont réunis, grands colosses de pierre aux yeux cruels, et ils chantent en chœur

> Il a dit oui, il a dit oui, oui, oui
> Il a dit oui, il a dit oui, oui, oui

Jeune Homme Hogan sortit à cinq heures. Il marcha dans la ville, le long d'une avenue qui descendait en pente douce. C'était une ville immense, ici aussi, installée dans une baie entourée de montagnes, ondulant sur plusieurs collines. Du haut, on l'apercevait par instants, entre les blocs des immeubles, espèce de flaque grise faite de toits et de murs. Puis, quand on y entrait, on ne voyait plus rien du tout. On marchait le long de l'avenue en pente, avec, de chaque côté, les façades des maisons basses, les vitrines des magasins, les garages, les postes d'essence. Sur la chaussée abîmée, les voitures montaient ou descendaient. De vieux autobus rouillés pétaradaient, klaxonnaient, chargés de grappes humaines.

Jeune marchait dans l'air lourd, taché de fumées. Il descendait vers le quartier pauvre, sans se presser, sans trop regarder autour de lui. Il y avait beaucoup de gens qui marchaient comme lui, de petits hommes maigres pieds nus dans des sandales japonaises, des femmes grasses, des enfants, des chiens qui flairaient les tas d'ordures. A un moment, il entra dans un magasin obscur, pour acheter des cigarettes. On lui donna un paquet jaunâtre, avec un dessin représentant une tête de femme en train de sourire devant un champ de riz, et sur lequel était écrit :

ou quelque chose de ce genre. Quand il ouvrit le paquet, il vit
que c'étaient des cigarettes de type américain, avec un filtre
au bout. Elles avaient un goût bizarre d'herbe brûlée. Jeune
continua à descendre le boulevard en fumant.

On ne voyait pas le soleil. Il était caché derrière la brume
grise. La chaleur montait du sol, sortait des murs, une chaleur
moite de moteur, qui pénétrait dans les vêtements et collait
les cheveux.

Le boulevard descendait comme ça sur plus d'un kilomètre.
Puis il arrivait à un pont, et quand on avait traversé l'espèce
de ruisseau à allure de crachat qui suintait dessous, on voyait
un carrefour d'où partaient des avenues. En face, c'était le
quartier des taudis, où ne pénétraient que des ruelles étroites,
sombres, qui s'enfonçaient à l'intérieur des blocs de maisons.
C'est là que Jeune Homme Hogan entra. Dès qu'il marcha
dans la ruelle, il sentit une fraîcheur étrange le recouvrir. Ce
n'était pas apaisant, mais plutôt dans le genre d'un frisson
de fièvre qui courait le long du dos, qui hérissait les poils.

La ruelle n'était pas goudronnée. Elle était un sentier de
poussière et de boue qui avançait en se tortillant à travers les
cases de briques grises et les carcasses des cabanes de tôle.
Au fur et à mesure qu'il cheminait, Jeune vit apparaître des
silhouettes. Elles jaillissaient brusquement des portes ouvertes,
figures inquiétantes, rabougries, qui disparaissaient aussitôt
à la manière des fantômes. Il n'y avait pas de bruit, sauf, de
temps en temps, les éclats de musique publicitaire qui sortaient
des transistors, au fond des cabanes. Des groupes d'enfants,
aussi, qui couraient en criant le long du sentier, et s'enfuyaient
dans des cours invisibles. Jeune regardait les murs des maisons,
les toits de tôle. Parfois, une fenêtre ouverte, en passant, lui
lançait son image obscure où flottaient deux ou trois femmes
en train de manger devant un enfant nu couché sur une table.
Ou bien, au fond d'une casemate si blanche qu'elle semblait
ne pas avoir de toit, il y avait l'apparition rapide d'une jeune

femme vêtue d'une longue robe qui peignait sa chevelure noire avec de grands gestes lents du haut du crâne jusqu'à la hanche, et pendant quelques secondes, en marchant dans la ruelle, Jeune Homme Hogan ne voyait plus qu'elle, cette chevelure si longue qu'elle couvrait le visage et la moitié du corps, et ce bras nu qui allait et venait de haut en bas, lentement, gravement, royalement.

Quelque part dans l'une de ces baraques, sous le toit de tôle ondulée où marchent les lézards, une vieille femme qui s'appelait Min mourait, couchée sur le côté à même une natte de paille.

Plus loin, une femme accouchait dans un coin, ses deux mains agrippées aux poignets de sa sœur, et elle poussait des cris de douleur. Mais tout cela ne voulait rien dire, c'était comme de la poussière, comme de la poudre de maisons et de cailloux sur la route.

Jeune Homme Hogan tourna à droite et marcha dans une autre ruelle. Puis, il tourna à gauche, et il y avait une autre ruelle. Il prit encore à droite, à gauche, à droite, et il y avait toujours des ruelles. Les maisons n'étaient jamais les mêmes, il y avait un détail infime qui changeait, dans les briques, par exemple, ou dans la couleur de la tôle rouillée, ou bien dans l'aspect du tas d'ordures à côté de la porte.

Au bout d'une heure, Jeune Homme Hogan arriva dans une rue un peu plus large que les autres, où il y avait beaucoup de tavernes. Dans les murs de brique, les portes étaient fermées par des rideaux de toile, et on entendait des bruits de musique et des éclats de voix. Jeune longea les façades des bars, en essayant de voir ce qu'il y avait à l'intérieur. Quand il arriva au bout de la rue, il vit de l'autre côté une taverne dont le rideau était un peu écarté. Il s'approcha et regarda à l'intérieur. Mais tout était noir. La musique beuglait dans la maison, et des hommes saouls criaient. Il allait repartir, quand un petit homme maigre avec une chemise trempée de sueur sortit devant lui et lui dit quelque chose à l'oreille. Jeune le suivit à l'intérieur de la taverne. L'homme le fit asseoir au fond de la salle, devant une table de fer, et lui apporta une bouteille de bière. Quand ses yeux furent habitués à l'obscurité, Jeune vit qu'il n'y avait pas beaucoup de monde dans la salle. Quelques ivrognes dormaient, la tête sur la table. Des mouches énervées bourdonnaient dans la musique, mais on ne pouvait pas les voir. Jeune but au goulot de la bouteille en écoutant la musique.

Au bout d'un moment, le petit homme maigre à la chemise trempée de sueur revint et lui fit signe de le suivre. Jeune traversa la salle derrière lui. Le petit homme maigre ouvrit une porte qui donnait sur une sorte de cour où étaient dressées des latrines en planches. De l'autre côté de la cour, le petit homme maigre s'arrêta devant un hangar couvert de tôle. Il poussa et fit signe à Jeune de passer. Quand Jeune entra dans le hangar, il vit que c'était une sorte de théâtre, ou de cinéma, avec beaucoup de gens assis sur des bancs faits avec des morceaux de caisse. Le hangar était complètement obscur, là aussi, sauf, à l'autre bout, une estrade de bois éclairée par trois grosses ampoules électriques. Le petit homme maigre conduisit Jeune jusqu'au cinquième rang et lui montra sa place. Avant de s'en aller, il demanda quelques dollars qu'il fourra dans la poche de son pantalon.

Le hangar résonnait du bruit de la musique éraillée qui sortait d'un tourne-disques. Dans la salle, les hommes attendaient, assis sur les bancs, en parlant, en fumant du chanvre, en buvant des cannettes de bière. L'air était lourd, il ne bougeait pas. Par les interstices des fenêtres barricadées de planches, la lumière du jour filtrait en petits rayons, dansait dans la fumée. La chaleur était suffocante, et Jeune Homme Hogan sentait la sueur jaillir de son dos, de ses aisselles, couler le long de ses tempes. On était plus opprimé qu'à 600 mètres sous terre, enfermé dans une galerie de charbon. L'air appuyait sur la figure et sur la gorge, il écrasait les poumons comme une balle de caoutchouc, il fermait les paupières sur les yeux. On était prisonnier d'un cauchemar, qui durait, mais c'était pire qu'un cauchemar. Les hommes s'appuyaient sur leurs bancs, s'essuyaient la nuque avec des mouchoirs sales. Jeune voyait leurs yeux briller au fond de leurs visages luisants. La musique grésillait entre les murs de brique, une musique incompréhensible à force de crier, où tonnaient les coups de tambour. Au fond du hangar, les trois ampoules électriques jetaient leurs éclats de lumière brutale, pareilles à trois gouttes de plomb fondu nageant dans l'air. Sous elles, l'estrade était vide. De chaque côté du rectangle blanc, des rideaux de toile étaient immobiles. Jeune se mit à regarder fixement la lumière, comme si ç'avait été le spectacle promis ; il cligna des yeux pendant de longues minutes, devant les trois étoiles étincelantes. Puis il essaya de fumer une cigarette, mais il étouffa, et il dut l'écraser tout de suite par terre. De temps en temps, la musique s'arrêtait, et un silence terrible gonflait le hangar. Puis quelqu'un qu'on ne voyait pas remettait le disque, et les grincements recommençaient, avec leurs coups de tambours lourds.

Tout à coup, le rideau, à droite de l'estrade, se mit à onduler, et tous les yeux se tournèrent. La musique tonitrua plus fort, les ampoules électriques jetèrent des éclairs insoutenables. Le rideau s'écarta, et une femme au corps lourd entra. Elle marcha pieds nus sur les planches qui se courbaient, elle avança jusqu'au centre de l'estrade sans regarder personne. Sur les bancs faits avec des caisses, les hommes se penchèrent en avant, leurs visages dégoulinants brillant dans la lumière. La musique était gonflée à se rompre, elle montait sans pouvoir s'arrêter. L'air s'appuyait sur les nuques, jetant des plaques de bronze sur le sol de terre battue. Les nappes de fumée oscillaient entre les murs de brique, se heurtaient au toit de tôle. La femme était immobile sur l'estrade, on voyait son corps épais de profil, sa robe de coton à fleurs, ses bras graisseux, sa tête plate aux cheveux noirs bouclés. Elle ne bougeait pas. La lumière des trois ampoules électriques l'éclairait violemment, miroitait sur sa peau brune couverte de sueur. La musique frappait sur elle aussi, de grands coups de tambour sur sa tête, des hurlements éraillés sur les fleurs rouges et vertes de sa robe. Ses pieds nus aux doigts écartés étaient posés à plat sur les planches, ils pesaient lourd. Cela durait des heures, là, sous terre, au fond de la mine de charbon, loin du soleil et de l'air libre, loin de la mer, loin des arbres à oiseaux. Cela durait des mois, comme un voyage immobile au fond de la terre, comme un rêve où il n'y a plus de pensée, plus de désir. Cela restait imprimé sur la rétine, à la manière de l'image de la jeune femme en train de peigner sa longue chevelure couleur d'anthracite, au fond de la casemate sans toit. Les hommes regardaient la grosse femme debout sur l'estrade, sans rien dire, avec des gouttes de sueur qui coulaient autour de leurs yeux. Ils regardaient la robe de coton aux fleurs rouges et vertes qui s'entortillaient en volutes, ils regardaient les deux pieds nus sur les planches, les bras graisseux qui pendaient le long des hanches. Ils ne disaient rien. Personne ne disait rien. La musique ne disait rien : elle hurlait ses sons si fort que c'étaient comme des tas de briques tombant sur le sol. Les hommes regardaient en étouffant, et ce qu'ils cherchaient, c'était peut-être simplement de l'air, de longues goulées d'air à respirer. Dans le hangar fermé, tout était devenu attente désespérée, haine du temps qui ne veut pas venir, haine de la lumière trop blanche, crime peut-être, crime pour la grosse femme laide qui ne voulait pas bouger.

Alors, d'un seul coup, tout se passa très vite. Entre deux ou trois éclairs des ampoules électriques, entre deux ou trois rideaux de fumée plate, les hommes assis sur les bancs virent la grosse femme relever sa robe par-dessus sa tête. La musique grinça, frappa sur ses tambours, pour assommer. La grosse femme se pencha en avant, avec la robe de coton renversée sur sa tête. Elle se mit à quatre pattes sur le plancher. La lumière cogna sur son corps hideux. Maintenant, sur l'estrade, il y a un grand chien-loup. Il avance en jappant, il bondit sur les planches qui ploient sous son poids. Il court à travers la tache de lumière bouillante, et il crie :

« Haw! Haw! Haw! »

Et la musique défonce le hangar pendant qu'il se rue vers la femme à quatre pattes et qu'il la couvre de son corps dressé.

L'image obsédante va rester longtemps imprimée sur les rétines, tandis que déjà la grosse femme se relève et rabat sa robe à fleurs vertes et rouges, et que le petit homme maigre de tout à l'heure vient chercher le chien-loup et le tire en arrière vers le rideau de l'estrade. L'image de folie et d'humiliation, la violence de la lumière fulgurante, le dégoût de la chair moite et la beauté rapide du grand chien aux muscles durs. Maintenant, sur les planches, il n'y a plus rien. Les hommes se lèvent les uns après les autres, ils essaient de secouer leur torpeur en faisant semblant de rire. Mais dans leurs yeux enfoncés, sur leurs fronts dégoulinant de sueur, il y a les traces irrémédiables de quelque chose comme une grande peur inavouable.

D'un seul coup la musique a été coupée. Le vide est entré dans le hangar, il a chassé la foule des spectateurs par la porte. Les cigarettes sont allumées, les bouteilles de bière se penchent vers les bouches. La nuit est tout près, maintenant. Dans la salle obscure de la taverne, on croise la foule des hommes qui vont regarder la représentation suivante. Puis on marche à nouveau par les ruelles, à travers le grand bidonville creux. Peut-être qu'on est passé à côté de la maison silencieuse où Min est en train de mourir sur sa paillasse, en toussant longuement. Peut-être qu'on a oublié tout ce qu'on savait, et qu'on est vide, vide, vide. On n'a jamais été si loin de la terre, et en même temps à ce point sur elle. C'est qu'il n'y a pas mille façons d'être vivant, il n'y a pas mille mots pour le dire.

Il n'y avait plus grand-chose à faire ici. Jeune Homme Hogan quitta rapidement cette ville. C'était à Macau, à Manille, ou bien à Taï-pé, en l'an 1967. Si mes souvenirs sont exacts.

AUTOCRITIQUE

Je voulais faire un roman d'aventures, non, c'est vrai. Eh bien, tant pis, j'aurai échoué, voilà tout. Les aventures m'ennuient. Je ne sais pas parler des pays, je ne sais pas donner envie d'y être allé. Je ne suis pas un bon représentant de commerce. Les pays, où sont-ils? Que sont-ils devenus?

A douze ans, je rêvais de Hong Kong. L'ennuyeuse, la médiocre petite ville de province! Des boutiques partout! Sur les images des boîtes de chocolat, les jonques chinoises m'hypnotisaient. Les jonques : des espèces de péniches tronquées, où les bonnes femmes font la cuisine et lavent leur linge. Elles ont la télévision! Et les chutes du Niagara : de l'eau! Il n'y a que de l'eau! Un barrage est plus extraordinaire. Quelquefois, on voit une grosse fissure, à la base, alors on espère.

Quand on voyage, on ne voit que des hôtels. Des chambres crasseuses, avec des lits en fer, et, accrochée au mur à un clou rouillé, une sorte de gravure qui représente le Pont de Londres, ou bien la tour Eiffel.

On voit aussi des trains, beaucoup de trains, et des aéroports qui ressemblent à des restaurants, des restaurants qui ressemblent à des morgues. Sur tous les ports du monde, il y a des taches d'huile et des bâtiments de douanes délabrés. Dans les rues des villes, les gens marchent sur les trottoirs, les voitures s'arrêtent aux feux rouges. Si encore on arrivait quelquefois dans des pays où les femmes sont couleur d'acier, où les hommes portent des hiboux sur la tête. Mais non, ils sont raisonnables, ils ont tous les cravates noires, les raies sur le côté, les soutiens-gorge et les talons aiguilles. Dans tous les restaurants, quand on a fini de manger, on appelle un individu qui rôde entre les tables, et on le paye avec des assignats. Il y a des cigarettes partout! Il y a des avions et des automobiles partout!

Je voulais fuir en allant plus loin que moi-même. Je voulais aller dans des pays où on ne parle pas, dans des pays où ce seraient les chiens qui écriraient les romans, et pas les hommes à lunettes. Je voulais connaître des pays où les routes s'éteignent d'elles-mêmes, où le monde serait plus grand que la pensée, des pays absolument neufs, des terres de doute, où l'on pourrait mourir sans honte, sans que personne y prenne garde. Je voulais des endroits où brûle l'incendie jour et nuit pendant des années, où monte la marée sans jamais redescendre, où se vident les lacs comme de grands lavabos.

Je voulais écrire aussi, écrire d'une seule traite l'histoire émouvante, la recherche d'une femme, par exemple, ou bien la lutte révolutionnaire. C'était ça le vrai roman d'aventures, ça et non pas ce tremblement, cette agitation, une de plus, au milieu du monde brinquebalant.

J'avais fait le plan, je l'avais écrit en dessinant à la plume sur une feuille de papier :

Le bout du monde POÈME
Roman d'aventures

Hogan chassé de la ville. Il ne comprend plus pourquoi les gens restent toute leur vie à la même place. Qu'est-ce qui maintient ensemble les habitants d'une cité?

Pourquoi fuit-il? Quand a commencé le départ? Crime? Honte? Amour? Révolution?

Les paysages, les flux de paysages. Voyage imaginaire? Alors, quelle différence? Ou bien : fixe.

La hantise d'HABITER. (Être chez soi, être bien...)

Le vertige du mouvement : vertige de la vie. Ne plus s'arrêter. Comme un train qui roule, comme... Être dehors. Vertige d'expansion. Pour combler le vide, pour être plus grand, pour être partout. Vivre partout. Aimer partout. Appartenir. Appart...

La ville est devenue insupportable. Hogan doit partir. Les immeubles, les ponts, les routes et les rues sont hideux, vieux pans de murs décrépits, toits écroulés, lumières avilies, yeux goguenards, rires indécents de hyènes.

Il faut fuir, mais pour où?
Et comment? Dans l'espace, dans le temps.
Quelle sera la limite?
La plus grande, la plus vieille des recherches : celle de l'habitat.
Trouver le lieu qui vous maintiendra en paix, qui vous tienne en vie.
Marcher doucement, calmement vers les choses.
Marcher vers l'image la plus précise de soi.

A la recherche d'un paysage qui soit un visage. A la recherche des yeux, du nez, de la bouche d'une femme (LAURE); à la recherche, oui, d'une contrée qui soit un corps. L'Amérique, l'Afrique, l'Asie, l'Australie, les Océans : cela existe-t-il? Peut-on les traverser seulement? Adieu aux terres, aux arbres, aux visages. Quitter. Céder à l'appel secret qui demande qu'on parte.
Celui qui va ainsi, non pas pour découvrir d'autres lieux, non pas même pour mieux se comprendre, mais simplement pour fuir ce qu'il y avait d'insoutenable dans la position verticale : la haine de la mort.

169

Paysages nus.
Terre froide sous le soleil vide.
Chaleur, moiteur, poids de l'air.
Douceur des recoins connus.
Odeur des saisons.
Bruit de la mer.
Bruit des villes démentes.
Rues, rues, toutes les rues.
Écritures.
Rêve ancien qu'on n'a pas oublié, qu'on ne peut
pas oublier : traverser l'horizon.
Vertige de l'action simple.
Vers le bout du monde.
Haine de la solitude des mots. Les mots comme
des clous, les mots-habitudes.
L'intelligence de la terre. Le langage des lieux,
les itinéraires.

Ou : *la marche vers le soleil*

Tout commence (et finit)
dans la blancheur
la blancheur intense
de la lumière qui frappe
le sol et les toits
de son fouet
argenté

Le dialogue est instauré
Le monde : une bouillie de langage.
Les petites bouches
des objets et des hommes
LES SITUATIONS
ACTIONS

Marche dans la ville à la
lumière cruelle

Désorganisation du
roman

Départ par   Recherche de la raison
tous les moyens   qui contient les hommes

Rupture des récits
Vacation du grand
poème.

Quelques endroits qui ressemblent à l'enfer : LONDRES,
NEW YORK, NEW DELHI, NICE,
BANGKOK, LIMA, MEXICO

170

Hogan quitte le lieu de son séjour.
Mais fuite aussi pour moi qui écris.
Fuite de la femme. Fuite par l'érotisme.

$\longrightarrow$ Le temps $\longrightarrow$ Le lieu $\longrightarrow$ La conscience $\longrightarrow$

Suite ininterrompue de démissions.

Conscience : appel de la conscience. Recherche. Vérité dans le mouvement incessant, dans la *distraction*. L'unité condamne. Plongé dans la disparité, à la recherche de l'*anonyme*.

$\downarrow$

	Fuite
	fugue
	évasion
L'art des pièges	runaway
	fugitif
	fuyard
	évadé
	avoiding
	shunning
	dodging
	course
	route
	roue
	le livre des fuites

Mélange de chapitres romancés
de poèmes. Méditation libre
(Réflexions, notes, mots clés,
signaux, journal de bord)
Attention au carcan, système!

Fascination du monde moderne : la *laideur*. La peur. La violence. La beauté. Figure qui fuit : de l'unique aux douzaines de personnes, puis à la foule, puis à rien.

171

Ou : ne pas faire de plan.

Écrire comme cela vient.

Alterner.

Laisser fuir hors de soi.

Poème! Conte! Pensée! Dialogue!

ETC.!

Voilà à peu près ce que je voulais faire. Je mesure maintenant toute l'étendue qui me sépare de mon rêve éveillé. Je vois un désert, une plaine de brumes, là où il devait y avoir une montagne aiguë, noire sur le ciel lisse. Il faut que je fasse attention. Il faut que je tue à coups d'épingles les papillons stupides. Je ne suis pas un chat, je ne veux pas ronronner. Je ne céderai pas aux mirages, je ne veux pas sourire. Pourquoi est-ce que je ne donne jamais les noms des lieux, ou des hommes? De quoi ai-je peur?

Le système, l'horrible système est là qui me guette. Il veut me faire agenouiller, ou lever le poing. Il veut m'apprendre à posséder les maisons et les voitures, sans parler des femmes. Je ne veux pas. Je n'ai rien. Alors il veut me faire posséder le dénuement. Attention, là, au style, aux mots qui sonnent bien, aux belles images-choc, mais ce n'est que la rencontre de deux auto-scooters! Attention, là, à la métaphysique, aux symboles, à la psychologie! Il y a tant de choses à dire, de choses belles, et stupides, et longues! Je voudrais écrire pendant mille ans. Attention, là, au regard qui commence à fléchir. S'il se détend, s'il s'arrête, une seconde de rien du tout, tout va s'écrouler. C'est le monde qui va *le* regarder.

Je ne vous hais pas. Je veux simplement vous comprendre. Je ne veux pas trouver de vérité. Je veux simplement vous dire que vous n'êtes pas morts, oui, oui. Si, pour arrêter ma fuite, il suffisait d'aller à Tombouctou, j'irais tout de suite. Si, pour arrêter ma fuite, et la vôtre, il suffisait de vous donner ma photo d'identité, je vous la donnerais, je la ferais lancer d'avion à des millions d'exemplaires.

Sale, sale écrivain qui vit de sa peau

c'est pour me venger que je dis tout cela!

172

Quelque chose attend.

Quelque chose est là, caché derrière la tenture, on ne
voit pas, on ne sait quoi,

Ni d'où, ni pourquoi, mais qui ATTEND.

Quelque chose est là, doucement.

Dans le silence, comme s'il y avait partout, toujours,
une éternelle nuit qui venait.

Sur la face plate de la table,

Dans le blanc du papier blanc qui se salit,

Dans l'eau, le bruit de l'eau,

le bruit de l'air,

quelque chose attend.

Mais rien, bien sûr.

Rien, le vieux vide sûrement, au glissement silencieux
l'aile fripée du vide.

Il n'y a rien derrière la tenture.

C'est moi qui attends.

Celui qui fuit ne sait pas ce qu'il fuit. Il y a eu, un jour,
derrière lui, ce monstre aux dents d'acier qui voulait le dévorer,
mais cela aussi il l'a oublié. Maintenant il court à perdre haleine,
les genoux qui s'entrechoquent, le ventre défait par la peur.
Celui qui fuit n'a pas le temps de fumer ou de rire. Il glisse
le long du rail tendu, il va, il descend peut-être. Le vent siffle

à ses oreilles comme la lanière d'un fouet, le vent entre dans ses narines et s'engouffre dans ses poumons. Le vent de la fuite. Quand le mur d'air mouvant passe sur les cubes des maisons, c'est que la ville entière a commencé sa fuite. Quand sur les flaques d'eau croupie naissent les imperceptibles vaguelettes, c'est que l'eau n'est déjà plus là.

Les guerres créent d'étranges appels d'air qui balaient les champs crevés d'où montent les colonnes de fumées noires. Les guerres sont des souffles qui éparpillent les corps des hommes. Tandis que le brasier éclaire l'horizon, le brasier rouge et jaune, le vent commence à se déplacer; lentement d'abord, puis de plus en plus vite, de plus en plus puissant, jusqu'à ce qu'il ne reste plus un arbre, plus un toit, plus une bête.

Du fond de moi-même, le vent s'est levé. Il a jailli par la bouche noire que je porte à l'arrière de la tête. Le vent glacé et brûlant, le vent de sable rouge qui illumine les murs de ma chambre, le vent sec, rocheux, qui souffle et souffle sans s'arrêter. Par le couloir profond de ma gorge, peut-être, le voici qui arrive. Il va balayer. Il va détruire les barrières que je porte en moi, ici et là, comme des franges de fanons. Il va faire ici ce qu'il veut, le vent plus fort que moi. Dans ma tête, calebasse vide qui oscille sur son support de viande, il va tourner très vite sur place, et l'axe de sa toupie invisible va creuser un puits au centre de ma vie.

Celui qui fuit est le vent, et il ne le sait pas. Celui qui plane sur ses ailes étendues est l'oiseau du vent, l'épervier fou d'immobilité au centre de la vitesse, la conscience fixe emportée avec furie par l'exhalaison de la conscience mobile.

Fuir. Jeter son corps en avant, pour qu'il défonce les portes, pour qu'il sorte de son poids.

Noire est l'encre. L'air est dur, si dur qu'il faut un marteau pour respirer. Dans les veines bougent les grains de pierre soudés.

C'est ma pensée, tout cela est ma pensée en marche. Elle a creusé son gouffre quelque part, et maintenant, tout exige que je comble.

Il n'y a jamais de silence.

Le blanc est noir, et la gorge immense est ouverte, prête à l'infâme spasme de la déglutition.

L'abîme attend, il a entrebâillé son larynx aux plis rougeoyants. Flamme qui consume, eau qui noie, terre qui entre par les narines et par la bouche et étouffe.

La peur est un astre noir qui s'élève dans le ciel nocturne.

Nœud de laine,

tentation de la mort, rupture,

porte qui s'ouvre lentement sur l'air solide.

Je quitte.

JE QUITTE.

J'abandonne le seuil connu, j'avance dans le réseau de villes, je marche entre les poteaux serrés de la forêt de fer. Je le sais, je le sais, je le sais bien : JE N'ARRIVERAI JAMAIS!

On n'atteint pas la montagne.

On ne touche pas le ciel vide.

On ne goûte jamais au soleil.

On ne vit pas, on ne vit jamais à deux centimètres de sa peau.

Prison mortelle, sac, chaîne innommable de mon nom inconnu, carcan de mes épaules et masque de ma face,

c'est vous que je fuis,

et c'est vous que je trouve sans cesse au hasard des millions de miroirs embués qui montent dans le feuillage des arbres.

Ce que je perds, malheur, je le trouve.

Au bout des kilomètres-seconde, au bout du monde, de l'autre côté même du Mékong boueux, je suis là, debout, imbécile, et JE M'ATTENDS!!!

ITINÉRAIRE

de Tokyo à Moscou
via Yokohama, Nakhodka, Khabarovsk, Irkoutsk,
Cheliabinsk

Fuite de la réalité, mais aussi, toujours, fuite du rêve. Assez
imaginé. Assez déliré. Des faits, maintenant, des noms, des
lieux, des chiffres. Des cartes. L'esprit droit et clair, celui qu'on
n'a que peu de temps dans sa vie, l'esprit cruel d'avant la
mort. Des écrits nets, des notes jetées au hasard. Des mots qui
signifient des choses. Tous les mots qui font peur, qu'on n'ose
pas écrire. Les mots pour lesquels on a inventé les symboles,
les mystères, les adjectifs : désir, sexe, faim, soif, mal, plaisir,
peur, maladie, pauvreté, gel, amour, meurtre, beauté, air, mer,
soleil. Ces mots qui brillent, ces mots qui étincellent en silence,
qui sont froids, et brûlants, loin comme des étoiles, et qu'on ne
peut pas ne pas voir. Les seuls vrais mots. Les seules certitudes.
Ces mots durs qui sont lancés vers l'avenir, et qui filent, fusées
aiguës. Pour gagner ces mots, il faut fuir l'autre monde. Il faut
fuir la volute grise qui monte à l'intérieur du corps. Et fait
basculer la tête aux yeux morts. Il faut fuir le sommeil. Être
éveillé, tout le temps, prêt à se battre, les muscles tendus,

l'esprit limpide. Combien de temps saurai-je fuir? Combien de temps à être encore sauvage? A moi, mes mots-harpons, pas de pitié, sus à la baleine lente et gluante. A moi, mes mots-révolvers. Je vous serre dans mes mains et je tue tout ce qui s'approche. Mots d'acier, mots de verre, mots de bakélite noire. Langage qui va droit au milieu des tempêtes de cercles.

CONDITIONS DU TRAFIC

La République populaire de Chine est facilement accessible, par voie aérienne ou par chemin de fer de Moscou, Pyongyang, Oulan Bator, Hanoï, jusqu'à Péking. Services de Pakistan International Airlines avec vols directs de Karachi et Dacca à Shanghaï et Canton. Garuda Indonesian Airways, services entre Canton, Pnom Penh et Djakarta. Services de train entre Hong Kong et l'intérieur de la Chine.

Voyages en voiture et en motocyclette impossibles jusqu'à présent.

TARIF DES CHEMINS DE FER (Aller simple) — en yuan

Service international

	Sleeping de luxe	Couchette	Couchette dure
Péking-Moscou			
(Via Manchouli)	144.50	128.20	90.90
(Via Erlien)	149.50	133.00	94.30
Péking-Hanoï		55.50	38.00
Péking-Oulan Bator	51.00	45.20	32.10
Péking-Pyongyang		37.60	26.70

Service intérieur

	Sièges ou couchettes
Shumchun-Canton	3.50
Canton-Shanghaï	91.50
Canton-Wuhan	67.40
Canton-Péking	116.90
Canton-Hangchow	85.10
Shanghaï-Hangchow	6.50
Shanghaï-Nanking	11.50
Péking-Wuhan	71.80
Péking-Shanghaï	83.20
Péking-Tientsin	5.30
Péking-Nanking	69.60

Hôtels

Péking	Hsinchiao Hotel, Chienmen Hotel, Hôtel de la Paix
Tientsin	Grand Hôtel de Tientsin
Shanghaï	Hôtel de la Paix, Overseas Chinese Hotel
Canton	Aichun Hotel, Yang Chen Hotel
Wuhan	Shuankong Hotel, Shengli Hotel, Kianghan Hotel
Hangshow	Hangshow Hotel
Souchow	Souchow Hotel
Wusih	Lake Tai Hotel
Nanchang	Kiangsi Hotel
Chengchow	Chengchow Hotel
Loyang	Yuyi Hotel

A Lok Ma Chau, la route avance au milieu des marécages, le ciel est gris, les collines ne bougent pas. Dans les flaques des rizières, les troupeaux de canards nagent. La terre est pleine de petites rides, les arbres sont très grands, très noirs. Dans les wagons de fer, des paysans assis sur les sièges en bois fument en regardant devant eux. Les femmes ont des fronts bombés, elles parlent debout devant les champs, elles sont lointaines, on les aperçoit à peine.

Et puis voici une autre ville de fer et de verre, de l'autre côté de l'Océan. Une ville plus vaste qu'un lac, qui s'étend, qui ouvre ses rues, qui énumère ses blocs, ses tours, ses millions d'habitants. Les avenues sont éternelles, les voitures y roulent éternellement. Les ponts enjambent les routes, mais rien ne change. Dans l'aéroport avancent les chemins des fourmis individuelles. Chacune porte en avant son front, et dedans murmure l'ordre secret, invincible, venu du fond de l'espace. Roulez! Marchez! Écrasez! Multipliez! Soyez là! Ce sont des paroles qu'on n'entend pas mais qui sont présentes, partout. Sur les escaliers roulants montent les séries d'hommes, les boîtes de conserves. Trois ouvriers vêtus de blanc balaient le sol de marbre, avec frénésie, avec calme. Ils ont reçu l'ordre, eux aussi, et ils ne s'arrêtent jamais. Les franges molles de leurs balais avalent la poussière, se plient et se déplient, glissent sur le marbre blanc. Je suis là, puis je ne suis plus là. Qu'y faire? Je n'ai plus assez de mots pour dire tout ce qu'il y a de pur, de rapide, d'extraordinairement réel dans les citadelles humaines. Je veux dire, glace, éclair, néon, matière plastique rouge, matière plastique blanche, signaux, voix électriques, mouvements aux pneus presque silencieux!

Machines splendides
Corps d'acier, billes, rouages,
Pompes qui frappent
Huile, huile partout!
L'homme est un bruit minuscule.
Agir n'est rien
Ce qu'il faut, c'est être là.
Assez
Assez de cris
Assez de sentiments et de confessions
C'est indécent.

Qu'on n'entende plus jamais parler de larmes.
Les machines sont belles et nettes,
Elles n'ont pas de douleur.
Elles ont des vies tranquilles comme les arbres
Des vies d'eau et de roc.
Elles ne s'éboulent jamais.
L'homme qui attend avec
>   ses religions
>   ses désirs
>   ses romans
>   ses poèmes
>   ses airs d'Opéra
>   ses cigarettes
Minable hâbleur vantard médiocre
Homme qui n'a jamais eu les idées des jaguars
ni même les crocs des singes
Sans y penser il a fait les machines de métal clair
aux grands gestes méticuleux
Dieux enfin vivants debout sur leurs socles
Qu'il faut adorer, on vous dit, qu'il faut adorer!

Dans les souterrains de l'Université, des hommes se battent. Ils ont revêtu les larges tuniques et les plastrons de cuir. Sur leurs têtes, ils ont posé les masques de fer avec des fentes pour les yeux. Dans la grande salle aux murs froids, ils se sont accroupis sur le sol. Puis, deux d'entre eux se sont levés. Ils marchent sur la pointe des pieds, ils avancent l'un vers l'autre. Ils lèvent haut le bras droit, et au bout du bras il y a un faux sabre en lattes de bois. Quand ils sont face à face, ils s'arrêtent, le sabre maintenu au-dessus de leur tête. Puis, d'un seul coup, ils abattent le bras et frappent, en hurlant un cri sauvage. Le sabre cogne sur la tête, sur l'épaule, touche la main, rebondit, revient encore. Les cris de fauve résonnent dans la salle souterraine. Brusquement, comme il avait commencé, le combat cesse. Les deux hommes se retirent, débouclent leurs plastrons et défont leurs masques. Ils vont s'accroupir près du mur.

Il y en a deux autres qui se lèvent, serrent leurs ceinturons, bouclent leurs armures de cuir, et marchent à la rencontre en glissant sur la pointe de leurs pieds nus. Ils brandissent leurs sabres. Quand tout est fini, les hommes remettent leurs complets gris et leurs cravates. Ils vont dans les rues de la ville. Ils ont des visages comme des poings.

Dans la rue en pente, au soleil, trois jeunes hommes marchent. Ils fendent la foule qui s'écarte. Ils sont vêtus de peignoirs blancs à manches larges retenus par une sorte de ceinture noire. Leurs visages lisses sont des masques brutaux. Seuls leurs yeux bougent sous les épais sourcils noirs.

En haut d'une volée d'escaliers, il y a une grande salle. Quand vient la nuit, elle brille de centaines de barres de néon parallèles. Dans ce couloir immense, des hommes et des femmes sont debout devant des machines accrochées aux murs. A travers les vitres, ils regardent les petites billes d'acier qui sautent le long d'un labyrinthe de clous, qui descendent en dansant selon un chemin qui n'est jamais deux fois le même. Les manivelles à ressort claquent, et les petites billes d'acier dégoulinent sans arrêt dans les centaines de machines. Rapidement, sans perdre une seconde, les petites billes sautent, retombent, se heurtent, disparaissent, et les visages des hommes et des femmes ont une drôle d'expression figée, quelque chose de sérieux, de douloureux ou de fou, tandis qu'ils regardent les machines secouées de tics, avec leurs yeux en forme de billes d'acier.

Dans la nuit plus noire encore, une grande tour est dressée au centre de la ville. Au sommet de la tour, il y a une roue qui pivote. Mais c'est une roue à fenêtres, car les milliers de gens y sont assis et boivent, en regardant la ville qui s'enroule.

La fuite est précise. Elle ne se trompe jamais. Ce qu'elle rejette, c'est pour toujours. Mais ce qu'elle prend, elle le garde dans une région de son cœur, elle le transforme en sang et en lymphe, elle s'en nourrit.

On passe au-dessus des choses, dans un rêve précis. On énumère les portes, toutes les portes qu'on n'ouvrira pas. Les maisons aux murs de papier sont immobiles près de leurs jardins. Le thé vert, pâteux, bout dans les petites casseroles. Puis il passe de lèvres en lèvres, et c'est aussi une fuite. Les sanctuaires de bois sont immobiles au bord des mares, les planchers froids brûlent les pieds nus. Depuis le fond des siècles, c'est vers là qu'on fuit, en chevauchant les montures rapides, ou bien en fendant la mer dans une barque de pierre. Les gestes continuent, les vieux gestes sans raison, les coups lourds des gongs, les cerfs-volants, les masques grimaçants, les luttes sacrées, les serpentins, les révérences qui reculent. Est-ce que le monde ne serait pas vide, vraiment, est-ce que le monde ne serait pas creux, montagne épaisse travaillée par des galeries sans fin? Dans les grands immeubles de ciment, les gens entrent par millions. Les cohortes marchent à travers les dédales de comptoirs, dans la lumière neigeuse. Dans les rues, les voitures foncent sous la pluie, et on ne sait pas où elles vont. Est-ce qu'il n'y a pas eu une guerre, un jour? Est-ce qu'il ne viendra pas un autre jour, comme celui-là, où l'éclair tombera sur la fourmilière, creusera son volcan dans la boue et dans la chair, fusillera les ombres sur les murs de brique? Dureté, sécheresse impitoyable qui attend, partout! Agitation des insectes, mâchoires dévorantes qui vont faire fondre la carcasse du grand animal, jusqu'à l'os! Est-ce que je suis ici, vraiment, est-ce moi qui traverse ce désert plein de chambres? Je suis ici, puis ailleurs, puis là encore. Il faut se souvenir : j'ai jeté des cailloux. J'ai pris mes points de repère, j'ai fait mes entailles dans les troncs des arbres. J'ai photographié : un visage de femme, une petite voiture rouge qui roule sur l'autoroute, un temple si beau qu'il en est irréel, un restaurant où l'on coupe la tête aux poissons, une lourde porte de pierre où pend, sans bouger, une lanterne de papier grande comme une montgolfière. J'ai enregistré : des mots sonores, qui vont et viennent, qui disent Ga Ga akarí no mawarí wo tondè irú. Kakitáku nái nára. Sakaná to góhan wo tabemáshïta. Taihen arigato gozaimásu. Dō itashimáshite.

Sur la route large, dont on ne voit pas la fin, des groupes

182

d'hommes vêtus de combinaisons de vinyl noir roulent sur des motos rapides. Ce ne sont que quelques aventuriers.

Sur son rail unique, qui va droit jusqu'à l'horizon, le train Lumière défonce le rempart de l'air. A 275 kilomètres à l'heure, il glisse au-dessus des blocs des maisons, au-dessus des fleuves des routes. Il roule sans fatigue, il abandonne les millions d'hommes, et son museau blanc et rouge bute contre les nappes du vent. Dans le wagon, il y a peut-être quelqu'un qui s'appelle Hogan, assis sur les fauteuils de matière plastique, quelqu'un qui regarde à travers la grande vitre sécurit passer une sorte de volcan surgissant des nuages. Ça aussi, c'est la route qu'il faut faire, un mouvement de plus, pour être toujours plus loin, plus inconnu. Au bout du rail, il y aura une autre gare, et d'autres rues. Un visage de femme, peut-être, aux longs cheveux noirs pareils à des algues, au front bombé, aux yeux étroits, à la bouche fermée ; elle attendra sans rien dire, et ce sera comme si elle avait été là depuis des siècles, debout sur le quai froid de la gare. Il y aura des jardins, aussi, des bassins d'eau gelée, des tours de bois brun, des maisons toujours pareilles. La fuite n'a pas d'heure, elle ne dort jamais. Quand vient la nuit, elle continue dans le rêve, et quand le soleil se lève, on est encore plus loin, encore un petit peu plus loin.

Peuple masqué ! Je n'y appartiens pas. Visages intelligents ! Moi, je n'ai qu'un faciès de bête, lourd et bas, aux yeux arrondis. Nara, Tokyo, Mishima, îles qui flottent, abandonnées. Théâtres de bois, foires où mendient les soldats aveugles, musiques révulsives, violence, intelligence des jardins sculptés où les arbres sont tour à tour grands et petits pour rompre la monotonie. Tout cela qui bouge sur l'océan, qui fait sa prière, qui crie, qui dresse ses poteaux vers le ciel gris. Est-ce que, par hasard, la terre ne serait pas vide ? Est-ce que les avions ne voleraient pas pour rien, est-ce que les trains ne seraient pas des obus, seulement des obus, est-ce que les autoroutes et les souterrains du métro n'emporteraient pas leurs grappes anonymes le long d'un cercle éternel ? Je n'ai pas de mots, je n'ai pas de signes pour dire ce que je sais. Le futur est déjà ici, à cet endroit, il est descendu sur le monde. Il a tracé son plan. Je suis prêt, je suis tout à fait prêt.

Toutes les routes mènent au jardin de pierre, c'est vrai. Et pourtant, ce ne peut pas être le jardin de la sagesse. C'est celui de la folie. Les microcosmes, les schémas, ne libèrent pas la pensée humaine; ils la font tournoyer dans un vertige épuisant, ils l'affolent de leurs enceintes trop visibles. Sur l'océan de sable aux vagues régulières, nagent les treize rochers. Enfermée dans la cage où les murs sont des miroirs, la conscience ne cesse de parcourir l'espace. Ce qu'elle rencontre, c'est cette fermeture, cette volonté humaine, ce langage. Elle voudrait sortir, elle voudrait tant s'échapper dans les plaines infinies. Mais c'est impossible. L'organisation n'est pas apaisante. Elle est une guerre contre l'autre organisation, celle du chaos, du fourmillement, de la haine. La lune est le symbole de l'enfer, parce qu'elle nous montre ce qu'est le monde dans l'univers. Les étoiles sont des puits de vengeance, parce qu'elles sont les signaux de l'impuissance. Je ne veux plus voir la terre. Je ne veux plus connaître le dessin de l'histoire. Je ne veux plus être penché sur ma propre face, ni reconnaître la vieille sphère de la pensée où tout est prisonnier. Je ne veux même plus imaginer ce minuscule désert suspendu entre ses quatre murs; si j'y pense, ce sera comme le ferait une limace, ou un scarabée. Je veux traverser, courir sur le sol sans visage, me heurter aux obstacles, saigner sur les cailloux aigus, disparaître dans les vallées profondes, escalader les pics incompréhensibles. Qu'on ne me montre plus ce silence, cette lumière glacée, cette aventure coupée au milieu de son vol. Jardin maudit de la conscience! Comment pourrais-je rester encore face à lui, quand je ne puis regarder une pomme, ou une table, sans voir aussitôt la falaise du vide? Jardin que je connais trop, je l'aime, et sa douceur et sa bonté entrent par mes quantités de plaies. Non, non, les voyages ne s'arrêtent pas là, c'est impossible. Les voyages vont plus loin, plus loin encore. Ils s'enfoncent dans la brume, ils disparaissent, et il y a plus de visages de femmes que de grains de sable! Je hais l'absolu. Je hais la méditation. Je hais les moines de la conscience. Je hais les vérités conquises sur l'enfer. Je hais la sagesse. Je vais vous dire, moi, ce qui serait bien : avoir une grosse moto et foncer sur les routes à 220 kilomètres à l'heure.

Vie d'un arbre
(1914-1966)

1914   L'arbre (pin parasol) est né.

1919   L'arbre grandit rapidement. Abondance de pluie et de soleil au printemps et en été. Les cercles sont larges, réguliers.

1924   A l'âge de dix ans, quelque chose a heurté l'arbre, le faisant pencher (éboulement de terrain? Chute d'un arbre voisin?) Les cercles sont maintenant plus larges sur le côté le plus bas, car il s'est produit une *réaction de bois*, pour aider l'arbre à supporter le poids.

1934   L'arbre pousse droit de nouveau; mais ses voisins grandissent eux aussi, et leurs feuillages et leurs racines privent l'arbre d'une partie de son soleil et de son eau. Les cercles sont plus étroits.

1937   Les arbres alentour sont coupés. Les plus grands sont enlevés, et il y a à nouveau beaucoup de nourriture et d'ensoleillement. L'arbre croît rapidement.

1940   Un feu balaie la forêt. Heureusement l'arbre n'est que légèrement atteint. Chaque année, une nouvelle couche recouvrira la cicatrice de la brûlure.

1957   Une nouvelle série de cercles étroits, dus peut-être à un insecte tel que la larve du *pamphile*. Elle mange les feuilles et les bourgeons de beaucoup de conifères.

1966   Mort de l'arbre, à cinquante-deux ans, coupé par la scie électrique.

Assez de je! C'est lui, c'est moi devenu ami, dont je veux parler. Il est là. Il a fui. Il s'est avancé devant les crimes, les regards, les guerres. Il a vécu dans ces endroits qu'on traverse vite, les halls d'aéroport, les salles de bal, les hôtels, les bateaux, les radeaux, les bars de moleskine et de zinc. Il a été dans tous ces lieux abandonnés. Il a porté des sacs et des valises. Il a fumé beaucoup de papier à cigarette. Il a bu toutes les eaux, les bières, les alcools de riz. Pourquoi a-t-il fait cela? Qu'y avait-il?

Il n'y avait pas. Il n'y avait rien.

Le bateau peint en blanc s'éloigne de Yokohama. A l'avant, il porte écrit, en caractères cyrilliques, BAIKAL. C'est un mot qui flotte sur la mer, un mot qui glisse d'une terre à l'autre. Pourquoi porte-t-il ce nom? Sur la surface tantôt grise, tantôt bleue, où vont les vagues, il y a tous ces noms qui traversent lourdement. ORSOVA, LILY OF THE LAGUNA, KISTNA, VIETNAM, EL NAVIGANTE, PROVIDENCE, CATAMARAN. Les étraves sont hautes, elles frappent les vagues et brisent les glaces. Il n'y a jamais assez de mer pour les visages aigus des bateaux. Les montagnes d'eau viennent du bout de l'horizon, couvertes de brume, et elles s'effondrent sur les étraves. Parfois, à l'avant, il y a une figure de femme sculptée dans le bois qui regarde droit devant elle. Ça veut dire qu'il y a une lutte, dont personne ne connaît l'issue. Les coques de métal rouillé couvertes d'algues et de parasites suivent le chemin des étraves, elles s'enfoncent dans les séries de fossés, elles montent sur les séries de talus. L'eau est dure, pleine de bulles. Elle serre les parois de fer, elle se reprend, elle éclate, elle glisse en grinçant. Elle veut entrer, dévorer, digérer, avec sa gorge grand ouverte. Le vent souffle à cent kilomètres à l'heure. La brume se déchire. Lui, il est dans la boîte hermétique, le plancher de bois le porte au-dessus de la mer. Est-ce que ce n'est pas incroyable? Est-ce que ce n'est pas une aventure, cela, une vraie aventure de machine et de gouffre à mort?

La mer est longue. Depuis des jours, elle déferle sur l'étrave. A l'arrière, penché par-dessus la rambarde, il voit les tourbillons jaillir de l'hélice, les trous noirs, les plaques huileuses qui glissent, l'écume sale, les remous hachés. L'horizon est courbe, l'univers n'est plus qu'une immense goutte gonflée sous le ciel. Dans les cabines étouffantes, des femmes dorment, enroulées dans des couvertures. A l'intérieur des salles qui oscillent, des hommes parlent, boivent, jouent aux échecs. Près d'un hublot, trois hommes sont assis et fument des cigares.

« Non, pas le communisme, mais... »

« Le bien-être n'est pas absolument nécessaire, vous savez. »

« Notre gouvernement veut d'abord s'occuper des choses nécessaires, ensuite, eh bien, on pensera aux voitures, au confort individuel. »

« Peut-être que ce sera une erreur... »

« Pourquoi? »

« Mais parce que, parce que. Vous ne vous rendez pas compte, vraiment, de ce que représente l'idée de révolution. C'est un miracle pour nous, alors, maintenant, si votre pays se met à faire comme les autres, vous savez, quoi, la minorité instruite qui travaille pour avoir sa petite maison, sa petite voiture, ses petites vacances. »

« Vous voyez ça comme un intellectuel. »

« Oui, bien sûr, mais comment faire autrement? C'est l'idée de la possession qu'il faut éliminer, d'abord. Ce qui est extraordinaire dans la révolution, c'est qu'elle veut amener les gens à vivre pour autre chose que pour gagner de l'argent, à concevoir la vie autrement qu'en termes d'épicerie : gagner, dépenser. »

« Mais c'est peut-être aux dépens de la liberté? »

« C'est toujours la même chose. La liberté de l'Occident est faite en fonction de la petite propriété. Avoir une petite voiture et avoir une petite idée, c'est la même chose. »

« Vous diriez ça aussi de l'art? »

« Bien sûr. Vous ne vous rendez pas compte, mais ce que

vous vivez, c'est peut-être la seule aventure véritable, la seule aventure moderne. La liberté. Mais toujours pour une minorité. En Occident, les gens croient qu'ils sont libres parce qu'ils peuvent faire des statues avec des crayons à bille fondus, ou bien écrire des romans où il est question d'incestes. Mais comment peut-on être libre quand il y a des gens qui meurent de faim à côté des palaces, quand il y a des gens qui sont esclaves dans des usines, et qui décortiquent des châtaignes douze heures par jour pour le prix d'un verre de bière, des gens ignorants, des gens malades, des gens qui font la guerre? Après ça, c'est vrai, moi, j'ai le droit de crier vive le roi ou à bas les soviets, qu'est-ce que ça change? »

« Vous savez, il y a beaucoup d'erreurs, encore, dans mon pays... »

« Peut-être, oui, mais c'est une aventure. »

« Quand on en aura fini avec l'idée de la politique.. »

« Avec l'idée de la possession... »

Etc.

Il y aurait beaucoup de dialogues de ce genre, dans le cercueil de fer flottant sur la mer.

Puis, la tempête se lèverait. Elle commencerait lentement, avec un grincement de violon, et quelques coups de gong. Une voix suraiguë de femme, ou d'enfant, se mettrait à chanter dans le salon, à l'avant du bateau. C'est comme cela, tout à fait comme cela : le vent soulève les lourdes masses des vagues et les écrase sur la proue du navire. Les vagues effacent les paroles, elles repoussent les idées dans le noir. Le sol remonte d'un seul coup, et quelque chose s'évanouit à l'intérieur du corps. La musique stridente monte, descend, et les tambours gémissent. Les parois de métal craquent, les verres roulent sur les tables, se brisent. La mer est un troupeau d'éléphants rompant sa route à travers la plaine. A ce moment, on a perdu pied. On a été roulé, trituré, poussé, frappé, écrasé. On n'a plus eu le temps de parler, ou d'espérer. On s'est jeté sur sa couchette dure, qui veut se défaire de son fardeau. On a rampé le long des coursives folles, on s'est accroché à tout ce qui était de fer et faisait saillie. La violence a lancé son vent à l'assaut du navire, son vent qui arrache tout. Les lames ont creusé leurs entonnoirs de furie, ont levé leurs murailles. L'hélice bat dans le vide, avec de grands tremblements. Il y a tant de colère, ici, qu'il faudrait dix millions de guerres pour essayer d'en venir à bout. Il y a tant de désespoir, de beauté, et l'on flotte sur eux. Mer! Mer! Génie en action. Himalaya de l'eau!... Tout est mer : le ciel, l'eau, le vent, et aussi l'espèce de boîte de conserves où sont enfermés les hommes. Tout a été transformé en longs tourbillons obscurs, en dunes dures qui avancent, en mugissements et en soupirs. La musique criarde joue pendant des heures, des jours, des nuits. Elle ne veut pas de terre, elle ne veut jamais aucune terre. Elle veut cette immensité liquide, cet animal sans limites qui s'acharne. Il lance ses myriades de tentacules, il veut tout digérer. Mer, citerne de sang bouillant, mer qui recouvre tout! Vraie peau de la terre, son vrai visage. Martelé, mobile, aux grandes rides qui frissonnent, aux bouches et aux yeux innombrables. Il n'est plus question de conscience, mais de rage, de rage! Venues du fond du temps avec leurs mufles, les falaises d'eau glissent sur leur base, raides, invincibles, dans un fracas de tonnerre; elles s'en vont vers l'autre bout du temps, là où gît le ciel toujours noir. Elles montent par-dessus le pont et frappent en passant, à coups terribles, sur les hublots verrouillés. Mer, c'est la terre qui a peur. C'est l'espace qui a fondu, diarrhée ignoble. C'est le froid du vide qui a empli les gouffres jusqu'au bord avec son liquide plein de bulles. Celui qui a vu cela ne connaîtra plus le repos. Il sait où doit finir sa fuite, et celle des autres hommes, et celle des arbres et des oiseaux. Il sait bien où finit le temps, et qui l'avale.

Quelques instants plus tard, vers 3 heures de l'après-midi, il monterait sur le pont, et il verrait au large, sur la droite, une large baie ouverte. La mer est plate, couleur de turquoise, les montagnes pelées se reflètent. Montagnes coniques, jaillies de l'eau transparente, dressées contre le ciel bleu. Le vent glacé souffle du nord vers le sud, l'air coupe comme un diamant. Le soleil étincelle à l'ouest, mais il n'a pas de chaleur. Ici, c'est le bout du monde, comme on dit, une des fins possibles du voyage. La baie de Nakhodka est ouverte sur la mer bleue, avec des îles en forme de volcan, ses terres rougeâtres pareilles à des crocs. On nage dans un paysage dessiné à la plume, aux traits fins, au silence immense. La coque du navire glisse sur l'eau, entre dans la zone calme; au large, les cônes des îles se déplacent lentement. Tout est figé dans le froid, dans la lumière insensible. L'air est si pur qu'on aperçoit les moindres détails de la côte, les striures des rochers, les cavernes où bouillonnent les vagues, les maisons des pêcheurs, les barques attachées par des câbles. Il n'y a pas de fumée. Les caps avancent au milieu de l'eau, très noirs. Les montagnes sont des blocs de soufre, des arêtes de métal aigu, le bord étrange d'une lame de rasoir qui a tranché la vie. A 40 kilomètres, au-delà de la presqu'île, il y a une grande ville muette qui s'appelle Vladivostok. C'est là que tout le monde devrait arriver, un jour où l'autre. On a posé si souvent la question, à tous ceux qu'on rencontrait sur les bateaux, dans les trains, dans les halls des hôtels :

« Est-ce que vous êtes déjà allé à Vladivostok? »

La côte déserte grandit. Elle dresse ses pics aigus. Les îles dérivent dans l'eau si bleue que c'est comme s'il n'y avait plus de couleur. Les crevasses des montagnes apparaissent, les éboulis, les chemins de terre. Le soleil peut se coucher et se lever des milliers de fois. La mort peut venir, la mort au dessin silencieux. Il y aura toujours ce spectacle de fil de fer, ces lignes pures et nettes, cette transparence sans mots, cette vérité faite paysage.

Après cela, le train poussif remonte jusqu'à une ville de briques qui s'appelle Khabarovsk. Jusqu'à une ville qui s'appelle Irkoutsk, où il y a une espèce de lac. L'avion géant plein de militaires et de femmes vole pendant des heures au-dessus des régions gelées. Les fleuves sans nom coulent avec de petits filaments de givre. Mais qu'est-ce que cela peut bien faire?

AUTOCRITIQUE

Il faut que je me décide à prendre enfin les résolutions sui-
vantes :
  a) Dire tout ce que je pense
  b) Renoncer aux mots qui font plaisir
  c) Ne pas essayer de tout faire à la fois [1]
  d) Ne plus avoir peur des noms
  e) Changer de marque de crayon à bille

---

[1]. A moins qu'il ne s'agisse, au contraire, de tout dire en même temps.
La littérature n'est-elle pas, en ce cas (et particulièrement la « fiction »),
l'effort désespéré et permanentement mis en échec pour produire une expression unique? Dans le genre d'un cri, peut-être, d'un cri qui contiendrait de
façon inexplicable les millions de mots de tous les temps et de tous les lieux.
Contrairement à la parole qui classe, l'écriture ne chercherait-elle que l'œuf,
le germe?

Un peu plus tard, J. H. Hogan était dans une ville qui s'appelait New York. C'était la nuit. Il marchait vite le long d'une rue très droite où circulaient beaucoup de voitures. Les voitures étaient larges. Elles roulaient avec leurs phares allumés, on les voyait venir de loin, du bout de l'horizon. Elles arrivaient doucement, avec leurs corps ramassés sur le sol, et leurs pneus écartés se collaient sur l'asphalte en faisant des bruits de ventouse. Puis elles passaient le long du trottoir, elles jetaient des lueurs; à travers les vitres teintées on voyait une silhouette assise.

De temps en temps elles s'immobilisaient à l'angle d'une rue, et leurs moteurs chauds tournaient au ralenti dans l'air froid. Quand le signal apparaissait dans l'air, il y avait quelques coups de klaxon, et les voitures repartaient, s'éloignaient. C'était drôle de voir ça, en marchant à New York, comme J. H. Hogan. C'était étrange et familier, un spectacle connu qu'on avait oublié, un rêve, une fuite à l'envers. Peut-être qu'on avait toujours été là, dans cette ville, peut-être qu'on y était né, qu'on y avait grandi. Comment le savoir? Depuis, il s'était passé tant de choses.

Sur le trottoir, avec J. H. Hogan, il y avait beaucoup de gens marchant dans tous les sens. Des hommes vêtus d'imperméables, des femmes qui dansaient sur leurs hauts talons. Ils sortaient de tous les côtés, des bouches de métro, des cinémas, des portes des maisons, des portières des voitures. Ils arrivaient, traversant des plaques d'ombre, surgissant dans les carrés de lumière rouge; c'était dans le genre d'un ballet, nerveux et monotone, où chacun lançait en avant son pied droit et sa main gauche. Les murs étaient hauts, parfois si hauts qu'on n'en voyait plus la fin. Sur les murs, les milliers de petites fenêtres, les unes allumées les autres aveugles. Des escaliers de fer descendaient jusqu'au premier étage, et ils restaient là, inachevés.

J. H. Hogan regardait passer les visages des gens, les fenêtres, et, de temps à autre, les gros phares allumés des voitures.

Peut-être bien qu'il avait été enfant ici, autrefois. Il était né dans 42 East, et il ne s'appelait pas Jeune Homme Hogan alors, mais Daniel E. Langlois, Daniel Earl Langlois.

Daniel Earl Langlois avait onze ans et demi. Un jour, pendant l'hiver, il sortit du collège avec son ami Tower. Ils marchèrent assez longtemps, tous les deux, le long de l'avenue N° 5, en regardant les cohortes de voitures noires. La nuit était en train de venir, le ciel était déjà tout noir à l'est. Les vitrines brillaient, les affiches, les barres rouges et les barres blanches des néons. Daniel Earl Langlois et son ami Tower s'arrêtèrent un instant devant l'entrée d'un cinéma pour regarder les photos. C'était un film d'aventures, *Les 55 jours de Pékin*, *La mort se paye en dollars*, ou quelque chose dans ce goût-là. Puis, comme il commençait à pleuvoir, ils entrèrent dans un Café où on vendait des sodas et des glaces. Daniel Earl Langlois prit une bouteille de Coca-Cola, et son ami Tower une glace dans un grand verre. Ils allèrent s'asseoir à une table en matière plastique, près de la fenêtre, et ils consommèrent leurs consommations en regardant la rue. Quand ils eurent fini, Daniel Earl Langlois alluma une cigarette. La serveuse, une assez jolie fille rousse vêtue de blanc, vint devant la table et le regarda.

« On veut avoir l'air d'un homme, hein? » dit-elle. Elle ricanait avec mépris.

« Ça va, ça va, j'ai compris », dit Daniel Earl Langlois. Et il écrasa la cigarette par terre. Puis, comme il était vexé, il demanda combien ça faisait, paya et s'en alla.

Un peu plus tard, Langlois et son ami Tower s'arrêtèrent devant un canal qui coulait sous un pont. Ils s'appuyèrent sur la balustrade et regardèrent l'eau couler dans la rainure de ciment. Il faisait tout à fait nuit, à présent. Les voitures passaient dans la rue avec leurs phares allumés, et les réverbères luisaient au centre de halos de bruine. Il faisait assez froid. Daniel Earl Langlois offrit une cigarette à son ami Tower et ils fumèrent tous les deux en regardant le canal couler sous le pont.

C'est à ce moment-là que Daniel Earl Langlois décida que le monde serait dirigé par des enfants de douze ans. Il expliqua à son ami Tower comment ils allaient faire. Ils iraient dans tous les Collèges. Ils organiseraient des meetings, ils parleraient à tous les types et à toutes les filles. Ils formeraient une armée, il y aurait des grèves, des manifestations. Et comme ils étaient plus nombreux que les grandes personnes, ils gagneraient facilement. Alors on pourrait condamner quelques grands à mort, les professeurs, les flics, pour l'exemple. Les autres, on les enverrait au bagne. Puis on ferait des élections, et il y aurait un président. Ça pourrait être lui, bien sûr, ou bien son ami Tower, ou bien Jimmy, qui était si fort en mathématiques. Ou bien Bernstein, qui était beau et qui avait du succès auprès des filles. Ou bien Hal, qui savait conduire une voiture. Tout ça était facile. Il n'y avait qu'à commencer.

Tower dit que oui, c'était facile. Mais comment ça se passerait avec l'armée?

Daniel Earl Langlois jeta son mégot dans le canal, et dit que l'armée, ce n'était rien du tout. Que les grandes personnes ne savaient pas se battre, c'était bien connu. Ils étaient trop lourds, ils ne savaient pas courir assez vite.

« Mais ils ont la bombe à hydrogène? » dit Tower.

Daniel Earl Langlois le regarda avec commisération.

« S'ils la balancent sur nous, ils la balancent sur eux. Tu n'avais jamais pensé à ça? »

Tower admit que c'était vrai.

« Tu vois bien que c'est facile », dit Langlois. « Et c'est pareil avec les flics. Ils sont incapables de courir. Tu te souviens quand Clayton avait volé les cigarettes dans le distributeur du Fat Moon? Il a couru jusqu'au Parking, et puis il s'est glissé sous les bagnoles. Et les flics, eux, ils cherchaient partout. Ils sont trop gros, tu comprends. Ils ne savent pas courir. »

« Et s'ils ont des chiens? » dit Tower.

« Tu me fais rigoler avec tes chiens », dit Langlois. « Est-ce que n'importe quel gosse n'est pas capable de descendre un chien du premier coup, à trente mètres? Alors? »

Tower reconnut qu'il en était bien capable.

« Tu comprends, Tower, » dit Langlois, « nous, on sait ce qu'on fait. On sait bien ce qu'on vaut. Tandis qu'eux, les grands, ils ne savent pas. Ils ne s'attendent pas à ça. Ils croient qu'ils peuvent nous faire faire tout ce qu'ils veulent, et qu'on va continuer à ne rien dire. Et puis on vit avec eux. Alors ils ne se méfient pas. »

Il se tourna brusquement vers son ami Tower.

« Est-ce que tu es capable de tuer, toi? »

Tower fit un effort pour se concentrer.

« Je crois que oui », dit-il.

« Tu as déjà eu envie de tuer quelqu'un? »

« Oui. »

« Qui ça? »

« Eh bien, le prof d'Histoire, par exemple. Le jour où il m'a dit que j'étais un menteur. Et puis mon père aussi, quand il m'a donné un coup de poing sur la figure. Parce que j'étais en retard. Et toi? »

« Moi aussi. Moi c'est un type qui habite à côté de chez moi. Il a tué mon chien parce qu'il aboyait la nuit. Quand on commencera la guerre, j'irai le voir, et je le tuerai. »

« Moi, il y a aussi un type qui tourne autour de ma sœur. Une fois, il l'a embrassée de force, dans le parc. Je l'ai vu. C'est un salaud. Je le lui ai dit, je lui ai dit que je le tuerai. Il a rigolé. Mais c'est vrai, je le tuerai. »

Daniel Earl Langlois regarda le canal d'un air sombre.

« Tu sais, ce qui compte, c'est qu'on soit tous d'accord. Tous les types et toutes les filles comme nous. Si on est tous ensemble, on n'aura plus rien à craindre. On pourra commencer à agir. Tu sais comment on va faire? On va commencer par faire un groupe, un vrai. Dans le collège. Il faudrait qu'il ait un nom, quelque chose de terrible, qui fasse peur aux grands. Les Panthères noires, par exemple. »

« Ou bien les Vampires. »

« Ou bien les Pieuvres. »

« Les Loups rouges. »

« Les Cobras. »

« Attends. Les Scorpions. »

« Les Requins. »

« Les Fantômes. »

« Attends. J'ai vu un film, l'année dernière, ça se passait en Inde, je crois. Il y avait une secte qui poignardait les gens pendant qu'ils dormaient, à travers leurs hamacs. Ils s'appelaient les Tongs. »

Daniel Earl Langlois regarda son ami Tower avec des yeux brillants.

« C'est ça. A partir d'aujourd'hui, on est les Terribles Tongs. »

Et comme il fallait un signe de reconnaissance, il sortit de sa poche un petit canif, et il fit une entaille en forme de T sur la paume de la main de son ami, puis sur la sienne. Ensuite ils s'en allèrent et ils remontèrent vers l'avenue N° 8.

J. H. Hogan n'était pas trop rassuré chaque fois qu'il croisait des enfants. Il regardait dans leurs yeux, pour voir si la révolution ne serait pas pour demain, et il cherchait à voir s'il n'y avait pas, dans leurs poings fermés, une marque en forme de T.

Vers le milieu de la nuit, J. H. Hogan se retrouva dans un quartier obscur. Les rues étaient défoncées, et les maisons étaient penchées les unes vers les autres, comme après un tremblement de terre. Il n'y avait pas de vitres aux fenêtres, les portes étaient couvertes de graffiti. Dans une rue très longue, où le vent soufflait, J. H. Hogan croisa des hommes aux visages noirs, des femmes ivres. Au fond des orbites, les yeux charbonnaient. Les cheveux étaient épais, collés sur les crânes, bouclés, rejetés en arrière, quelquefois huileux. Les silhouettes fuyaient vite dans la lumière humide des réverbères, les pieds résonnaient sur le trottoir. Çà et là, des nuages de vapeur fusaient du milieu de la chaussée noire, et les voitures les traversaient en glissant. C'était semblable à une photo, plaques ombreuses et taches blanches nées brutalement, accrochées à la terre. On ne voyait pas de ciel. C'était aussi dans le genre d'une photo à cause du silence.

Rien ne disait rien. Les mouvements se croisaient lentement, suites de gesticulations syncopées. Les immeubles fuyaient verticalement, jetant en l'air leurs rampes de béton. Les angles des rues étaient tranchants, ils coupaient le vent et la lumière. Hogan passait d'une rue à l'autre dans le silence, traversant les espaces nus, longeant les murs, disparaissant tout à coup dans les larges ombres. Où était-il? On ne le voyait plus. Est-ce qu'il avait tourné à droite, dans cette rue? Ou bien était-il entré dans ce terrain vague cimenté? Dans un immeuble, par une porte noire? Non, le voici. Il apparaît à nouveau. Il marche au centre d'une tache de lumière, sous un réverbère. Son ombre se tasse sous lui, le devance, se divise. Que fait-il? Il attend au bord du trottoir, une voiture aux ailerons relevés passe devant lui. Il traverse la rue. Il trébuche sur une dénivellation. Il monte sur l'autre trottoir. Pourquoi a-t-il traversé? Sur le mur, il y a une vitre qui brille. Il passe devant la vitre et il brille lui aussi. Un homme vêtu d'un pardessus marche vers lui. Lui, marche vers l'homme. L'homme oblique un peu vers la gauche, et lui vers la droite. Ils se regardent vite. Que pense l'homme au pardessus? Que pense Hogan? Ils se croisent, ça y est, l'homme au pardessus à gauche, Hogan à droite. Pendant un dixième de seconde, on ne voit plus qu'une seule silhouette. Mais aussitôt elles se séparent, elles se

197

quittent. Qui est l'homme au pardessus? Qui est Hogan? Il est si loin, maintenant, dans la rue blanche et noire, qu'on ne distingue plus son visage. Une silhouette, rien qu'une silhouette, inconnue, pareille aux autres, qui marche sur le trottoir. Un groupe d'hommes avance vers lui, et un autre groupe le dépasse par-derrière. Brusquement, il y a un nœud sur le trottoir, une douzaine de silhouettes mêlées, avec des jambes, des bras, des têtes. Le nœud grouille dans tous les sens. Puis se défait. Où est-il? Où est Hogan? Est-ce lui, le premier qui marche vite, qui s'éloigne? Le deuxième, le troisième? Est-ce lui, qui traverse la rue obliquement? Ou bien est-ce lui, qui revient sur ses pas, qui descend sur la chaussée pour aller plus vite? Qu'importe? Disons que Hogan c'est celui-*ci*. Il retourne en arrière, il étend ses jambes sur le ciment du trottoir. Il s'arrête. Il allume une cigarette. Il jette l'allumette dans le ruisseau. C'est vrai, Hogan avait un briquet; mais il l'a peut-être perdu, vendu, il l'a peut-être abandonné à une femme qui s'appelle Ricky? Il repasse devant la vitrine éclairée. Une autre silhouette marche vers lui, le rejoint, et hop! dans un éclair venu de la vitrine, le voilà qui repart en arrière, qui retourne vers l'autre bout de la rue. Il va disparaître. Il glisse sur le trottoir lisse, il n'est plus qu'un point. Puis il redescend, traverse entre deux voitures, croise un groupe. Il est dans le groupe qui remonte en parlant très fort. Il s'arrête par instants, se tourne vers les autres et agite ses bras en criant. On n'entend pas très bien ce qu'il crie, mais c'est quelque chose comme : « Non! Je vous dis! Non! »

Un couple descend la rue en se tenant par la main. Quand il ressort de l'autre côté du groupe d'hommes arrêtés sur le trottoir, c'est Hogan qui tient la main de la jeune femme. Il la tire un peu, parce qu'elle est fatiguée, ou qu'elle ne peut pas marcher si vite. Ils entrent dans une grande tache d'ombre et on ne les voit plus. On entend seulement les talons de la femme qui claquent sur le sol. Puis, plus rien. Est-ce qu'il a disparu pour toujours? Mais non, quelque chose émerge de l'ombre, et remonte la rue. Une silhouette de femme, qui va vite et sans bruit sur le trottoir. Quoi, Hogan est devenu une femme? Mais oui, c'est bien lui, on le reconnaît à ce qu'il a deux jambes et deux bras, et un visage inintelligible. Homme, femme, quelle différence? Est-ce qu'ils ne sont pas tous pareils, ces petits insectes noirâtres aux mouvements cadencés, est-ce qu'ils n'ont pas tous les mêmes enjambées, les mêmes yeux, les mêmes pensées? Hop! Homme à nouveau, qui redescend la rue en marchant vite. Hop! Homme qui traverse, qui s'arrête devant une voiture. Hop! Homme qui longe les vitrines. Hop! Femme qui redescend en balançant un sac au bout de son bras. Ça n'en finissait plus. Cela pouvait durer des heures, des jours, des années, et plus encore. Sur la rue immobile et froide, pareille à une photographie, Hogan allait et venait sans cesse, zigzaguant, disparaissant, apparaissant. Noir, puis blanc, puis tacheté, puis femme, puis homme, puis femme. Insectes muets aux désirs inaccessibles, mantes religieuses aux gestes précautionneux.

C'était le lieu pour la musique qui emporte, pour la suite de sons tous pareils, aux longs glissements mécaniques. C'était le lieu pour un chant qui se répète, qui endort, pour la voix étouffée du saxophone qui invente continuellement la même phrase, la perd, et la retrouve. Les plaques d'ombre sont les tremblements de la contrebasse, qui hésite, qui tâtonne. Les coups réguliers de la batterie sont les rues, les rues. Les dessins des maisons, les fenêtres, les halos des réverbères, tracent sans arrêt la même chose, ligne volubile qui progresse dans le silence, décollage de l'esprit, invention de la vie là où il n'y avait vraiment rien. Et les aventures des silhouettes là, sur le dessin de la ville! Aventures qu'on ne peut plus trop comprendre, aventures qui ne servent à rien. Cubes des immeubles élancés, cubes de musique! Ville aux rainures obscures, ville de musique! Automobiles aux phares éblouissants, qui roulent, glissent, avancent, vers l'inconnu. Automobiles de jazz! Ponts élancés au-dessus de la mer, qui sont des appels! Autoroutes vibrantes, électriques, qui montent et descendent! Places désertes, jardins noirs où les arbres sont muets : ce ne sont plus des oiseaux qu'il vous faut, non, ce sont des clarinettes! Hogan, Earl Langlois, Tower, ou bien Wasick, Wheeler, Rotrou, ça n'existe plus. Ça n'a plus de sens. Ce sont les blocs qui existent, les tonnes de maisons de béton et de fer, les montagnes creusées, les statues de fonte debout sur les îles, les tunnels de métro où roulent les lourds wagons aveugles. Les insectes ne comptent pas. On ne les voit plus. Ils trottinent dans les fissures, ils pullulent, la risible vermine, la drôle d'armée de pucerons à pattes! Oubliés, oubliés! Qu'on n'en parle plus jamais! Plus de sentiments à la mesure des pucerons! Nous voulons des sentiments qui aient la taille des immeubles de 25 étages. Des sentiments hauts comme des tours, larges comme des stades, profonds comme des tunnels.

Penser! Penser! Ça ne doit plus être cette petite vibration de grelot, qui soulève un peu de poussière. Ça doit être autre chose. Penser, ça doit être épouvantable. Quand la terre pense, il y a des villes qui s'écroulent, et des milliers de gens morts.

Penser : soulever des blocs, creuser des vallées, dresser des raz de marée sur la mer. Penser comme une ville, c'est dire : 8 000 000 d'habitants. 12 000 000 de rats. 5 000 000 de litres de gaz carbonique. 2 milliards de tonnes. Lumière grise. Dôme de lumière. Fracas. Éclairs. Nuage noir suspendu. Toits plats. Sirènes d'incendie. Ascenseurs. Rues. 28 000 kilomètres de rues. 145 000 000 d'ampoules électriques.

Solitude : ici s'est brisé le rempart de l'autonomie. Celui qui monte en haut d'une tour, ainsi, une nuit, et qui ose regarder cette ville, et toutes les autres avec. Celui qui regarde si froidement qu'il fait corps avec la tour. Est-ce qu'il n'est pas plus loin encore que s'il regardait la terre du fond de l'espace, à travers le hublot de l'espèce d'obus plaqué or? Est-ce que ce qu'il voit n'est pas plus beau et plus émouvant que ce qui est étendu, tout glacé, devant le museau de la capsule intersidérale? Ce qu'il voit est plus froid que les hauts plateaux de l'Antarctique, plus brillant que les lacs de sel, plus vaste que la mer du Nord, plus brûlant que le désert de Gila, plus beau que le

Kamtchatka et plus laid que l'embouchure de l'Orénoque. Ce qu'il voit est si grand que le cerf-volant ne peut plus voler et retombe vers la terre, épuisé. Ce qu'il voit est si précis que les cartes se brouillent, se perdent, ne signifient plus rien. C'est pour cela qu'il y a des garde-fous sur les tours, pour que les hommes ne montent pas en cohortes se jeter dans le vide. C'est pour cela qu'il y a les vitres, les vitres opaques : pour que le vide terrible ne les attire pas au-dehors, ne les dévore pas. C'est pour cela qu'il y a les cinémas, les tableaux, les cartes postales et les livres : pour faire des murs, toujours davantage de murs, des remparts protecteurs.

Pensée, pensée infinie qui veut se répandre et couvrir l'espace. L'esprit est en fuite. L'esprit se sauve dans le labyrinthe des villes. Une seule pensée, que l'on a laissée courir, et l'homme est perdu. Montres, calendriers, à moi! Au secours, chronomètres! Au secours, cigarettes! Maisons, habits, dictionnaires, photographies, vite, vite, venez me sauver! Encombrez-moi! Argent, voitures, métiers, vite, ou il va être trop tard! Venez m'extraire de la tour, venez me remettre à ma place chez les insectes. Venez, repas! Femmes nues, obsessions familières, manies, ne tardez pas! Le vide a déjà pris un bras, une jambe, il me tire. Tendez votre écran entre mes yeux et ce regard, ou je vais basculer!

À terre, la route des petits hommes et des petites femmes continue.

J. H. Hogan arriva dans une rue où des clochards arrêtaient les voitures. L'un d'eux se jetait devant les roues, et quand la voiture était arrêtée d'un grand coup de frein, les autres se ruaient sur la machine et faisaient semblant d'astiquer les phares et le pare-brise. Puis ils cognaient aux vitres, et il fallait leur donner de l'argent.

Dans des bars en forme de couloir, des gens dormaient, la tête sur les tables, ivres morts.

Sur le trottoir avançait un groupe de nègres gigantesques, les pas en cadence, les yeux fixés droit devant eux. La foule s'écartait, se collait contre les murs, et le groupe de géants passait, indifférent, hautain.

Des hommes au visage peint, aux cheveux décolorés, ondulaient. Dans les recoins des portes, des femmes sifflaient. Allongé par terre, la tête dans l'ombre, un jeune homme chaussé de sandales de tennis se droguait, puis dormait.

A un arrêt d'autobus, une grosse femme aux yeux innocents tenait un sac sur son ventre. Elle passait sa main droite à travers le sac, et, du bout des doigts, elle fouillait dans la poche d'un homme qui attendait. Elle sortait le portefeuille de la poche, elle le faisait tomber dans son sac. Puis elle s'en allait le long de la rue, cherchant des yeux les arrêts d'autobus.

A un carrefour, un homme tenait une barre de fer. Chaque fois qu'une voiture passait près de lui, il levait la barre et donnait un grand coup qui défonçait la carrosserie. J. H. Hogan le regarda faire. Deux fois, les voitures s'en allèrent vite, avec une marque en creux sur le coffre arrière. Mais la troisième fois, J. H. Hogan ne fut pas très étonné quand la voiture s'arrêta. Sans rien dire, deux hommes en descendirent. L'homme voulut les frapper avec sa barre de fer. Les deux autres bondirent en avant et le firent tomber par terre. Pendant une minute, J. H. Hogan entendit les coups de poing qui écrasaient le visage de l'homme. L'un des deux automobilistes s'acharna sur son bras, et il dut lâcher la barre de fer. Alors, il écarta son compagnon, et il se mit à frapper sur l'homme à terre avec la barre de fer. Le premier coup qu'il donna porta à faux. Le deuxième écrasa le crâne, et on entendit un seul petit cri bref, « Ouah! » Au troisième coup, l'homme était mort déjà, mais l'automobiliste ne s'arrêta pas. Avec la barre de fer, il continua à frapper de toutes ses forces sur le visage éclaté, et ça faisait de drôles de bruits mous. Autour de lui, les voitures passaient avec leurs phares allumés, à toute vitesse. Quand il en eut assez, l'automobiliste jeta la barre sur le sol, à côté du corps et il remonta dans la voiture avec son compagnon. La voiture démarra, glissa le long de la rue avec ses deux feux rouges qui brillaient. Puis elle tourna et disparut. Sur la chaussée, l'homme était étendu à côté de la barre de fer. Les voitures aux phares blancs continuaient à rouler autour de lui. L'une d'elles passa si près du corps qu'on entendit nettement les pneus bruisser dans la flaque de sang. J. H. Hogan resta un moment, sur le bord du trottoir, pour voir si une voiture finirait par passer sur le corps de l'homme. Mais les gens conduisent mieux qu'on ne le croit généralement, et tous, ils faisaient un détour. Alors J. H. Hogan s'en alla. C'étaient des choses qu'on pouvait voir, à New York, à Baltimore, ou bien à San Antonio, entre 1965 et 1975.

Ma ville est mal famée : le long des promenades du bord de la mer, et dans les rues où la nuit s'allume, les foules de Sade pensifs se pressent et regardent sans comprendre.

Quand, surgies de la vitre de la chute du soleil, elles passent au milieu du tabac qui bouge comme un pas d'homme, tous les marchands sont là, devant leurs portes, et leurs yeux et leurs bouches dans leurs visages durs ne savent que jeter les prix de la chair, les ordres et la colère...

On les voit choisir le bétail tandis que le crépuscule cligne comme une paupière.

Plus loin, et plus près de la mer, dans les forêts de courbes et de rondeurs, j'ai acheté des milliers de tentations !
J'ai laissé monter mon harem autour de moi, et enfin plus heureux et plus abandonné qu'un lion, j'ai pu entendre leurs longs pas de coton qui me portaient, qui m'emportaient.

On les voit choisir le bétail étrange, tandis que le crépuscule tremble comme un million de mouches.

Il y a quelque part une fuite qui se continue dans des pays froids, dans leurs pays à eux, dont je ne suis pas. Leurs visages graves achètent : j'en souffre,

je suis jaloux de leur force — et cependant, ô la
volupté de ce marché d'esclaves !

Le vide des magasins étincelants aux grands
tapis rouges où marchent les talons aiguilles
des femmes. Entre les murs de verre tourne
sur elle-même la musique au rythme lourd.
Je suis dans un endroit vide peuplé par la
lumière. Les jambes nues des femmes bougent
continuellement sur le tapis rouge. La musique de guitare strie le silence. Tout est beau.
Tout est en paix. Tout est inventé. Dommage
que le patron du magasin soit un gangster

Il existe chez les animaux quelque chose qu'on appelle le réflexe de fuite. Il s'agit de maintenir en permanence entre le monde et soi la distance nécessaire pour pouvoir s'échapper. Si vous approchez, vous rompez cette protection. L'animal est menacé. Il devra reculer un peu, pour rétablir l'indispensable distance. De même pour le sommeil. Le sommeil annule la distance. Celui qui dort est tout près, n'importe qui peut le toucher. C'est pourquoi les animaux ne dorment jamais.

Mais l'homme? Il n'a pas de jambes pour courir. Il n'a pas d'ailes pour s'envoler. Il n'a pas d'oreilles pour entendre venir les bruits, il n'a pas de nez pour les odeurs. Quand il dort, il est étendu sur le dos, il donne son ventre mou aux coups. Mettez-le dans une forêt, avec quelque tigre affamé. Il ne verra même pas surgir la griffe qui l'ouvrira en deux, bien facilement.

Les mouches sont mille fois plus rapides que l'homme. Si les mouches mettaient la même application à penser qu'elles mettent à éviter la main de l'homme, elles réinventeraient toutes les sciences de Pythagore à Einstein en quelques minutes.

Les papillons se posent sur les fleurs, et les voilà fleurs. L'homme, lui, ne sait rien imiter, pas même les autres hommes. Est-ce qu'il aurait eu l'idée d'être tigré dans les bambous, ocellé dans les feuillages? Est-ce qu'il aurait été capable d'être gris dans le sable, blanc sur la neige, noir dans la nuit? Est-ce qu'il aurait seulement pensé à porter sur son dos quelque face de hibou, aux yeux peints, pour effrayer ses ennemis?

Je fuis, mais ma course est à découvert. Elle ne va pas jusqu'au bout, elle n'atteindra jamais le but. Quand le danger vient, se lève, il est déjà trop tard. Je l'ai connu, je l'ai vécu. Quand il faudrait être à des milliers de kilomètres, je suis encore là, je n'ai même pas bougé un bras.

Lenteur, lenteur de la fuite de l'homme! Mouches, moustiques, apprenez-moi à me ramasser sur moi-même, à bondir d'un seul coup, avant même que le vent ne soit arrivé. Lièvres, enseignez-moi à bouger les oreilles! Et vous, léopards, jaguars, couguars, montrez-moi comme vous marchez en silence, appuyant une patte après l'autre. sans même froisser une brindille!

Ce que je fuis, je le sais bien, maintenant : c'est le vide.

Je passe de terre en terre, je vais de ville en ville, et je ne rencontre rien.

Métropoles immenses, autoroutes immenses. Comment se fait-il que je n'entende jamais rien? Est-ce moi qui transporte le vide partout où je vais, dans le genre d'un sourd pour qui tous les hommes sont muets? Parfois, je suis las de tant d'images. Je voudrais que s'ouvre la coque de plexiglass qui me tient enfermé. Mais cela ne se peut pas. Autonomie, maudite autonomie. Je vous dis, je suis las d'être moi. Être quelqu'un, être l'un par rapport aux autres, cela ne pouvait pas suffire. Mon nom, je n'en veux plus. Appelez-moi par votre prénom.

Visage des hommes et des femmes, gestes, habitudes, métiers : tous joués. Le monde est peuplé de marionnettes, le monde est habité par des automates. Ils rient, ils parlent. Mais je vois leurs yeux, et je sais qu'il n'y a rien de l'autre côté.

C'est de cela que je suis loin, maintenant, peut-être. La haine m'a entraîné au fond de l'espace. J'ai suivi toutes les routes, celles qui foncent hors de la pensée, celles qui conduisent aux paroles négatives.

J'ai ôté mes habits. Marchant face au soleil, un jour, dans une rue, East 37, N. Y., par exemple, ou bien rue Sherbrooke, Montréal, ou encore, Eglington Ave. W. TORONTO, voici que je suis devenu transparent. La lumière sans chaleur m'a traversé, et j'ai glissé le long des rayons, aveuglé, invisible, les pieds légers, la tête flottant loin devant moi, ayant rejoint l'astre rond aux 44 rayons.

Je fuis le vide, c'est-à-dire que je suis attiré par lui. La lumière a creusé son puits devant moi, elle veut que je tombe, que je tombe! Là-bas, au fond du tunnel, est peut-être le paradis. Essayez d'y croire : une autre terre, une autre ville aux rues parallèles, une autre route, d'autres arbres, d'autres fleuves étincelants. Dans ce monde absolument nouveau, habite la lumière. Jamais elle ne s'éteint. Là, vivent des plantes dont les fleurs ne pourrissent jamais. Dans cette ville qui n'a pas de nom, où les rues n'ont pas de numéros, glissent de grandes automobiles aux carrosseries noires; leurs moteurs ne s'arrêtent jamais, ils tournent jour après jour, en faisant des bruits très doux. Dans les Cafés, au soleil, les gens sont assis devant des tables immaculées, et boivent toujours la même eau dans les mêmes verres. La musique qui sort des haut-parleurs est belle, elle ajoute ses notes les unes aux autres, elle n'abandonne pas les hommes. Dans les cinémas, au fond des salles noires vastes comme des cathédrales, le film ne cesse pas. Les visages passent et repassent sur l'écran, les yeux sont ouverts, les bouches parlent, et chacun peut choisir quand ce sera la fin. C'est une histoire d'amour, peut-être, mais où on ne cesse jamais de s'aimer. Pendant des mois un homme regarde une femme, puis pendant des mois c'est la femme qui regarde l'homme. Ils ne dorment pas. Ils ne se quittent pas. Ils continuent de tressaillir quand leurs peaux se touchent, et l'homme caresse l'épaule droite de la femme pendant bien plus longtemps que vingt-cinq ans. Ils disent des mots, ils disent :

« Ah... »
« Hm-hm... »
« Oui? »

« Viens... »

« Tu as des points noirs, là. »

« Et ça, ça te plaît, les cheveux comme ça? »

« Hm, oui, oui... »

Sur les façades des immeubles, il y a aussi des romans qui allument leurs mots sur l'écran d'ampoules électriques, de droite à gauche. Ce ne sont pas des romans qui finissent. Ce ne sont pas des romans tragiques. Ce sont des histoires simples comme des cartes postales, des histoires qu'on oublie tout de suite, qui n'ont rien à voir avec la mort, la guerre, les obsédés et les suicidés.

Et là-bas, au bout de la route qui va jusqu'au soleil, il y a peut-être une femme qui attend. Quand on sera là, un de ces jours, et qu'on la croisera dans la rue, peut-être reconnaîtra-t-elle tout de suite qu'on était celui qu'elle attendait. Elle s'arrêtera sur le bord du trottoir, et elle vous regardera en souriant, et il y aura ce mot terrible, ce mot secret qui brise les vitres des carlingues et fait s'écrouler en poussière les vieux murs de la casemate :

BIENVENUE !

Voilà ce qu'il y a là-bas, dans ce pays où on arrivera peut-être un jour. En attendant, je parcours. Puisque je ne peux être aussi grand que le monde, aussi profond que l'Océan Pacifique, puisque je ne peux pas penser comme Socrate et comme Lao-Tseu, puisque je ne peux pas changer la vie des hommes comme Jésus-Christ ou comme Engels, puisque je ne saurai même jamais être moi, absolument moi, moi jusqu'à l'extase, il me reste ceci : frapper le sol de mes pas, m'étendre, dévorer l'espace, dévorer les spectacles, voir défiler les noms sur les frontons des gares, connaître toutes sortes de femmes extraordinaires, toutes sortes d'hommes, toutes sortes de chiens.

Sur les routes qui n'en finissent pas, roule la Chevrolet modèle 1956. L'air siffle le long des vitres. Le vent de sable traverse la route. Les milles arrivent à toute vitesse, les clôtures de fil de fer rebondissent.

Les villes frontières sont figées au milieu de l'espace. De temps en temps, leurs portes s'ouvrent et laissent filer des caravanes. Dans les salles d'attente des stations d'autobus, des nègres en haillons dorment sur les bancs. Des ouvriers en blousons sales fument en regardant la télévision.

A Mac Allen (Texas), la chaleur est si sèche que la vapeur est pareille à du sable. Dans les rues de poussière, il n'y a rien d'autre que des cabanes de bois, des bidons, des boîtes de bière.

Je passe, je traverse. Les villes sont des dépotoirs amoncelés, et pour elles, le temps n'existe plus. Quand on marche à pied sur les autoroutes, on est plus seul que le capitaine d'un cargo au milieu de la mer. Je vais plus loin, plus loin. Je vais vers les endroits que je ne connais pas. Je prends les trains qui perdent leur temps sur leurs deux rails de solitude. Je suis assis dans les autobus de l'isolement, et les cahots des roues m'emportent. Le mouvement le long de la terre n'est pas facile. Il racle, il écorche, il est une maladie invincible. Tout ce que j'ai vu, je l'ai oublié aussitôt. Je ne suis pas en route pour dresser des cartes, ni pour écrire des livres. Je ne suis pas en mouvement pour savoir qui je suis, ni où je suis. Non, je bouge pour n'être plus là, tout simplement, pour n'être plus des vôtres. Si j'apprends vraiment quelque chose, je vous le ferai savoir.

Signé :

Juanito Holgazán.

Comme dit l'autre :

I AM SO RESTLESS

Il y a beaucoup de bruits sur la terre, vraiment, il y a beaucoup de bruits. Les gens parlent, partout, sans arrêt, et j'entends monter de toutes les fissures, de toutes les rainures, de drôles de grognements, des nasillements, des abois suivis de petits cris d'oiseaux, des soupirs, des reniflements, des rots, des clapotements de langue, et des claquements de dents. C'est une volière immense qui jase et hurle sans se fatiguer, emplissant le dôme du ciel de son gaz. D'un bout à l'autre du monde, dans le ciel, dans le vent, sur l'eau, roulent les échos des paroles vaines. Le bruit s'élève, s'abaisse, déferle en vagues, racle, rampe, éclate en milliards d'explosions qui se succèdent à des millionièmes de seconde d'intervalle. Il n'y a pas d'accord. Il n'y aura jamais d'harmonie. Les pendules ne sonnent jamais la même heure. Lettres qui fusent, montées brutales des flots de verbes, adjectifs, noms, prépositions, chiffres. Flots de bave, de sang, flots d'humeurs et de gaz qui déboulent le barrage rompu. Je ne veux rien dire. Non, je ne peux rien dire. Je suis assis à ma table, les mains posées devant moi, et la trombe passe et repasse, arrachant mes bribes, mes poils, les branchages. L'eau tombe du ciel, l'eau des mots, chaque goutte rapide comme la lumière franchissant l'espace du ciel et disparaissant. Explosions, explosions, murmure continu, cataracte qui fait son mur d'effroi entre moi et le reste. La salle est vaste comme la terre, c'est la terre peut-être, l'espèce d'univers. Il y a beaucoup de monde sur la terre, il y a ici une foule très dense et très fracassante. Il y a devant moi un océan de mots libres, une plaine grise de langage qui avance, recule, avance, qui danse sur place. Il y a autour de ma bulle une montagne de gélatine violette qui tressaille tout au long de sa chair sans nerfs. Moi, je suis dedans.

Je suis sans repos. Je ne veux pas m'arrêter. Je ne veux pas creuser ma tombe. C'est pour cela que je glisse, que je dérape au loin. La plus haïssable de toutes les vérités, c'est celle qu'on rencontre en s'arrêtant. L'espèce de monstre géant qui creuse la terre sous lui, qui gonfle sa peau, qui se nourrit de solitude. Hideux mouton qui urine entre ses pattes! Je ne veux pas me reconnaître. En me reconnaissant, j'aurai perdu ma réalité. Danger. Danger des gares, danger des jardins paisibles, danger des ports et aéroports. Il y a partout ce visage qui me guette, qui veut devenir mon visage. Je vais crever ces yeux! Mais je vais arracher cette bouche, et ce nez, et ces oreilles! Mais je vais défoncer ce crâne à coups de marteau! Qui a dit que les autres étaient moi? Ce n'est pas vrai, les autres ne sont pas moi. Les autres sont si nombreux, si puissants, si vrais que c'est comme si je regardais, une nuit, la moitié du ciel noir où sont les étoiles. Si les autres étaient moi, il n'y aurait pas de raison de la connaissance. Même moi, je ne suis pas moi! Où suis-je? Quel est le miroir qui va me faire connaître enfin mon image, ma vraie image? Narcisse était un menteur, un sale menteur. Ce n'est pas lui qu'il aimait; c'était son frère.

L'intelligence ne revient pas sur elle-même. Elle est une ligne qui va, qui parcourt. Comment jugerait-elle? Pour cela, il faudrait qu'elle cesse de sortir de soi, ne fût-ce qu'une seconde. Et elle ne cesse pas. Elle sue continuellement de la glande à penser, elle n'est que libre, expiration continuellement libre.

Il y a beaucoup de bruits sur la terre. Toutes les pensées qui sortent font leur bruit. Tout parle, sans exception, depuis l'holothurie jusqu'aux feuilles des nénuphars. Ils sont bien fous, ils sont bien faibles, ceux qui veulent se connaître. Ils sont bien tranquilles ceux qui veulent se regarder regardant.

Ils ne savent pas ce que c'est qu'un regard. Ils ne se doutent pas quel terrible harpon qui déchire l'air est leur conscience. Je regarde leurs visages ronds, aux yeux surmontés de paupières, au nez percé de deux trous, et je vois ceci : des traits minuscules qui jaillissent de leurs corps, des chevelures filantes, des rayons. Ce sont leurs pensées. Je pense, donc la flamme de l'allumette est. Je pense, donc l'antilope est. Je pense, donc le grand paon de nuit est.

Je suis toujours en retard sur ma pensée. Je croyais être ici, avec elle, mais elle est déjà de l'autre côté de l'horizon. Je croyais connaître le cendrier de verre, ou bien la rondelle du soleil, mais j'avais déjà traversé. Être, c'est n'être plus là. Quand viendra la mort, peut-être... Peut-être saurai-je alors ce que sont le cendrier, la lune, l'odeur de l'herbe. Mais en attendant, je ne puis qu'avouer ma défaite. N'attendez pas de moi des livres de définitions. Je ne suis pas un bon chasseur. Je ne rapporterai jamais de proie. Mais si vous aimez les précipitations, les chutes au fond des puits, les wagons des trains qui roulent à 120 kilomètres à l'heure, les agitations des armées de fourmis d'Argentine autour d'un morceau de fromage, alors, vous comprendrez ce que je veux dire.

Il n'y a pas de connaissance statique. L'algèbre même repose sur l'infini, c'est-à-dire sur l'ouverture vers l'inconnu. Il n'y a pas de sciences exactes. La biologie, l'étymologie, l'étiologie et la géologie feraient bien rire les scarabées, s'ils étaient mis au courant. Il n'y a pas de systèmes : imaginez Confucius lisant Pascal, imaginez Pascal lisant Marx. Quel rire ! Imaginez Empédocle lisant le Popol Vuh ! Quelle grimace ! Il n'y a pas de conscience. Imaginez la pensée revenant sur elle-même pour se penser. Il me semble que c'est plus facile d'imaginer la balle du revolver qui sort de la blessure de celui qu'elle a tué et retourne dans le canon. Oui, c'est plus facile encore d'imaginer que se referme soudain l'explosion de l'univers, et que les galaxies s'agglutinent à nouveau, abolissant les millions d'années-lumière de leur fuite.

C'est là, au fond de moi, maintenant. Non pas une certitude, mais un désir, un appel. Je ne saurai jamais qui je suis. Je ne saurai jamais rien. Je ne ferai qu'aller, tout le temps, vers les quantités de lumières, je danserai vers tout ce qui brille, je serai le papillon de nuit qui meurt de ne pas trouver d'ombre.

Celui qui se regardait, regardait le néant. Celui qui voulait s'aimer, s'épuiser d'amour, était un homme ivre. Celui qui se parlait, ou voulait dire quelque chose aux autres, un muet sans langue. Aujourd'hui, je le vois bien. C'est le résultat de la fuite. J'ai enfin ouvert la porte de la réalité, et je suis sorti. Les chambres ne sont que des points obscurs, trop vastes pour la connaissance, et trop petits pour le monde. Il n'y entrait rien. Les murs étaient lourds, hermétiques, ils ne gardaient pas les secrets, ils les dissimulaient. L'ampoule électrique nue qui pendait au bout du fil n'était pas un soleil. Les meubles en bois où vivent les larves n'étaient pas des montagnes. Le cendrier de verre, où vivent les mégots, n'avait pas d'autre vérité que la sienne. Penché sur lui, penché sur lui que je voulais moi, je ne voyais que du verre, du papier, et de la cendre. Regardez dehors, maintenant, une bonne fois, et dites-moi ce que vous voyez. Voyez-vous seulement un cendrier?

Non, l'œil ne suffit plus, tant il y a à voir. Il faudrait avoir dix mille yeux, et ce ne serait pas assez. Il faudrait être vite comme les mouches, lent comme les arbres, grand comme les baleines et haut comme les condors. Et ce ne serait pas assez. Il faudrait être plusieurs comme les microbes, il faudrait être lourd comme l'osmium, doux comme la terre, froid comme la neige. Il faudrait être eau comme l'eau, et feu comme le feu. Et moi, je ne suis qu'un!

Peuples de la terre, venez à moi! Lions, gnous, termites, serpents! Et puis, à mon signal, partez! Fuyez dans les forêts, dans les savanes, dans les vallées des montagnes. Requins de la mer, troglodytes, parasites, explorez. Soyez mes éclaireurs. Allez vous renseigner sur ce pays. Dites-moi quelle température il y fait la nuit; dites-moi si l'eau y est bonne à boire, si l'on y trouve du sel, ou de l'or. Poux, dites-moi ce qui est le meilleur, du sang de l'enfant qui tète, ou du sang de l'homme qui fait la guerre. Grenouilles noires du Darien, dites-moi comment vous fabriquez du poison avec vos peaux. Vous, orvets, pourquoi avez-vous choisi d'imiter les serpents ? Et vous, scorpions blancs, dites-moi de qui vous avez peur.

La fuite, ce n'est pas le silence. C'est, tout à coup, l'avalanche des bruits, tous les froissements, craquements, murmures. La fuite, c'est parler, non plus pour être compris, mais pour faire du bruit, un bruit de plus parmi les autres.

La fuite, ce ne peut pas être la solitude. C'est se retrouver brusquement dans la foule incroyable, aux tourbillons de mouvements. Je pense aux rats, et soudain, voici que j'ai huit milliards de frères. Je pense aux nuages, et je vois, sur la sphère du ciel, tous les compagnons aériens qui flottent autour de moi. Je pense aux fourmis, et c'est impossible d'être seul désormais. Je pense aux grains de sable du désert de Mojave, et me voilà dans chacun d'eux : si vous savez combien de grains de sable il y a dans le désert de Mojave, vous saurez exactement combien j'ai d'amis.

Pendant ce temps-là... J. Hombre Hogan arriva dans la baie de Californie, devant une île. Debout sur la plage, il la regarda un long moment. A l'horizon, au-dessus de la mer bleue et blanche, elle flottait tranquillement, comme un gros poisson noir. L'air était sec et dur, et le vent soufflait le long des dunes de la côte, en vous envoyant du sable dans les yeux. J. Hombre Hogan remonta sur la route et marcha vers le nord. De temps à autre, il croisait des touristes américains en short, qui allaient à la pêche. A la sortie du village, il y avait un motel tout neuf, avec des murs de ciment, un bar, et des appareils d'air conditionné qui soufflaient de l'air torride dans l'air chaud. Un peu plus loin, un vieil homme vêtu d'un pantalon de toile sale repeignait sa camionnette en bleu. Sur la plage, un groupe de jeunes filles à coups de soleil se baignaient en poussant des cris perçants. J. Hombre Hogan était fatigué parce qu'il avait dormi sur la plage. Quand il s'était réveillé, il avait vu l'île, à sa place en haut de la mer, et il avait décidé qu'il irait là. C'est pour cela qu'il marchait le long de la plage, au soleil.

Cette île s'appelle l'île du Requin. Sur cette île vivaient depuis des siècles des gens qui s'appelaient les Kunkaaks. Ils avaient choisi cette île, parce que c'était l'endroit le plus sauvage, et que la mer les mettait hors d'atteinte des autres hommes. C'était un désert au centre de la mer, une montagne surgie à pic au-dessus de l'eau, avec juste ce qu'il fallait d'arbustes rabougris et de torrents à demi desséchés pour ne pas mourir. A marée basse, l'île n'est qu'à quelques encablures de la côte. Mais quand la marée monte, de grands tourbillons se creusent, et c'est comme si on relevait un pont-levis.

Il y avait donc cette île, cette montagne noire aux falaises sèches, ces plages grises, ces profondeurs de l'eau couleur de pétrole. Les Kunkaaks vivaient sur l'île une partie de l'année, puis ils partaient à la pêche pendant de longs mois, naviguant dans leurs longues barques. Quand la pêche avait été bonne, ils remontaient vers le Nord, quelquefois jusqu'à la frontière des États-Unis, et ils vendaient leur poisson. Puis ils disparaissaient comme ils étaient venus.

Aujourd'hui, il n'y a plus de Kunkaaks sur l'île du Requin. On a décidé de créer sur l'île une réserve de chasse pour les fusils à lunette des millionaires. On a décidé de construire des motels de ciment et de verre, des bars et des plages pour les jeunes filles à coups de soleil. Les Kunkaaks ont été expulsés. Ils ont quitté leur île dans leurs longues barques, avec leurs femmes, leurs enfants, leurs chiens et leurs chats. Mais comme c'était leur île, qu'ils l'avaient choisie autrefois, ils se sont arrêtés sur la côte, sur le point le plus proche, là où la terre s'avance au milieu de la mer et pointe vers l'île, et ils attendent. Ils la regardent tout le temps. Comme les Kunkaaks n'aiment pas les motels de ciment ni les bars, ils sont en train de mourir. Ils ne meurent pas individuellement, comme tout le monde. Ils meurent en groupe. Ils s'éteignent doucement, sans à-coups, sans maladie, sans meurtre. Ils s'effacent.

J. Hombre Hogan marcha longtemps le long de la côte, par un sentier de sable. Vers midi, il arriva en haut d'une colline. Entre les cactus et les broussailles il vit l'endroit qui s'appelait Punta Chueco. Les champs d'arbustes poussiéreux descendent jusqu'à la mer. Tout à fait en bas, il y a une sorte de plage incertaine, que la mer ronge sans arrêt. Une presqu'île grise s'avance dans la mer, semblable à un doigt dirigé vers le large. Au bout de ce doigt, de l'autre côté de la plate-forme bleue, l'île est immobile. Sur cette pointe de sable, J. Hombre Hogan vit un campement de tentes, des pans de toile à voile déchirée montés sur des bâtons. A mesure qu'il descendait le sentier vers le village, apparaissaient les signes de la pauvreté, de la faim, de l'ennui : débris jonchant le sable, vieilles boîtes de conserves rongées par la rouille, caisses pourries, bidons, écuelles crevées, os, arêtes, têtes de poissons décapités, bouts de ficelle.

Le sable n'est pas blanc. Il n'est pas fait pour les pieds nus des jeunes femmes en bikini de couleur. C'est un sable terne, aux grains durs et cassés, qui rend les détritus dont personne ne veut, où croissent les plantes à épines. Les brins d'herbe tranchants écartent les grumeaux et poussent obliquement, dans la direction du vent. Les ruisseaux secs ont laissé leurs traces dans la boue, des milliers de rides qui veulent dire vieillesse, solitude, beaucoup de choses de ce genre. Ici passent le vent, la pluie, les embruns de la mer hostile. Ici frappe le soleil aux rayons mauvais, quand le ciel n'a pas de nuages et que souffle le vent du désert. Ici la beauté n'est pas belle, elle est âpre et triste. Le bleu ne dit rien de doux, il a fermé sa porte aux mots. Ce que pense le monde : la vérité n'est pas des hommes, ni de leurs paroles, ni de leurs livres, ni même de leurs religions. La vérité n'est pas des hommes, mais du monde, mais du monde. La vérité est de la lumière qui éclate dans le ciel, de la mer bleue, du vent, de la plaine de sable. Des yeux des animaux. La vérité peut être reconnue, oscillante, frémissante, île noire luisant à l'horizon. La parole n'est même pas des hommes. Elle est dans la couleur géante, insoutenable bleu qui recouvre l'univers. Vérité-montagne, vérité dure et profonde, beauté nue sans exemples, règne du toujours vrai, de ce qui touche directement, sans besoin de doigts.

Pour le reste, les hommes, les mots, les idées : mensonge, mensonge.

Devant J. Hombre Hogan, maintenant, c'est la masse opaque de l'eau verdâtre. Derrière, les montagnes aux échines râpées, où s'accroche la broussaille sèche. Au-dessus, le ciel nu, le poids de l'air violacé. Rien ne donne le repos, la douceur, la maturité. C'est un endroit tôt dans le monde, féroce et méfiant, un paysage durci de solitude et d'agressivité.

J. Hombre Hogan commença à marcher dans l'allée centrale. A l'abri des haillons de toile dressés, les hommes et les femmes sont accroupis. Les feux fument entre des tas de cailloux. Les enfants sont allongés sur le sable. Les chiens fouillent les tas d'immondices. Un cochon noir attaché par une corde tourne en rond. Tout le long de la pointe qui avance au milieu de la mer, de grandes barques sont à sec, qui n'attendent rien. Le vent souffle sur le sable, soulevant d'imperceptibles nuages qui progressent horizontalement et blessent le visage.

Devant J. Hombre Hogan, un homme s'est levé et marche à grands pas. Ses longs cheveux noirs flottent derrière lui, se rabattent sur son visage. A l'intérieur des tentes, des femmes allaitent, cuisinent dans des pots de terre, rongent des débris, attendent, regardent devant elles. Les chiens aux dos voûtés courent le nez au sol. Du fond obscur d'une tente, un peu à l'écart, jaillit un bruit nasal de musique de transistor. Puis la musique s'arrête, et une voix d'homme se met à parler très vite en espagnol, disant beaucoup de choses que personne ne comprend.

Les heures passent, ainsi, chaque jour, sur la pointe de sable qui avance dans la mer. Les heures longues, insensées, et les ombres ont des mouvements réguliers sur les grains de sable et sur les plantes épineuses. Les cormorans volent au ras de l'eau, sautant par-dessus les rouleaux des vagues.

Sur la plage, à côté des barques échouées, les hommes regardent la mer. Devant leurs yeux, la masse lourde de l'île du Requin dérive sur place. Les hommes et les femmes ont appris à déchiffrer la forme de chaque pic, la marque grise de chaque baie, l'emplacement de chaque touffe d'herbe. Ils ont appris à voir de loin ce qu'ils avaient touché autrefois. Ils ont appris à ne plus désirer ce qu'ils voient. Au loin, sur l'eau qui scintille, l'île vogue, vraiment inaccessible, vraiment irréelle, dans le genre d'un paquebot qui va s'en aller. Les hommes sont assis sur la plage, leurs longues chevelures noires flottant sur leur dos. Ils ont appris à rester assis à côté de leurs barques abîmées, et à attendre que le soleil descende vers les sommets de l'île.

Les marées gonflent la mer, puis la vident dans le détroit de l'Infernillo. Mais jamais la mer ne se vide assez pour rattacher soudain l'île à la langue de sable tendue vers elle. Le vent souffle du large, c'est le vent du désert de la mer. Jamais il n'apporte une brindille, une poussière, une odeur de la terre qui est là-bas, de l'autre côté.

Debout devant sa maison de toile, où sont accroupis sa femme et son enfant enveloppés de couvertures, le Kunkaak s'est dressé de toute sa haute taille. Il regarde J. H. Hogan. La peau de son visage est brune, presque noire, et des rides entourent sa bouche épaisse. Sur son nez busqué, il porte les lunettes noires données un jour par un anthropologue allemand en maraude. Derrière les deux verres teintés, les yeux étroits regardent fixement. Le vent frappe les vêtements de l'homme, fait bouger le bord de son chapeau troué. Sur la chemise blanche, dans son dos, les cheveux épais, couleur de jais, sont tressés en deux nattes qui descendent jusqu'à la ceinture, au bout desquelles sont noués deux rubans rouges.

Quand il parle, c'est en hésitant, avec une voix enrouée. Il dit à J. H. Hogan ce qu'était la vie sur l'île, quand la mer donnait beaucoup de poisson. Il montre l'endroit où il allait chercher l'eau, avant de partir pour plusieurs semaines. Puis il raconte comment les gens de la police sont venus, avec des fusils, et leur ont dit de s'en aller. Il dit : « Là, là, et là, ils vont faire de belles maisons. De belles maisons. » Il marche jusqu'à la plage, penché en avant. Puis debout, face à la mer, il regarde. Sur son masque de cuivre, il n'y a aucune émotion. Les deux yeux cachés par les lunettes de soleil regardent sans haine, sans douleur. La bouche large reste fermée, les narines puisent l'air régulièrement. Il n'y a pas de douleur, ni de désir. Le vent bat sur sa chemise et sur son pantalon, et les pieds nus sont posés sur le sable froid, pareils à deux morceaux de pierre. Il n'y a plus de désir, ni d'avenir. L'homme Kunkaak regarde l'île, là-bas, de l'autre côté de l'étendue de l'eau. Il voit les vagues avancer les unes derrière les autres, aux reflets de verre pilé, et il les regarde aussi parce qu'elles viennent de l'île. Puis il regarde de nouveau la silhouette énorme qui flotte sur la mer, qu'il a apprise par cœur depuis des années déjà. Plus lointaine qu'un astre, laide, noire, désertée, l'île sort des flots comme un paquebot à l'ancre, gros animal obscur d'indifférence et de tristesse.

Quelques jours plus tard, J. Hombre Hogan entra dans une ville où régnaient les voitures. C'était, en haut d'une montagne, au fond d'une cuvette perdue dans le silence de la terre, une cité immense, aux boulevards rectilignes, aux petites maisons carrées posées les unes à côté des autres. Dans cette ville, on ne voyait pas d'hommes, ni d'oiseaux, ni d'arbres. On ne voyait que des rues, des couloirs d'asphalte gris où les automobiles passaient à 100 kilomètres à l'heure.

C'était ainsi : les voitures avaient pris possession de la ville, un jour, et maintenant, elles ne s'arrêtaient plus. Elles parcouraient les avenues longues de 60 kilomètres, elles disparaissaient sous les tunnels, elles franchissaient les ponts, elles tournaient autour des ronds-points. Parfois, au milieu des boulevards, une lumière rouge s'allumait en haut d'un pylône, et toutes les voitures obéissaient. Des silhouettes humaines se dépêchaient de traverser devant les capots grondants. De l'autre côté de la rue, il y avait une autre file de voitures qui passait vite, qui s'enfonçait entre les murs des maisons. Puis, d'un seul coup, le feu rouge s'éteignait et une lumière verte s'allumait, en haut du pylône; et c'était comme si quelque chose d'immense avait changé dans le monde.

Les voitures avaient gagné leur guerre. Elles étaient là, sur le pays qu'elles avaient conquis avec leurs cuirasses d'acier et leurs roues de caoutchouc. Elles passaient entre les maisons, par milliers, en faisant leurs bruits de grognement. Elles menaçaient : J. Hombre Hogan longeait les trottoirs en les regardant; il savait bien ce qu'elles voulaient. Elles voulaient le tuer. Un jour, sans doute, elles ne le rateraient pas. Elles étaient sans pitié. Les vieilles femmes enroulées dans leurs châles traversaient les rues à petits pas. Et soudain, le capot de fer les happait, brisait leurs jambes, traînait leurs corps disloqués le long des caniveaux.

Ici, tout était fait pour elles. J. Hombre Hogan marcha le long d'une avenue pleine de poussière, qui était divisée par un terre-plein où vivaient des saules. De chaque côté, à droite, à gauche, les files des voitures passaient en sifflant, en hurlant. Les nuages de gaz flottaient le long de l'avenue, plus terribles que des nuages de mouches. J. Hombre Hogan marchait, et il regardait tous les cadavres de chiens qui pourrissaient sur le terre-plein. Il y en avait des centaines, renversés sur l'herbe jaune, leurs ventres gonflés, leurs pattes raides dressées vers le ciel. Les voitures avaient besoin de tuer. C'était leur rôle. Si elles ne tuaient pas les chiens, elles tueraient les hommes. C'est pour cela que, la nuit, les hommes s'amusent au jeu du chien et du camion :

Ils s'assoient sur le bord de la route, en fumant des cigarettes et en buvant de la tequila dans un gobelet sale. Ils tiennent un chien dans leurs mains. Et quand arrive un camion, un camion gigantesque aux phares comme deux boules de feu, qui roule à toute vitesse en faisant trembler le sol sous ses quatorze pneus, quand le camion est là, à quelques mètres à peine, ils jettent le chien au milieu de la route. Il y en a qui s'en vont en hurlant de peur, et qui galopent devant le camion. Il y en a qui attendent, en regardant les deux phares éblouissants devenir énormes. Il y en a qui ne voient rien; ils sont tournés de côté, et ils cherchent à savoir ce qui se passe sur les bas-côtés de la route. Les capots des camions sont tonitruants, les pneus s'écrasent sur le sol avec des bruits d'eau. Les chiens ont mille façons de mourir. Il y en a qui jaillissent d'un seul coup dans l'air, les pattes écartées. Il y en a qui s'ouvrent

comme des fruits, il y en a qui s'aplatissent comme des crêpes. Il
y en a qui poussent des cris stridents, et d'autres qui résonnent
de tout leur corps, à la façon des tambours. Il y en a même qui
échappent à la mort, qui se glissent entre les rangées de pneus,
et qui disparaissent dans les terrains vagues, au fond de la nuit.

J. Hombre Hogan essaya de reconnaître les noms des voitures, au passage. Il les énuméra à voix basse, tandis qu'elles
traversaient l'avenue avec leurs lourdes carrosseries brillantes :

« Chevrolet 1955 bleu ciel »

« Dodge Dart »

« Studebaker 1960 grenat »

« Ford Mustang »

« Volkswagen rouge »

« Chevrolet Impala blanche »

C'étaient tous les noms des soldats cuirassés qui avaient conquis la ville. Ils l'avaient soumise avec leurs roues, avec leurs
moteurs chauds et avec leurs pare-chocs chromés, et à présent,
elle était à eux.

J. Hombre Hogan marcha longtemps dans les rues où grouillaient les automobiles. Il traversa entre les capots, il écouta
monter le vacarme effrayant qui couvrait les maisons et les
arbres. Il regarda tous les reflets brutaux sur les coques de
métal, toutes les vitres blanches ou bleues où luisait le soleil.

Le long des trottoirs, des autobus passaient avec des bruits
déchirants. A l'arrière, ils portaient un moteur qui tournait
à l'air libre, et on voyait les cylindres et les hélices emballées
par les câbles. Dans les carlingues de métal chaud, des grappes
d'hommes étaient entassées, les bras accrochés au plafond.
Elles oscillaient à chaque coup de frein. J. Hombre Hogan
s'arrêta à un angle de rue' et regarda venir les autobus. Il y en
avait de très beaux, carrés, aux chromes étincelants, aux vitres
teintées. Il y en avait de vétustes, sans vitres, qui tanguaient
au centre d'un nuage de fumée bleue, et dont les tôles se dislo-
quaient à chaque cahot. On pouvait monter dans n'importe
lequel, s'agglutiner à la masse de bras et de jambes, et se laisser
entraîner vers des endroits inconnus. Les machines aux fronts

larges acceptaient que tous les parasites entrent dans leurs corps. Elles les traînaient sans s'en apercevoir, en faisant hurler leurs moteurs à l'air libre, en cognant avec leurs pneus dans les trous de la chaussée. Elles portaient écrits au-dessus du pare-brise des noms étranges qui étaient leurs noms : RIO MIXCOAC, TLANEPANTLA, ZOCALO, OCOYOACAC, RIO ABAJO, COYOACAN, NETZAHUALCOYOTL. Quand arriva un autobus qui portait écrit NAUCALPAN, J. Hombre Hogan monta à son tour.

Au bout des rues à voitures, après avoir changé deux fois d'autobus, être passé devant toutes ces maisons aux fenêtres fermées, après avoir vu tous ces visages, il y avait cette zone terrible, grande aire de silence et de poussière, où vivait Hogan. Il avait décidé d'habiter là, quelque temps, parce qu'il n'y avait plus de routes ni de voitures, seulement des chemins de torrents, des collines de boue, des ravins et des maisons de tôle, ce qu'on appelle le Bidonville.

Sur des kilomètres, à perte de vue, il n'y avait que ces monticules de terre couverts de cabanes, où s'appuyait le silence. J. Hombre Hogan montait un raidillon, maintenant. Il escaladait les mottes de boue durcie, les cailloux, les marches d'escalier creusées par les pieds dans la terre. Il respirait difficilement, peut-être à cause du silence. Derrière lui, le reste de la ville s'étalait, mer grisâtre allant jusqu'à l'horizon, où miroitaient çà et là des gratte-ciel blancs. Il passait devant des maisons de briques où des femmes brunes le regardaient furtivement. Il traversait des champs de poussière. Le sentier montait en haut de la colline. De chaque côté, il voyait d'autres collines identiques, avec leurs cubes de briques de boue et leurs toits de ferraille.

C'était un cimetière, peut-être, aux tombes multicolores, mais les morts vivaient. Un peu partout, il les voyait marcher dans le silence, traverser les terrains vagues, descendre les pentes, monter les raidillons en portant des seaux d'eau. C'était un cimetière où les chiens se promenaient en liberté, à la recherche de morceaux d'os et de peaux d'orange. Des groupes d'enfants couleur de poussière couraient entre les tombes en poussant leurs cris suraigus qui ouvraient le silence. Plus haut, J. Hombre Hogan marchait le long d'une sorte de terrasse, surplombant un ruisseau à sec. Les casemates étaient accrochées partout, serrées, régulières, sans espoir d'en sortir. Avec leurs griffes invisibles, elles s'étaient incrustées dans la terre, et rien ne pouvait les arracher. Elles étaient apparues dans tous les endroits où cela avait été possible : le long des flancs, sur les côtes, sur les bosses, dans les trous, au bord des trous, sur les pentes des trous. Certaines étaient en équilibre sur le rebord d'un ravin, prêtes à tomber au premier choc, ou à la première pluie. D'autres étaient écrasées au fond de crevasses, prisonnières d'un entonnoir de poussière. D'autres encore avaient germé sur les pans de falaises abrupts, et penchaient chaque jour davantage vers le vide. Elles étaient toutes pareilles, et pourtant, aucune n'était identique. Il y avait quelque chose de délicat, un détail minuscule qu'on ne voyait pas au premier regard, une tache de rouille dans la tôle, par exemple, ou bien un morceau de carton sur lequel était écrit un mot en lettres rouges, dans le genre de GENERAL DE GAZ, ou bien ATLANTE, une vieille caisse, une porte de plastique vert, un bidon d'essence pour l'eau, un pneu de camion où était assise une vieille femme, et c'était la véritable identité de la maison. C'était à la manière du bouquet de fleurs ou de la guirlande de plâtre sur la tombe, ça voulait dire qu'on était vivant dans ces murs, qu'on n'avait pas encore cessé de respirer.

J. Hombre Hogan regardait toutes les verrues multicolores qui avaient poussé sur la terre; il regardait, du haut de la colline, les colonnes de fumée qui montaient vers le ciel.

Alors, il s'arrêtait et il s'asseyait sur une pierre, et il faisait de la fumée, lui aussi, avec une cigarette. Et comme il n'avait rien à faire, qu'il avait vraiment tout son temps, il pensait :

Pensée de J. Hombre Hogan
devant la ville qui avait l'air d'un cimetière
Barrio Colorado
Au large de Naucalpan

« Peut-être que je vais m'arrêter là, peut-être, tu sais. C'est un endroit extraordinaire, avec beaucoup de collines et de vallons. Surtout, ce qui est extraordinaire, c'est la poussière. Elle est fine et grise, on ne la voit pas, et pourtant elle recouvre tout. Même l'eau ici doit être de la poussière. La poussière glisse sans arrêt du haut des collines vers la ville, elle flotte en faisant des bandes très longues dans l'air. Elle a même remplacé les nuages. Elle entre partout. Elle est dans la nourriture qu'on mange, et dans l'eau qu'on boit. Elle se met dans le fond de la gorge quand on respire. Est-ce que ce n'est pas extraordinaire? Tout ce qu'on goûte a le goût de la poussière. Les cigarettes qu'on fume en sont pleines. L'autre jour, j'ai acheté une boîte d'abricots au sirop, parce que, malgré tout, on a encore quelquefois besoin de luxe. Je l'ai ouverte : il y avait plein de poussière dedans. Ici, il y a tellement de poussière, que si les aspirateurs étaient inventés, ils mourraient étouffés en quelques secondes. Elle ne s'occupe pas du vent. Qu'il y ait du vent ou pas, elle flotte dans l'air, tranquillement, sans se presser, en se posant, et en repartant. Je crois que c'est une poussière vivante. Elle ne pèse rien. Elle est légère, très légère. Si on la regardait avec un microscope, peut-être qu'on verrait qu'elle a des ailes, et des pattes. Ou peut-être qu'on verrait qu'elle n'existe pas, qu'elle n'est que de l'imagination. Tout le monde n'aime pas la poussière. Il y a des gens qui portent des sortes de mouchoirs devant leurs bouches quand ils sont dehors. Mais moi, j'aime bien la poussière. Je la respire tant que je peux. Je ne suis jamais si heureux que quand je tousse ou j'éternue. Et puis la poussière est une bonne chose. On n'est jamais seul avec elle. Elle est là, discrètement, elle rappelle toujours qu'elle est là. Elle fait qu'on n'oublie rien. On se souvient de chaque seconde, on sait toujours où on est, où on en est. La poussière est vraiment mon amie. Elle me rend beaucoup de services : elle avale les bruits dont je n'ai pas besoin. Quand il y a un bruit un peu fort, un cri d'enfant, une détonation, une sirène d'alarme, la poussière passe devant et les avale. Les bruits deviennent gris, ils se transforment en cendres. Elle avale aussi les lumières dont je n'ai pas besoin. Elle s'étend devant le soleil, elle absorbe les rayons trop forts. Grâce à elle, le soleil est toujours comme le bout allumé d'une cigarette. On le voit, mais il ne gêne pas. C'est une chose extraordinaire, c'est une chose de la poussière. La nuit aussi, la nuit n'est jamais noire. Elle est grise. Et quand il fait froid, elle fait une couverture de plus autour de moi, elle bouche tous les trous de ma peau. Je peux te dire toutes les choses extraordinaires que sait faire la poussière : elle ternit les miroirs; elle éteint les débuts d'incendie; elle tient les cheveux collés quand il y a du vent; elle nourrit comme de la farine; elle retarde le mécanisme des montres; elle chasse les moustiques; elle donne du goût à l'eau; elle fait un tapis au fond des chaussures; elle polit la peau des femmes; elle salit les verres des lunettes; elle arrête les moteurs des voitures; elle cache les saletés; elle crève les toiles d'araignée; elle bouche les fissures; elle empêche les gens de se regarder; elle use les vieux journaux; elle donne envie d'être mort, ou de dormir; elle ronge les cailloux pointus; elle déracine les herbes, les ronces, et les arbres qui ne servent à rien; elle dissimule les étoiles; elle fait un halo autour de la lune; elle efface les traces des pas; et beaucoup d'autres choses encore. »

J. Hombre Hogan bougeait un peu sur la pierre, il étendait

ses jambes devant lui. Il regardait l'étendue de la ville grise, aux millions de maisons. Il pensait :

« Peut-être que je vais rester ici, oui, pendant très longtemps. Je ne t'ai pas dit que de chez moi on voit la mer. Il n'y a pas de fenêtres, mais si tu es devant la porte, tu vois la colline qui descend tout droit avec ses cabanes de planches et de tôle. Et tout au bout, tu vois la mer. C'est une grande mer bleu-gris avec de grands rocs blancs dressés à la verticale. C'est dans cette mer que roulent les autos le long des rues droites faites avec du goudron. Mais de là où je suis on ne les voit pas. Quand le soleil se lève, et quand le soleil se couche, il y a de très beaux crépuscules sur la mer, avec des reflets rouges et des taches violettes. C'est bien. J'avais toujours rêvé d'avoir une maison comme ça, avec vue sur la mer du haut d'une colline. Je peux m'asseoir devant la porte et regarder la mer en fumant une cigarette ou en buvant du Nescafé dans une tasse, et j'écoute le bruit des vagues. C'est un bruit très lointain, une rumeur continue qui vient de la mer et monte jusqu'en haut des collines. Je peux parler aussi avec les gens, en regardant et en écoutant la mer. Quelquefois il y a un troupeau d'ânes et d'hommes qui passe devant chez moi. Ce sont des Otomis qui reviennent du marché. Ils retournent vers leurs montagnes sans regarder personne. Ils ont des visages tout à fait fermés, et ils montent le sentier en faisant de drôles de bruits avec leurs bouches, pour faire avancer leurs ânes. Ici, le ciel est limpide et doux, à cause de la poussière. Tout est si sec qu'on ne voit pas le temps passer. Tout est si tranquille qu'on est comme si c'était toujours la même heure. Tu ne connais pas cela, toi. Tu vis dans une ville que je ne connais pas. Tu vas au cinéma. Tu montes et tu descends tout le temps. Tu vas au travail dans des bureaux de cuir. Et moi, pendant ce temps-là, je vis dans un dessin. J'ai ma case, en haut de la colline. Je n'attends personne. J'ai mon cube de poussière. Quand c'est la nuit, je vois la mer, en bas, qui s'allume de milliers de petites lampes. Certaines bougent, d'autres sont fixes. C'est bien de pouvoir voir des choses aussi extraordinaires sans avoir besoin de sortir de chez soi.

C'est à cela qu'il faut que je pense : rester ici, ou dans un endroit qui y ressemble. Jamais la poussière ne m'expulsera. Quand on vit dans un cimetière, on n'a pas à aller loin pour mourir. Quand un homme naît au monde, il a droit à environ 14 400 jours et 14 400 nuits. Il y a tant de choses à voir, tant de choses à faire, tant de choses à dire, du haut de cette colline, que j'en suis tout essoufflé. Et on y voit si loin, au-delà des montagnes et des barrières des murs, que ça ne peut plus jamais être le vide, nulle part. Ne disons plus jamais le mot indécent de *vérité*. Je parle de poussière parce que je ne sais pas parler de cet homme que j'ai rencontré l'autre jour. Il avait marché depuis des mois jusqu'à la ville, avec sa femme et ses trois enfants. Il avait un beau visage intelligent et maigre, et il tenait dans ses bras le dernier-né, un petit garçon de deux ans. Lui-même et ses enfants étaient pieds nus. Quand je leur ai donné à manger, aucun n'a dit merci. Ils ont mangé vite; même le petit garçon de deux ans mangeait vite. Puis, comme ils étaient fatigués, ils se sont installés par terre, là où ils étaient, et ils se sont endormis. L'homme n'a pas dormi tout de suite, parce qu'il voulait fumer une cigarette. Il a dit qu'il allait rester dans la ville pour travailler. Il a dit qu'on l'avait chassé de sa terre, et qu'on lui avait dit d'aller à la ville. Il a dit qu'il allait rester là, dans la ville-cimetière. Il avait des yeux qui vous apprenaient quelque chose. Pas des yeux pour tuer. Mais des yeux pour vous apprendre quelque chose. Je le sais, maintenant. Avant de sauver le monde, avant de parler pour les pauvres, c'est ici que je dois rester, et vivre 122 ans, pour comprendre. »

J. H. H.

Imbécile laideur des villes râpées étalées sur le sol! Solitude des rues de misère, des terrains vagues de misère! Casemates! Prisons des murs de brique rouge, des cours lépreuses, des cabanes de tôle et de carton! Grand tas d'ordures! Il n'y a rien à faire, rien d'autre à faire que regarder et souffrir. La maladie silencieuse s'est avancée. La maladie de la tristesse et de la peur. Elle fait ses larges taches brunes sur la peau, elle a laissé courir ses chemins de boutons de fièvre et de frissons. Cités sans joie, cités des pauvres dans l'air froid de cinq heures du matin. Rues qu'on n'a pas eu le temps de goudronner, arbres qui n'ont pas eu le temps de pousser, rivières pourries qui n'ont pas eu le temps d'avoir d'eau! Flaques d'humiliation, espaces ternes où la lumière du soleil n'est qu'une matité de plus. Nuits sans lampes! Chaque jour ils arrivent plus nombreux, hommes soumis, femmes, enfants vêtus de haillons de laine. Ils s'accroupissent dans les coins des hangars, sous les arches des ponts. Ils allument des feux avec des morceaux de caisses. Puis, sur une, deux collines, ils construisent d'autres cabanes de boue, ils hissent les morceaux de fer, ils posent des cailloux sur le toit qui bouge. Villes qui dorment. Villes ténias qui rejettent leurs anneaux morts. Les chantiers sont figés. Les murs s'arrêtent. Il y a des montagnes de sable, des himalayas de terre noire et de bouts de ferraille. Grands quartiers vides où l'on ne se promène pas, où l'on rôde. Zones désaffectées, plaines froides, que traversent les trains et les camions. Endroits méchants où siffle le vent, où racle la poussière. Ce sont les taches d'ombre, les taches de rouille, les taches d'huile. Ce sont les multitudes de taches. Endroits où tout a servi, mille fois! Dans les enclos rompus, les bagnoles crevées ont fait naufrage. Mais les gens dorment dans leurs coques sans portes et sans fenêtres, ils sont recroquevillés sur leurs coussins pourris. Villes-fantômes, où l'on n'attend jamais rien. Le gris, c'est le gris qui tue! Kilomètres carrés de silence morose, kilomètres carrés de rien! Villes où l'on ne se lave pas! Villes où l'on ne mange pas! Villes où on ne lit pas, où on ne parle pas! Grands bassins creux où il ne se passe rien! Ce sont les lieux où les aventures s'appellent *ratadis*, croup, tuberculose, variole, déficience alimentaire, typhoïde. Il n'y a pas d'heures. L'esprit est enroulé sur lui-même, il ne dort pas, il ne veille pas. Il n'est pas là. Énumération inépuisable des solitudes, des maladies, des tristesses : absence de lieu, lieu qu'on ne peut pas voir. Il y a là, autour des villes étincelantes, ces cercles de vide. Ils ont creusé leurs fossés, ils ont serré leurs anneaux. Tout voudrait tomber dans ces gouffres, et disparaître. Ce que rejettent les villes, c'est le vide. Et les excréments du vide s'amoncellent autour d'elles, les ceignent. Lieux qui doivent être perpétuellement étrangers, lieux qui n'ont pas de nationalité, ni de langue. Ce sont les bords du cratère. Ce sont les anneaux de rebut de la mer, qu'on traverse sans voir. Frange d'écume sale, mousse de savon, cernes de crasse. Dans les cases fermées, la fumée s'étale, sort par les fentes des portes, la fumée du froid et de la faim. La nuit courent les armées de rats. Les chiens aux squelettes mobiles tournent en rond dans les terrains vides. Villes où l'on ronge! Sacs de vieux papiers, débris d'os couleur de terre, bidons noirs. Cité des chiffonniers! Tout s'est perdu, tout a été recouvert par l'oubli et par la haine. Les cheminées des usines rouges fabriquent de la fumée. Au centre des déserts gris, les astronefs d'argent sont assis, sans jamais s'envoler. Ce sont les citernes de gaz, les réservoirs de pétrole, les cuves de métal froid qui brillent au soleil. Les tubes parcourent l'air, les fils électriques sont suspendus. Il ne doit pas y avoir de mot pour l'espoir, ou pour le désespoir. Seulement un mot lent pour l'attente, un mot qui va durer des siècles. La faim ronge les ventres. La faim est un troisième œil, une sorte d'œil pinéal qui guette au sommet des fronts. Parfois, haut dans le ciel, glisse un avion irréel. Son ombre vole par-dessus les cabanes de boue, fait cligner les yeux des enfants, ondule le long des toits de tôle, et le bruit violent de ses réacteurs emplit le vide. Les ponts de ciment enjambent les zones obscures, sautent par-dessus des chemins où la boue ne sèche jamais. Sur le pont, les milliers de voitures foncent dans le vent, s'éloignent des lieux maudits. Il faut oublier. Il faut être loin. Mais est-ce possible? Comment faire pour ne plus le savoir? Comment faire pour retourner aux magasins étincelants, aux cinémas, aux bars, aux églises vernies? Engagé, dégagé : cela ne veut rien dire. Comment faire pour s'intéresser aux effigies abstraites, au langage, aux raisonnements de la pensée qui n'a pas faim? Est-ce là, vraiment, que doit s'achever la fuite? Comment faire pour être en dehors de tout cela maintenant, pour faire des révolutions de drapeaux et de livres, pour croire en un Dieu qui ne soit pas laid? Malédiction des villes souterraines, des villes qu'on cache. Un jour, on les découvre au hasard, et on sait qu'on ne les oubliera plus. Les taches brunes s'étendent chaque jour davantage. Elles s'étendent sur les peaux mortes, elles glissent en arrière, elles emportent vers l'oubli... Les taches grises font mal, elles enserrent, elles creusent leurs puits vides autour de la conscience. Toutes les taches sont silencieuses. Elles ne font pas de bruit. Elles ne réclament rien, seulement de l'espace, des tôles, de la boue, des rats. Elles ne proclament rien. Elles ne défilent pas dans les rues. Elles n'ont pas d'idées, pas de mots, pas d'images. Elles ne sont que des plaques de silence, des fossés, des murailles ébréchées. Ceux qui les habitent ne cherchent pas à conquérir. Ils ont seulement des enfants, pour peupler le vide, pour multiplier le vide. Ce sont des étrangers. Ils parlent des langues qu'on ne comprend pas, ils ont faim non d'un repas, ou d'un dessert, mais faim de milliers, de millions de repas. Ils ne meurent pas : ils disparaissent. Ils ne s'aiment pas : ils s'accouplent vite, sans que cela ait d'importance. Ils ne respirent pas. Ils ne sont pas là. Pauvreté. Regard distendu, qui ne pénètre jamais, mais qui court d'un mur à un autre mur. Les habitants des taches ont des visages semblables à des taches, et des yeux pareils à des cailloux. Les avions ne sont pas faits pour eux. Les routes ne sont pas faites pour eux. Les fils électriques, les arbres, les égouts sous terre, rien de tout cela n'a été fait pour eux. Ce qui a été fait pour eux, ce sont les ferrailles rouillées, les cartons crevés, les morceaux de verre, les pneus déchirés, la pluie, le froid, le soleil brûlant, le silence des terrains vagues. Et aussi les chiens aux os saillants, la poussière qui devient de la boue, les odeurs de gaz et de résidus. Et les camions qui parcourent les chemins défoncés et s'arrêtent devant chaque cube de tôle et de briques, pour vendre des bidons d'eau sale à des prix qui font qu'arroser un pot de géraniums est plus coûteux qu'avoir une piscine, et que, lorsqu'on s'est lavé les dents, on crache l'eau pour se laver les mains. Villes mortes, villes cimetières, villes en ruines avant même d'avoir été construites, à votre tour, maintenant! Vengez-vous! Vengez-vous!

Ciel gris
Ville grise
Tous, aujourd'hui, là, milliers de murs gris
Ville prison, ville forteresse, ville immobile sous le ciel
Je te connais :
Je n'ai plus rien à te dire
Dans le monde entier il n'y a qu'une seule ville
Une seule maison géante
Quatre murs de ciment
Un toit de zinc
Des fenêtres, des portes

Sur le macadam
marche une femme
Où va-t-elle donc?

Où va-t-elle donc?
De son pas lourd qui agite ses hanches
Sur son visage il n'y a rien de sûr
Ce qu'on lit sur elle
Sur la peau de ses jambes
C'est :
MURAILLES

Ville, ô Villes qu'on ne voit jamais
Villes sans contour
Est-ce que je peux vous habiter?

Cité des morts
Palais puissants construits pour les guerres
Villes chargées de faux arbres
Exploration des pigeons et des rats

Il y a des femmes
Il y a des hommes
Il y a des chiens qui logent dans les trous de vos
    murs

Villes, attendez-moi
Je viens, je vais venir, il se peut que je vienne
Je vous visiterai

On ne peut vraiment parler de vous, villes
O Ninive
O Byzance
O Tlaxcala, Pachacamac, Varsovie, Pitsanulok
O Tenóchtitlan
On ne peut écrire sur vos murs des mots d'amour
Que lorsque vous êtes mortes.

AUTOCRITIQUE

Je voudrais bien pouvoir écrire comme on parle. Je voudrais bien que cesse un jour le mince rempart de papier blanc qui me protège, qui me sépare. Qu'y a-t-il donc derrière ce carré éblouissant, quel paradis ou quel enfer se cache de l'autre côté de cette fenêtre opaque? Oui, tout ça que je voudrais bien savoir. La grande hypocrisie de l'écriture — et aussi cette grande joie de la distance établie, des gants que je mets, pour toucher au monde, pour me toucher — c'est donc cette matière qui s'interpose, entre moi et moi, ce chemin détourné par lequel je m'adresse.

Ceux qui disent qu'on crie, ceux qui veulent qu'on aime ou qu'on haïsse, qu'on soit celui qu'on est, comme cela, directement, naturellement : ils mentent. Il n'y a pas de cris dans la littérature, il ne peut pas y avoir de voix ni de gestes. Il n'y a que des murmures, ce qui vient de très loin, après avoir voyagé pendant des siècles d'un bout à l'autre de l'univers.

Quand j'écris, je suis celui qui ne parle pas.

A travers la nuit immense, étendue, qui sépare mon instant de conscience du moment qui libère le mot, ma pensée est abandonnée. Elle a fui, sans but, sans forme. Qui parle de signifiant et de signifié? Pourquoi détacher par l'analyse ma parole du mouvement réel? Tout cela est faux, tout cela est langage sur langage. Ce qui reste vrai, et constant, c'est l'abandon de la réalité par l'écriture, la perte du sens, la folie logique. Devant le spectacle d'une parcelle du monde, je ne conçois rien, je n'invente rien. Je répète selon l'ancien système qui me fut donné. C'est qu'il s'agit bien d'un jeu, le plus cruel, le plus vain des jeux. Concevoir selon les normes de la conception, écrire selon l'écriture, être selon l'être. Il n'y a pas de table, chaise, main recroquevillée, crayon à bille bleu au bout rongé. Il n'y a pas de papier blanc, ni de tortillon noir qui avance en tressautant sur lui-même. Il n'y pas *tout ça*. Il n'y a que le vide épouvantable que je mesure sans cesse, l'infini que j'arpente avec mon mètre pliant à la main. Où est donc le monde? Où est le carré de soleil et d'air, de vapeur d'eau, de soufre, de métal enfoui dans la terre, d'ombre, de parfum, de goût âcre ou salé? Il est là, juste là, derrière la pelure immaculée posée à plat sur la table de bois. (« Feuille, sois crevée! »)

Je voudrais bien écrire comme on parle. Je voudrais bien écrire comme on chante, ou comme on hurle, ou simplement comme on allume une cigarette avec une allumette, et on fume doucement, en pensant à des choses sans importance. Mais cela ne se fait pas. Alors, j'écris comme on écrit, assis sur la chaise de paille, la tête un peu penchée vers la gauche, l'avant-bras droit portant au bout une main pareille à une tarentule qui dévide son chemin de brindilles et de bave entortillées. (« Feuille, sois brûlée dans le cendrier de verre! »)

Il y a, derrière tous les papiers, derrière toutes les photos, un univers que je connais bien et que je ne peux jamais retrouver. Il y a, derrière la paroi de verre des bouteilles, et sous le plateau des tables, un fantôme calme qui m'observe sans rien dire.

J'ai beau me pencher sur la feuille légère, et lire les mots qui se suivent. J'ai beau lire entre les mots ce qu'il y a, comme :

Hablar : ni, tlatoa
Habla : Tlatolli
H. en lengua extraña : Cecni tlatolli yc nitlatoa

J'ai beau voir tout, mes yeux ne vont pas plus loin. On n'entre pas dans le royaume. On ne voyage pas dans les photos troubles pleines de larges nuages gris flottant sur le ciel noir. On ne passe pas la porte de verre sur laquelle est écrit :

(« Feuille, sois brûlée par le regard des yeux! »)

Et pour tout dire, moi, infirme, moi, aux paupières rouges, à la gorge serrée, aux mains démangées, oui, c'est vrai, je fais de même. C'est ainsi que je me venge, en ouvrant dans la nuit la porte de mon couloir plein de lumière et de chaleur, puis (mais qui allait vraiment entrer, puisque le regard qui lit est une fuite plus rapide que celle du télescope qui repousse l'étoile si proche à des milliers d'années-lumière?) en barrant le passage.

Je voudrais bien écrire comme on envoie des cartes postales. Mais cela ne se fait pas. Je ne peux pas dire simplement, je suis allé ici, et puis là, et puis j'ai pris le train pour Pénang, et un jour, alors que je longeais la côte du Panama entre l'île de Nargana et l'île de Tikantiki, le moteur est tombé en panne et j'ai dû pagayer. Ou bien sur la route d'Oaxaca, un gros homme à moustaches dans une Cadillac mauve a sorti son revolver et m'a mis en joue en criant : ¿Que quieres? Tout ça, j'aurais pu le dire très vite, comme ça s'est passé, quelques incidents de vie glorieuse s'accomplissant sans défaut. Quand j'ai fumé une cigarette Esfinge, le jour de Noël, sur la plage de San Juan del Sur. Quand je suis entré dans la boutique sombre, à Saraburi, et que j'ai dit à l'homme derrière le comptoir :

— Khrung Thong mi maï kap?

— Mi kap.

Ou bien, quand j'ai dit, dans la salle enfumée qui sentait fort la bière, à Hastings :

« I used to be rather good, y'know, but now... »

Ou encore, à Mezcala:

« Quempatio? »

Ou un autre jour, devant le chien aux oreilles dressées :

« Ouap! Ouap! »

Tous ces langages dont j'ai usé, et tous ces visages où la bouche mobile s'est ouverte un instant, pour laisser passer les sons étranges et sûrs d'eux. Je ne les oublierai pas. Je ne peux pas les oublier. Mais c'est ainsi, je ne pourrai jamais les traduire en d'autres mots, ni les transposer en histoires véridiques et légèrement aventureuses. Il ne s'est rien passé. Je ne connais rien. Je n'ai pas su vous envoyer les cartes postales quand il l'aurait fallu.

Alors, comment pourrais-je dire ce que c'est que la misère, ou l'amour, ou la peur? Peut-être écrit-on des romans simplement parce qu'on ne sait pas faire des lettres, ou vice versa.

Le Chilam Balam

Le livre des Énigmes
Les devinettes sacrées
Ce qui est léché par la langue du jaguar? Le feu.
Légende de l'homme devenu femme chez les Iglulik :
        Un être humain par ici
        Un pénis par ici.
        Puisse l'ouverture être large
        et spacieuse.
        Ouverture, ouverture, ouverture!

Le Walam Olum

Mais il faut aller encore plus loin, encore plus tard. Je fuis, c'est pour ne plus rien savoir de l'avenir. Les années qui vont arriver, les années aveugles, maudites soient-elles! Je ne veux plus voir s'ouvrir les portes. Il faut quitter tout ce qui ressemble à la réalité, et qui n'est que mensonge. Il faut s'abandonner soi-même, comme un bateau qui coule. Il faut chercher loin, à l'envers, il faut fouiller dans le passé. Retrouver le père qu'on n'a pas connu, la mère qui ne vous a pas enfanté. Plates-formes de béton, vitrines, vous dites : demain! demain! et les yeux des hommes brillent de convoitise. Mais moi, je sais ce qui attend. C'est en moi, horriblement, cette vision de la terre qui se fend, des bouches qui creusent leurs vortex goulus. Je fais marche arrière. Je fuis, pour être en dehors de moi, pour être plus grand que moi. Je ne veux pas connaître de pays. Connaître c'est mourir. Je ne veux pas connaître de femmes. Connaître des femmes c'est entrer dans l'ordre mortel.

Je ne suis plus qu'une roue. Je n'ai plus de pensée, plus d'imagination. Je n'ai plus de désir arrêté. Autoroute de science, sillage, piste, prairie, cordillère de science. Je franchis continuellement les limites. C'est cela qu'il faut faire. Traverser les murs, crever les vitres, défoncer les tapisseries à fleurs, briser l'horizon en morceaux. Il est temps de sortir de l'éternelle chambre. Il est temps de trouver autre chose à dire, autre chose à penser, autre chose à voir. Je suis libre, je suis probablement libre. Être libre, est-ce que ce n'est pas marcher seul dans les rues boueuses de Huejuquilla, devant les maisons de plâtre? Être libre, est-ce que ce n'est pas aller à cheval dans les montagnes désertes, sous le ciel bleu où est le soleil? Le mouvement est la seule conscience. Être libre, est-ce que ce n'est pas être grand, vif, vite comme soi?

Le temps est immense. Je le vois partout étalé sur la terre. Il a des blocs de rocher qui pèsent des tonnes, il a des rivières qui coulent vers la mer, il a des quantités d'arbres, de nuages, d'hommes. Le temps est là, présenté dans les paysages ouverts, dans les montagnes, sur les plaines où vivent les villes. Il n'est pas un rêve. Si le temps n'existait que dans le seul cerveau des hommes, cela ne vaudrait pas la peine d'en parler. Mais il est devant moi, absolument réel. Il n'y manque rien. Rien n'a été oublié. Tous les siècles inépuisables sont là, peints sur la terre rouge, dessinés sur les falaises de calcaire, allongés sur la mer. Je marche au milieu du paysage fabuleux, et c'est dans le temps que je marche. J'escalade les ravins, je traverse les forêts de filaos, je bois l'eau des mares pleines de sangsues. Tout cela est un voyage dans le paysage du temps. C'est l'avenir des hommes que je fuis. Mais le futur; mais l'avènement universel. Il est là aussi, vivant autour de moi. Il n'a pas besoin de signes, ni de symboles. Il est entier. Il respire. Il est connu. Il a l'air du ciel, il a l'eau des ruisseaux, il a les rocs des pics aigus, il a la chaleur du soleil et le froid du gel. Il a le vide de l'espace, et les étoiles, et les nébuleuses. C'est cela, ma fuite, sachez-le : d'un bout à l'autre du temps, plus rapide que la lumière. Ou bien un jour, allongé sur le dos dans l'herbe sèche, et regardant le ciel immobile où est le dessin détaillé de tout ce qui est passé, et de tout ce qui va venir.

Rien n'est oublié : tant d'hommes sont morts, ainsi, sans que rien ne change dans le monde. Dans les champs, au bord des routes, maintenant, il y a ces petites croix de bois, sans nom et sans adresse; je fuis au milieu de la forêt de petites croix, et je me souviens de tout.

C'était hier. C'était aujourd'hui. Je n'ai pas oublié leurs

visages maigres, leurs yeux brillants, leurs gestes rapides et sûrs. Tant de femmes ont disparu aussi, des femmes que j'aime toujours, malgré la distance. Elles sont encore là. Il suffit de bien regarder. Si on penche le dessin un peu de travers, on verra la silhouette de leurs visages et de leurs corps apparaître, là, tracée par la ligne du feuillage, par l'horizon de collines, par les ailes de l'épervier ou par les boules des nuages.

Quand je marche ainsi, c'est avec eux que je marche. Je suis le rythme de leurs pas de montagnards, tandis qu'ils avancent le long du sentier à mulets, sous le soleil ardent. Je vois leurs costumes blancs, leurs chapeaux à larges bords, et les fusils qu'ils portent en bandoulière. Autour de leurs reins, il y a les cartouchières de cuir, et sur l'épaule gauche, la besace et la couverture roulée. Ils avancent vite, pendant des jours, sans se reposer. Quand le soir vient, ils font un feu et ils cuisent de la poudre de maïs. Ils dorment enroulés dans leurs couvertures, la tête sur la crosse des fusils. Ils ne laissent jamais de traces. Ils enterrent leurs excréments. Ils enfouissent les brasiers sous des blocs de rocher. Je suis avec eux. Je suis toujours avec eux. Je fuis sur la même route qu'eux, à travers les montagnes sans bruit. Je longe de grands plateaux déserts, où poussent les plantes rouges qui font mourir les chevaux. Je vois le soleil qui étincelle au-dessus de la terre, le soleil de l'éternité. J'ai les pieds déchirés par les silex, les membres rompus de fatigue. Parfois, nous avons si soif que nous mâchons les graines âpres des arbres. La nuit, il fait si froid que nos os sont prêts d'éclater. Nous avons peur. Nous parlons par gestes, nous chuchotons en marchant. Les montagnes s'ouvrent, montrent toujours de nouvelles montagnes. Nous pensons, nous disons tous les mêmes choses : les gens de Mezquitic sont des traîtres, les fédéraux ont pendu dix hommes et un enfant avant-hier, aux branches d'un seul arbre. Parmi nous, il y a un grand homme aux cheveux roux coupés court. Chaque matin, à l'aube, il s'agenouille dans la terre et prie. Puis il distribue la communion, des morceaux de pain rassis. Rien n'a été oublié. Les souffrances et les morts sont vivantes dans ce paysage, elles sont confondues avec sa beauté éployée. Rien n'a servi à rien. Mais les paysages non plus ne servent à rien. Ils sont là. Ils ont le temps.

Un jour, nous sommes montés sur un plateau aux pierres plates. On l'appelle ainsi. Le Plateau des Pierres. Nous avons longé les murs qui serpentent à travers les friches. Quand les premiers claquements des fusils ont éclaté, nous n'avons rien vu. Le soleil était haut dans le ciel bleu-noir, la chaleur brûlait les pierres plates. Nous nous sommes couchés à plat ventre, et nous avons tiré au hasard. La bataille a duré trois jours, et deux nuits. L'homme aux cheveux roux donnait des ordres. Parfois, on lui amenait un prisonnier. Il nous regardait, avec des yeux pleins de haine. Il disait : « Vous crèverez, tous! » Alors l'homme aux cheveux roux lui donnait l'absolution, faisait le signe de croix; puis il appuyait son revolver sur la tempe du prisonnier, et il tirait.

Rien n'est effacé. Tout est toujours là, présent dans l'air pur. C'est cela même que je respire. Le troisième jour, nous avons compris qu'il n'était plus possible d'en sortir. Les claquements des fusils sont devenus de plus en plus proches. Il y avait déjà beaucoup de petites croix de bois dans la terre sèche. Les hommes avaient si soif qu'ils buvaient leur sang, et tremblaient de fièvre. Ils avaient tellement sommeil qu'ils s'endormaient comme des morceaux de pierre.

Puis, vers trois heures de l'après-midi, nous avons entendu le colonel de l'armée qui criait quelque chose. Les cent cinquante soldats se sont mis à courir vers les murs de pierre. Les bruits de leurs pas se sont rapprochés. Les balles frappaient de tous les côtés, les roulements des coups de feu ne s'arrêtaient pas. Le soleil brûlait au centre du ciel de plus en plus bleu, de plus en plus noir. C'est là que nous sommes morts, tous, les uns après les autres, la peau crevée par des dizaines de balles. Sauf un, qui était blessé. Ils l'ont pendu le lendemain. Nous n'avons pas été enterrés. Ce sont les vautours, les loups et les fourmis qui nous ont mangés.

Et pourtant, nous sommes là, toujours. Les montagnes

sèches sont là aussi, et le Plateau des Pierres, et le soleil éclatant dans le ciel bleu-noir. La fuite va d'un bout à l'autre du temps, mais elle ne sort jamais des limites du paysage de pierre. Elle ne détruit rien. Elle ne fixe rien dans les livres, ni dans les photographies jaunes des enfants pendus. Elle est vraie, et nette, et vivante. C'est le moment peut-être d'écrire les paroles de la chanson nasillarde, de la chanson émouvante :

Je vais vous chanter un corrido
D'un ami de mon pays
Nommé José Valentin
Qui fut attrapé et fusillé dans la montagne

Et je voudrais me rappeler
Quand un soir d'hiver
Quand par sa malchance
Tomba Valentin aux mains du Gouvernement

Le capitaine lui demande
Quels sont les gens qui commandent
Il y a huit cents soldats qui ont occupé
La ferme de Olanda

Le colonel lui demande
Quels sont les gens qui guident
Il y a huit cents soldats que conduit
A travers la montagne Mariano Mejía

Valentin, comme il était un homme
Ne voulut rien leur dire
Je suis un vrai homme, un de ceux qui ont inventé
La Révolution

Avant d'arriver au coteau
Valentin voulut pleurer
Ma mère de Guadalupe
A cause de ta religion ils vont me tuer

Vole vole colombe
Pour dire ce qu'il t'a dit
Ce sont les complaintes d'un homme vaillant
Qui était Valentin

La fuite conduit vers des villages de boue aux toits de chaume, accrochés au flanc des montagnes. Elle conduit là, au bout de longues chevauchées exténuantes à travers les forêts et les déserts des hauts plateaux. Elle fait franchir des canyons profonds de 400 mètres. Elle fait dévaler les chemins qui n'en finissent pas, dans le silence, les pieds cognant le sol aux cailloux pointus. La marche est longue, elle fait mal, elle rejette en arrière. Le soleil brûle sur la nuque, le ciel vide est amorphe, les morceaux de rocher éblouissent. Il y a tant de force, tant de lumière. Ce sont les mots et les rythmes qui s'en vont, qui sont arrachés à chaque pas. Lentement entre le vide, il dépouille, il réduit en cendres, il expulse. Tandis que marche devant lui sans s'arrêter celui qui s'appelait J. Homme, le vide s'étale, il envahit tout. Les cinémas, les boîtes à images, les pages des magazines, les disques de jazz, les Cafés, les églises, tout cela se défait. Le ciel immobile donne ses coups terribles sur la tête, il veut qu'on soit enfin silencieux. Toutes les fuites du réel, les livres, les albums de photos, les abécédaires, toutes les chansons, toutes les histoires. Expulsés, transformés en vide.

Au bout, il y a donc ce village en rond, où vivent des gens qui refusent. Un jour, vers quatre heures de l'après-midi, il entre dans le village avec la caravane d'ânes chargés de caisses de bière. La pluie tombe. Il s'assied par terre, sous un arbre, et il attend. L'arbre est très grand, et ils s'installent tous à l'abri de ses branches. Les ânes et les mules, débarrassés de leurs charges, broutent l'herbe sous la pluie. Eux, les autres, ceux qui refusent, sont debout autour de l'arbre, les bras croisés, ils regardent. Personne ne demande rien.

Santa Catalina, sous l'arbre.

Il a plu quand nous sommes entrés.
Le gouverneur nous a fait dire qu'on ne pouvait pas nous loger :
est-ce qu'on les logeait, eux, quand ils descendaient dans la plaine?
Il y avait un arbre, un arbre très grand
Vieux d'au moins neuf cents ans.
Arbre, arbre,
colonne vivante aux milliers de feuilles vivantes
arbre aux branches immenses étendues vers l'Ouest,
le Nord, le Sud, et l'Est.
Arbre sans yeux, sans voix, sans mouvement,
Vieux arbre tranquille
Arbre
indifférent.
C'est peut-être de toi que je le sais
Pas de vérité
Pas de vérité!
Toi tu n'écris pas
Tu restes en place, tu ne veux rien.
Tu ne *donnes* jamais rien.
Autour du socle
les kilos de feuilles mortes faisaient un tapis.
Nous avons dormi sur ce tapis.
Avec les feuilles mortes nous avons allumé le feu.
Sur les racines exhumées nous nous sommes assis.
Moi je me suis servi de lui,
Et lui, n'a rien fait pour moi.

Arbre,
Arbre à pendus
Arbre à feuilles secrètes
Arbre à odeur de plante

Arbre.
Toi tu es un végétal géant
Moi je suis un homme nain.

Voilà ce qu'il pensait, sans doute, à ce moment. C'est difficile
de le savoir. Ou bien il pensait :

« Le monde gréco-romain, je ne suis plus son fils. Je ne peux
plus être de sa race. Je ne sais plus rien de lui. Hier sans doute,
le monde est mort tranquillement, assis dans son fauteuil.
Les yeux de cet homme sont restés secs comme des cailloux.
Sale monde latin, tu as voulu faire de moi un esclave, mais je
ne suis plus ton fils, plus ton fils! Tu as voulu faire de moi un
soldat, pour que je tue, marque au fer rouge, viole en ton nom.
Mais je suis un bien mauvais fils qui ne respecte pas son père
mort. Tes guerres étaient inutiles, tes lois n'étaient que de la
frime, je le sais bien. Moi, je suis le mauvais fils qui rit, et
pisse sur la tombe de son père mort. Au revoir, adieu, je ne
suis plus d'aucun père, je n'ai plus de monde.

« Il n'y a plus de surprise à attendre de la civilisation sans
secret. La seule chose qui me reste à apprendre, c'est comment
l'oublier. Vastes paysages muets, prairies, lacs, plateaux arides,
lagunes à moustiques! Venez à mon aide! Vos silences sont
bienvenus, parce qu'ils tuent l'homme. Je ne suis nulle part.
J'ai quitté mon monde, et je n'en ai pas trouvé d'autre. C'est
cela l'aventure tragique. Je suis parti, point encore arrivé.
Toutes les théories étaient fausses, tous les mots enflés qu'on
avait mis dans ma tête ne servaient à rien. C'est facile à comprendre, c'étaient des mots muets, des perroquets aphones.
Douter, c'est croire : j'ai glissé hors du doute. Je suis *stupéfait*.
Je bouge à peine. Un pas ici, un pas plus loin, un mouvement
de la main, un clignement de paupière. Je vois ce qui se passe

par là, autour de mon corps. Ce que je vois, je le sais. Ce que je sais, est le vide... Attendons. Mais quoi? Attention à quoi? Rien ne vient. Je suis pris par les rochers, j'ai des arbres sur le visage. Tout cela est normal, du calme, du calme. Ceux qui m'ont nourri, ceux qui m'ont créé, savaient-ils ce qu'ils faisaient? Je ne suis plus juge d'aucun procès. Je ne veux plus témoigner. Ai-je bien vu l'accident, ce qui s'est passé? Étais-je LA? Non, je ne peux plus jurer de rien. Je dois avoir, par instants, en dépit de la volonté de mon corps et de l'habitude de mon esprit, un drôle d'air d'absence.

« J'écris que je ne sais plus. Mais j'écris cela avec la main le souffle et les mots de l'homme blanc. Je dis que je ne suis plus guère sur cette terre. Mais je le dis en prenant appui sur cette terre. Vieille ruse du vieux peuple fourbe! J'emploie la négation, mais derrière moi, en moi, c'est un fantôme imperceptible qui fait oui de la tête.

« Quels sont les hommes qui vont m'apprendre quelque chose? Plus j'avance dans l'espace, plus les hommes se reculent. Il n'y a pas de Malais, ni de Laotiens, ni de Chinois, ni de Maya Quichés, ni de Huichols. Il n'y a que l'homme blanc, partout, qui a revêtu des oripeaux exotiques pour mieux donner le change. Misérable société secrète qui met au monde et baptise... Ce que je nie, je le soutiens deux fois.

« Mais, ce que peuvent me donner les autres hommes : le nom d'INTRUS. »

L'indien? L'indien, l'arabe, le négrito, le Karen, le montagnard birman. Celui qu'on ne tue pas, on le fait clown. Maudite race blanche, dont je suis, et qui ne veut rien changer. Race de soldats déguisés. Anthropologues, prêtres, marchands, philanthropes, voyageurs, tous, des soldats déguisés.

Mais voilà : l'indien vous regarde du haut de sa petite taille. Il n'oubliera jamais, lui. Il sait bien qui vous êtes. Il vous a jugé depuis l'enfance. Il sait bien ce que vous cachez.

Vous vous avancez vers lui, la main tendue, avec votre bonne grosse franchise d'homme blanc; vous lui dites, avec votre bonne grosse voix : « Kea Aco! », comme si, tout d'un coup, tout allait être oublié. Mais lui, tourne la tête, il ne vous regarde pas. Il se moque bien de votre salut. S'il est poli, s'il ne vous en veut pas particulièrement, il s'en va sans répondre. Mais s'il ne vous aime pas, alors, il se tourne brusquement, et on voit dans ses yeux obliques une drôle de lueur qui brille et qui ne vous dit rien de bon, vraiment rien de bon. Il avance sa main vers vous, et il vous crache un seul mot, un ordre :

« Cigarillo! »

Comment faire, pour ne pas la lui donner, la cigarette?

Langage : code secret. Voilà de quoi donner à penser aux ethnographes, anthropologues, linguistes. Tous ceux qui viennent avec leurs magnétophones et leurs carnets pour fabriquer des dictionnaires. Ils veulent apprendre la langue de l'indigène, pour lui voler ses secrets, pour faire des thèses sur son dos. La belle affaire! Alors ils s'asseyent sous un arbre, vers midi, et ils sortent un livre. Un beau gros livre, comme savent en faire les hommes blancs, 600 pages de papier serré couvertes de petits signes noirs. Du texte! avec un beau titre abstrait, comme savent en faire les gens civilisés. Dans le genre de, LES MOTS ET LES CHOSES. L'indien, naturellement, tout de suite méfiant. Avec un espagnol qui hésite, un jeune garçon demande ce que c'est. En suivant les lettres avec son doigt, il lit le titre sur la couverture :

« Less mottss ett less tchôzess. »

Il rit. Il est heureux de n'avoir pas compris. Les sons que sa bouche vient de prononcer sont magiques.

Alors, maintenant, il faut lui faire traduire cela. En espagnol d'abord.

« Las palabras y las cosas. »

Le garçon rit. Il ne comprend toujours pas. Il faut lui expliquer.

« Las palabras... Y las cosas... Es que dice. »

« Las palabras... Y las cosas... »

« Si! Ahora, como se dice en huichol? »

Le garçon recule son visage. Il a un peu peur, ou honte.
Maintenant il est sérieux. Il ne veut pas répondre. Si c'était
un piège? Pourquoi ce type qui n'est pas de sa race veut savoir
tout ça? Il hésite, puis, avec lenteur, et ironie, un peu d'inquiétude aussi, sort la première phrase que tout indien doit
apprendre, celle qu'il ressort en toute occasion, quand il y a
danger.

« Quien saaabe? »

Un peu plus tard, quand il s'est habitué à l'idée :

« Alors, comment dit-on ça en huichol? »

« Ça ne se dit pas. »

« Comment, ça ne se dit pas? »

« Non. »

« Voyons. Las palabras, comment ça se dit, en huichol? »

« Je ne sais pas. »

« Si, voyons. Las palabras. Quand quelqu'un parle, comment
on dit ça? »

« Quand on parle? »

« Oui, parler, comme ça, parler, comment ça se dit, en huichol? »

« Quien saaabe? »

« Comment ça se dit, parler? »

« Parler? »

« Oui, parler. »

« Niuki. »

« Niuki? »

« Niuki. »

« Bon, niuki. Et les choses, ensuite, comment on dit les
choses, en huichol? »

« Les choses? »

« Oui, les choses. »

« Je ne sais pas. »

« Il n'y a pas de mot pour les choses? »

« Non... »

« Les choses, c'est-à-dire. Il n'y a pas de mot pour les arbres. les fleurs, les maisons, la nourriture, tout ça? »

« La nourriture? »

« Oui, et les chaussures, les cigarettes. »

« Tout? »

« Toutes les choses, oui. »

« Peut-être, oui, qui sait? »

« Comment ça se dit? »

« Pinné. »

« Piné? »

« Pinné. »

« Pinné, les choses? »

« Oui, les choses classées. »

« Bon, maintenant, Niuki, les mots, Pinné, les choses. Comment est-ce qu'on dit et? »

« Et? »

« Oui. »

« Et? Ça se dit Tenga. »

« Tenga? »

« Tenga, tenga. »

« Bon. Alors, niuki tenga pinné. Niuki tenga pinné. Les mots et les choses. »

Et tout de suite, comme cela, s'élèvent les rires, les rires qui veulent dire, et vous ne saurez pas pourquoi, en voilà un clown, hein, en voilà un niais qui veut parler le langage qui ne lui appartient pas...

C'est que, pour le Huichol, et pour tous ceux qui refusent, qui s'enfuient, le langage ne parle justement pas des mots et des choses. Il est un acte naturel qui implique l'appartenance. Celui qui est, parle. Celui qui ne parle pas, n'est pas. Il n'a pas sa place dans le monde. Le langage huichol est huichol comme l'est la terre huichol, le ciel huichol, la religion, le tatouage, l'habit, le chapeau des peyoteros. Il ne suffit pas de prononcer les syllabes de la langue huichol pour être huichol. Cela est bien évident.

Bien sûr, dans ces conditions, impossible de transposer et de traduire. Le mot n'a pas d'équivalent, puisque, fondamentalement, il n'évoque rien d'autre que ce que désigne la communauté.

Cette fermeture de la langue est agressive. Elle est une fuite. Mais elle est la direction même du langage. Ne parle pas qui veut. Parle celui qui a reçu, par sa naissance, l'autorisation implicite de la communauté parlante. L'opposition est simple, et donne la preuve de l'intransgressible secret : ceux qui ne parlent pas huichol sont des *muets*. Leur langage étranger ne saurait être une autre modalité de l'expressible ; il n'est fait que de bruits. Bruits cohérents, qui correspondent à des valeurs d'échange, mais bruits tout de même. Le langage huichol n'est pas un système de signification. Il est un système religieux, politique, familial. Comme tous les véritables liens, ceux de la famille ou ceux de la foi, il ne s'acquiert pas. Il est magique.

Regard d'étonnement et de méfiance de l'homme à qui le blanc ou le métis s'adresse dans sa propre langue.

« Kea Aco! »

« Buenos dias », dit l'indien, et il est sur la défensive. Qu'est-ce que c'est que cet étranger qui veut voler des mots?

Visage qui se ferme aussitôt, dédain irrité.

« Kepettittewa? »

Visage de pierre. Bouche serrée, yeux plissés, oreilles qui ne veulent pas entendre.

« Kepawitaripahoca? »

Corps de pierre aussi, homme devenu statue, qui ne veut pas, qui ne veut rien. Ame en boule. Il a compris. C'est bien évident qu'il a compris. Mais la compréhension est arrivée sur lui comme un mur mouvant, et l'a forcé à se réfugier en des lieux inaccessibles. Les mots arrivent vides de sens. Ils viennent comme des projectiles, et lui, se rétracte, se replie dans son ombre.

« Hawtya. Ac kixa neninakeriaga niuki? Jé? »

Il ne s'agit pas de peur, il s'agit d'une intrusion, la plus

odieuse de toutes. Dans le genre d'un chien qui tout à coup
lèverait la tête et dirait à son maître :

« Je vous demande pardon, mais la baleine est un vivipare. »
Ou bien il se met à rire, et penche la tête un peu de côté.
« No entendio. Quien sabe que dice ? »

Est-ce ma faute, si je suis de la race des voleurs ? Le blanc
a toujours tout volé à tout le monde. Les juifs, les arabes, les
hindous, les chinois, les nègres, les aztèques, les japonais, les
balinais. Quand il en a eu assez de voler des terres, et des
esclaves, le blanc s'est mis à voler de la culture. Aux Juifs il a
volé la religion, aux Arabes la science, aux Hindous la littérature. Quand il a eu fini de voler le corps des nègres, il leur a
volé la musique, la danse, et l'art pictural. Quand sa religion
chrétienne, religion devenue minable, une vraie religion d'épi-
cier, ne l'a plus satisfait, il s'est retourné vers la religion de
l'Inde. Au Mexique, le blanc est d'abord voleur de pays. Presque aussitôt, parce que la terre, ce n'est pas assez, il se fait
voleur d'âmes. Il prend la ville, puis il renverse le temple. Et
quand il ne reste plus rien au peuple vaincu, quand le blanc l'a
dépouillé, rendu esclave, quand il a brisé sa langue et sa foi,
quand il l'a chassé des meilleures terres, quand il lui a fait
connaître la pauvreté, la vraie pauvreté de l'homme blanc ;
quand il a démoli sa race en volant ses femmes, quand il en a
fait un peuple de domestiques à son service, il lui manque encore
quelque chose. Que fait-il ? Il vole son passé. Dans les journaux,
les livres, les conférences, sur les statues : « Indien ? Ah oui,
indien. Moi, j'ai du sang indien. Mes ancêtres, les Aztèques.
Cuauhtemoc, Mocteçuhzoma. Tlaloc, Cuauhcoatl, Tonatiuh.
Les Pyramides. Teotihuacan. Tezcoco, Mitla, Tlaxcala. Voilà
ce qu'ils ont fait, mes ancêtres. » Mais si vous le prenez à part,
tout de suite vous voyez dans ses yeux la haine, la vieille haine
qu'il a pour les vaincus. « Les indiens ? Alors, écoutez : la seule
solution, c'est l'extermination. Quand il n'y aura plus d'indiens, on pourra peut-être faire quelque chose ici. » Et qu'une

jeune fille se querelle avec un chauffeur de taxi, dans la rue. Elle cherche vite dans sa tête la plus mauvaise, la plus définitive des insultes. Elle la trouve soudain : « Indito ! »

Puis, il pensait encore :

« Dans la forêt humide et lourde, ils sont là, ceux qui n'ont pas su refuser. Ceux que le monde est en train de tuer, à coups d'avions, de magnétophones, de Bibles et de vaccins. Ils ne savaient pas ce que c'était que d'être Lacandon, pour ceux qui s'appellent Duby ou Dupont. Ils ne savaient pas qu'il y avait des gens avides de sang qui guettaient le moment pour fondre sur eux, les momifier, les palataliser, les analyser jusqu'à la mort !

Touristes, missionnaires, explorateurs, journalistes, prospecteurs, colons, conquérants, marins, chercheurs d'or, marchands d'exotisme, faiseurs de routes, aviateurs, gens bronzés, chasseurs de peaux, coureurs de pagodes et de musées, amateurs de diapositives, vous tous, mauvais philosophes de la relativité, apôtres bossus de l'universalisme, urbanistes rusés, économistes, indigénistes, messagers de paix et de civilisation comme on est vendeur de savonnettes, et vous, missions culturelles, ambassades, ligues franco-soudanaises ou argentino-khmères, instituts Gœthe & Cie, connaisseurs du monde, broussards, safaris, alpinistes, passionnés d'Indiens, enfiévrés de Pygmées, enragés de Maoris, et vous révolutionnaires d'opérette, socialistes enfermés dans les murs de vos manifestes, pilleurs d'épaves, et vous aussi, buveurs de peyotl, mâchonneurs de champignons hallucinogènes qui avez des mâchoires à faire des livres, drogués en maraude, accapareurs, possesseurs, hommes qui n'avez qu'un Dieu, et qu'une femme, nuages de sauterelles, troupe de rats ivres d'extraordinaire, JE VOUS HAIS. »

Signé :

ISKUIR.

Pendant ce temps-là, J. H. Hogan voyageait en pirogue sur le rio Chucunaque.

Le rio Chucunaque descendait lentement vers la mer. Il descendait tous les jours. Il ne s'arrêtait jamais. A l'embouchure, il était large, sale, lac de boue où flottaient les troncs d'arbre pourris. Les bateaux à moteur sillonnaient sa masse mouvante. Plus haut, le rio Chucunaque était plus clair, plus étroit, il avait des tourbillons, des chutes rapides, des bas-fonds huileux. J. H. Hogan était assis à l'avant de la pirogue, il regardait tout le temps l'eau étincelante, en tendant le bras gauche ou le bras droit pour indiquer les dangers. Sur les rives, au milieu des arbres, il y avait les ouvertures des autres fleuves, le rio Chico, le rio Tuquesa, le rio Canglón, le rio Ucurgantí, le rio Mortí. Branche liquide n'en finissait pas de croître. Chucunaque. Chucunaque. Pendant ce temps-là, J. H. Hogan remontait le cours du rio Chucunaque.

Fleuves.

Fleuves.

Racines de la mer.

LE JOUEUR DE FLÛTE AU CUZCO

Hogan rencontra un jour l'homme qui jouait de la flûte au Cuzco. C'était sur une grande place déserte entourée de maisons à arcades, vers onze heures de la nuit. Il faisait froid. Le ciel était noir, et la place brillait faiblement, éclairée par les réverbères. Il n'y avait pas de bruit. Même les voitures dormaient. Sur un des côtés de la place, il y avait cette grande maison en forme de pointe, dont le portail était ouvert. En passant, Hogan avait vu cette ouverture dans les murs noirs, et au fond, cette espèce de grotte immense où brillait l'or. Il avait vu cela, le temps d'un éclair. Au centre de la maison qui ressemblait à un château, la pluie d'or jaune et de lumière. Sur les dalles de pierre, les genoux des femmes frottaient. L'or écrasait les hommes debout sous la nef; la voûte d'or pesait sur les épaules des femmes. Dans la caverne silencieuse, où le froid luttait contre la chaleur des 36°7, les hommes chétifs étaient des enfants. Il avait vu cela aussi, le geste nerveux des doigts volant au front, à la poitrine, puis à la bouche. Dans la salle du château, les hommes et les femmes accroupis étaient occupés à toucher le dieu d'or.

Un peu plus loin, sous les arcades, Hogan avait aperçu le joueur de flûte. Pour l'instant, il ne jouait pas. Il s'était installé le dos contre le mur, et il attendait. Devant lui, quelques enfants le regardaient. Quand Hogan s'arrêta contre un des piliers, l'homme fit un pas en avant. Il dit, avec une drôle de voix enrouée :

« Maintenant, le tango des gringos. »

Et il se mit à chanter sur un air de tango. En même temps, il dansait. Il levait les bras, il tournait sur lui-même. Il oscillait à gauche, à droite, il tournait sur lui-même. Hogan et les enfants le regardaient sans rien dire. Le vent froid soufflait sans interruption dans le corridor des arcades, entraînant des bouts de papier. L'homme était habillé d'un pantalon de toile, de chaussures de caoutchouc et d'un vieux tricot verdâtre. Il avait un visage brun aux yeux fendus, avec des rides sur les joues. Ses mains étaient rouges à cause du froid.

Quand il eut fini de danser, il fouilla dans un paquet posé contre le mur. Il sortit d'abord cette chose extraordinaire, un soleil découpé aux ciseaux dans une boîte de conserve, qu'il attacha avec une ficelle sur son front. Il fit cela lentement, avec gravité, et le soleil se mit à briller sur son front avec ses éclats de fer-blanc. Puis il sortit du paquet une grande flûte de Pan à sept tubes, appelée Arca. Il souffla dans tous les tubes, pour les essayer. Ensuite il regarda Hogan, et il dit :

« Virgen de Calakumo. »

Ou quelque chose comme ça. Il commença à jouer.

Dès qu'il entendit cela, Hogan comprit que ce n'était pas de la musique. C'étaient des cris qui sortaient des tuyaux de la flûte, pas de la musique. Les sons rauques se suivaient, montaient, descendaient. Ils déchiraient le silence avec leurs bruits de respiration, ils hésitaient ; ils n'étaient pas faits pour expliquer, ou pour construire. Les raclements du souffle bruyant écorchaient les murs de la maison, traversaient le vent glacé, frappaient les oreilles. Ils étaient rapides, aigus, et au même instant, ils s'exhalaient lourdement, douloureusement.

L'homme qui portait un soleil de fer-blanc sur le front soufflait dans les tubes de la flûte. Il était penché en avant sur les tuyaux de roseau, et il soufflait de toutes ses forces, en déplaçant sa bouche. De temps en temps, il reprenait sa respiration, et on entendait l'air siffler en pénétrant dans ses poumons. Puis les sons rauques reprenaient, hésitaient, frappant le silence les uns après les autres. Devant lui, la place était vide, à cause du froid, et les murs des maisons étaient semblables à des falaises de rocher, sans portes, sans fenêtres. Les enfants ne bougeaient pas. Hogan ne bougeait pas. Sous leurs pieds, les plaques de ciment répandaient leurs ondes glacées, qui grimpaient le long des vêtements et s'installaient, surtout dans la région du cœur.

Le dos au mur, l'homme qui portait sur le front un soleil de fer-blanc commença à bouger. Courbé sur la flûte trop grande, il titubait. Il levait haut les jambes, l'une après l'autre, puis les rabattait sur le sol en donnant des coups de talon qui résonnaient. Il penchait la tête de côté, la rejetait en arrière, et le soleil de fer-blanc brillait sur son visage noir. Les cris de la flûte jaillissaient tout le temps, raclaient tout le temps. C'était toujours la même chose qui sortait des sept tuyaux attachés. Trois notes qui montaient. Puis trois notes qui descendaient. Cela n'avait pas de fin. Les bruits de la respiration hésitaient, titubaient; la voix grave, lourde, la voix qui sortait de la solitude et du froid. La voix haletait sur place, elle rampait sur le sol de ciment, elle rompait son passage à travers le silence et la nuit. *Quels sont les tristes trous par où crient les roseaux?*

Sur le front couleur de bronze, le soleil de fer-blanc attaché avec une ficelle montait et descendait. Dans la ruelle obscure, il brillait avec des reflets durs, dans le genre d'un phare de voiture.

C'était ainsi. L'homme jouait en levant haut ses jambes, en faisant osciller son corps, et Hogan savait qu'il ne pourrait plus jamais y avoir de musique. Il n'y aurait plus que ces cris d'oiseaux, ces sifflements de grillon, ces souffles rauques de bête en train de mourir. Il n'y aurait plus que ces efforts, ce travail penché sur les tubes de la flûte, inlassablement, ces trois notes ascendantes, puis descendantes, ces six tons éternels qui composaient le monde. L'homme était venu de loin, à travers les montagnes poussiéreuses, dans les vieux autobus aux vitres cassées. Il était parti d'un endroit qui s'appelait Cojata, ou bien peut-être même des hauts plateaux de la Bolivie, pour jouer ses six notes sur sa flûte de Pan. Chaque fois qu'il arrivait dans une ville, il accrochait sur son front le soleil de fer-blanc, il se mettait le dos au mur, devant une place déserte, la nuit, et il soufflait. Quelquefois on jetait des pièces sur le trottoir, à ses pieds, quelquefois on lui donnait de la nourriture. Et il dansait lourdement, en faisant des bruits déchirants avec sa bouche qui glissait sur les tubes de roseau. Ça ne voulait rien dire, sûrement, ça ne réclamait pas de larmes, ni de claquements de doigts. C'était un travail comme un autre, monotone, un travail des poumons et des lèvres. C'était comme de souffler dans un long tube de métal en regardant la boule de verre couleur de lumière se gonfler, s'arrondir. Puis le verre devient rouge, puis gris, et on le fait tournoyer au-dessus de sa tête pour l'allonger.

C'était l'air de la fugue débarrassé de tous ses bruits inutiles. Devenu pur. Dépouillé de tous ses bourdonnements, devenu le simple souffle de l'homme, qui ne veut pas décrire le monde, qui ne veut pas imiter le vent ou la pluie, qui n'a plus rien à voir avec le réel. La vraie respiration qui lance ses petits cris, qui dresse ses tiges raides dans l'air transparent, qui est elle, magnifique elle, elle pour elle, elle d'elle.

Pas de maisons, pas de villes, pas d'espaces reconnus, ni de cartes, ni de guerres. Le bruit qui vous enlève, le rythme qui vous fait quitter le sol, l'espèce de vol tranquille et sûr, et le bruit douloureux qui sort des tuyaux de roseau est le bruit du moteur en marche.

Tout d'un coup, l'homme s'arrêta, et enleva la flûte de sa bouche. Il était épuisé. Il pouvait à peine respirer. Hogan vit les gouttes de sueur sur ses joues, et il entendit le bruit de son souffle. Sans rien dire, il posa une pièce d'argent par terre, et il vit qu'elle brillait d'un éclat très dur, comme le soleil de fer-blanc sur le front de l'homme. Ensuite il s'en alla et il traversa la place où soufflait le vent froid.

Le monde est petit. Le monde est devenu si petit que, tout à coup, c'est à peine si on le voit. Le monde est devenu pareil à une pierre précieuse, une sorte d'alexandrite, accrochée à la main étroite d'une jeune femme. Drôle de point violet où le regard se perd de petitesse. Dans le cristal biseauté règnent les myriades de minuscules arcs-en-ciel contractés. Le monde est devenu semblable à une fenêtre qui représente toujours la même scène, un jardinet d'herbes, un vieux palmier à la peau crevassée, deux ou trois pots de géraniums secs, un ciel, un nuage, parfois un oiseau vivant occupé à voler.

Le monde est étroit, aujourd'hui. On est en équilibre sur son bord, comme sur le fil d'une lame Gilette neuve. On avance en glissant, en se coupant, on effleure à peine le sol mince. On est sur un tranchant d'herbe. Le monde a rétréci, comme ça, en une ou deux nuits, et personne n'a su comment. Le monde est un poids que soulève laborieusement la cage thoracique avide d'air. Il n'y a plus d'air. Il n'y a presque plus d'eau. Encore quelques gouttes, de celles qui perlent sur les feuilles des ronces, et ce sera fini. Le monde suinte comme une pierre malade. Le monde dure à peine le temps d'une phrase qu'on écrit, même pas, le temps d'un cri rapide, dans le genre de « Wa! » ou de « Hui! »

Le monde est là, caché au fond de la chambre noire, on l'aperçoit le temps du déclic, quand s'ouvre et retombe la paupière terriblement prompte, et que brille l'étoile de lumière au-dessus de l'objectif.

Monde, instantané, volé, miette de monde, claquement de doigts, synchronisme de mitrailleuse qui troue en un éclair le cercle de l'hélice de l'avion.

CUL ÉTERNEL DE SAC

Don Aurelio regarde le soleil qui se couche derrière les montagnes, et, simplement : « Dire que peut-être il ne reviendra pas? »

AUTOCRITIQUE

Comédien! Sale comédien! Il est temps que ton jeu se finisse. Il est temps que cesse ton balbutiement, que les tremblements rentrent dans tes muscles, que les routes se relèvent comme des ponts. Plus personne n'y croit, peut-être. Tu fais semblant de n'être pas là, mais tu y es, tu y es! Tu fais semblant d'être plus grand que toi. Tu portes les masques des maîtres que tu n'es pas, tu veux imiter les gestes que tu n'as pas su faire. Puisque tu n'as pas su conquérir le monde, tu le rejettes. Mais au fond de toi, c'est lui, le bouffon du monarque. Arrête tes grimaces. Il est temps de mettre le visage anonyme, le visage de celui qui ne parle pas. Il est temps de prendre ton nom.

La pensée est si vaste que personne ne la reconnaîtra jamais. La pensée est si éloignée, elle jaillit si vite et si fort qu'on ne la réduira pas aux gribouillis sur les papiers et sur les murs. Il faut arrêter l'analyse, maintenant. Il faut cesser de regarder ce qui ne doit pas être regardé. Sors de ta tanière! Sors à la lumière! Sois perdu! Parce que tu as connu ceci, et cela, tu aurais bien voulu que le monde soit contenu dans quelques songes. Mais ce n'était pas vrai. Le vent des siècles souffle sur tes mots, il les emporte. La tempête de l'univers se moque bien de tes abris. Elle lance contre toi ses millions de kilomètres-heure, elle écrase de toute sa lumière, de toutes ses vies qui ne sont pas des preuves, ni des explications, mais des miracles. Tu aurais bien voulu que la mort éteigne le monde, si, si. Que le langage des hommes soit celui des cailloux et des cactus. Tu aurais bien aimé qu'il n'y ait jamais d'enfants. Tu aurais bien voulu devenir table ou pomme, à ta guise, pour te sauver de ta peau, pour t'enfuir de la prison. Tu aurais bien aimé qu'il n'y ait pas de passions, ni de sentiments, que tout soit aussi simple que cela.

Partir, et devenir autre. S'il y avait eu seulement des pays où les gens ne meurent pas, où les femmes sont toujours belles et savent aimer toujours. Cela aurait été bien simple. Mais il n'y en avait pas. S'il y avait eu quelque catastrophe terrible, un jour, qui avait embrasé l'horizon d'un bout à l'autre, ou bien une guerre de mille ans, n'est-ce pas que cela aurait bien arrangé les choses? Mais il n'y avait pas de guerres, et les gens qui mouraient debout dans les champs ne savaient pas pourquoi. Quand les automobiles aux coques d'acier quittaient l'autoroute et s'écrasaient lentement dans les fossés, il n'y avait rien d'autre à dire que : laideur, laideur.

Dans la salle rectangulaire au plafond bas. Installé sur l'espèce de balcon qui entoure la pièce. Lumière jaune, ombre grise. Bruits de cuillers, d'assiettes, de verres. Bruits de pas. Bruits de langues qui claquent, de mâchoires qui mâchent, de gorges qui avalent. Au centre de la salle, têtes éclairées, visages hilares. Soudain, la vue se fixe. Un point de la salle, apparition rouge qui tremble au fond de l'horizon. Ce soleil se couche, ici, la nuit vient, les étoiles bougent. Dans la grotte isolée du monde, à l'intérieur de la forteresse de béton, comme au centre d'un blockhaus inexpugnable. Rien ne pourra venir jusqu'ici. Rien ne sortira des murs de pierre. Ici, c'est le bout du monde, son cœur, son crâne, son poing.

Lorsque le plafond est bas, couvert de feutre, et sur sa surface étouffante soufflent des bouches d'aération. Sur les tables, dans des pots de cuivre, il y a des fleurs en matière plastique. Voilà. C'est tout. Les formes humaines bougent, mangent, parlent, pensent ou bien ne font rien. Une jeune fille vêtue de blanc passe en portant comme un calice un grand verre rempli de crème et de glace surmonté d'une cerise. D'une table dressée pour un banquet, monte un nuage de fumée de cigare, de mots et de rires.

Voilà. Ce n'est rien. C'est tout. Le monde a été enfermé à nouveau dans une salle de béton, et le regard qui se fixe sur n'importe quel point du mur rouge, le regard qui veut comprendre, se perd à jamais. Il a fui la réalité, il a quitté le monde à photographier. Les hommes ont beau être efficaces dans leurs habits de maître d'hôtel, les femmes en blanc ont beau être dociles, celui qui entre ici se perd. C'est comme d'être sourd au centre de Chicago à midi, ou aveugle en face de la mer. C'est revenir au coin minuscule qu'on n'aurait jamais dû quitter, laisser glisser la vérité de son terrible mouvement de serpent, oublier ce qu'on a su. La salle aux quatre murs si épais qu'il faudrait mille ans pour les grignoter avec ses ongles et ses dents, et cela ne suffirait pas, est ici, là, là encore, partout dans le monde. La musique douce et geignarde n'y peut rien, ni la pluie qui tombe au-dehors, ni le soleil. Salle de béton et de marbre, salle de feutre et de verre, salle de lumière et d'ombre peuplée de mystérieux désirs, c'est mon corps, mon crâne, le sac de ma peau. C'est moi, seulement moi. Dans ces conditions, comment pourrais-je encore vous écrire, joie, douceur, calme, paix, amour. Puisque ici, c'est la GUERRE.

Je ne veux plus être ce comédien qui n'a pas su partir. Il faudra bien que je renonce à mes crédits, un jour ou l'autre. Tous ces gestes me semblaient inattaquables. Je ne les ai pas faits par habitude, ou par inconscience, mais parce que j'avais peur. J'ai joué mon rôle, comme les autres. Maintenant, la scène se vide. Qui va m'applaudir? Je ne voulais pas le reconnaître, le vrai problème, celui qu'on ne résoudra pas de si tôt :

Douze enfants chantent dans un chœur.

Est-ce que ce sont douze solistes?

L'inéluctable présence du temps, de l'espace, de la nuit, de l'incompréhensible : ma vérité, ne l'ai-je fermée sur moi que le jour où j'ai su qu'il y aurait toujours quelque chose au-dehors? N'ai-je été moi qu'en face des autres? Et tout de même, ne suis-je pas celui que je suis parce que j'essaie (et que je réussis parfois) à m'approprier le monde?

Comédien, encore, comédien celui qui écrit des livres pour convaincre. Qu'y a-t-il à donner aux autres, sinon des chaînes, davantage de chaînes? On ne se libère pas dans les fictions. On ne ramène rien des voyages à travers les rêves. Mais peut-être est-ce là ce que j'ai toujours cherché, sans le savoir : à ne pas apprendre, à ne jamais rien apprendre?

Comédie forcée, il va sans doute falloir que je l'accepte encore quelque temps.

Ce qui me tue, dans l'écriture, c'est qu'elle est trop courte. Quand la phrase s'achève, que de choses sont restées au-dehors! Les mots m'ont manqué. Ils ne sont pas allés assez vite. Je n'ai pas eu le temps de frapper partout où il l'aurait fallu, je n'ai pas eu assez d'armes. Le monde a glissé sous mes yeux, en une fraction de seconde, et pour le récupérer, pour le revoir, il me faudrait des millions d'yeux. Les hommes sont de piètres chasseurs. Leur langage est un lance-pierres, là où il aurait été besoin d'une mitrailleuse. Une seconde, rien qu'une seconde, et je vous écris des livres pour l'éternité! L'absolu est démoniaque. Il me nargue, dans le spectacle fugitif, il fait ses grimaces, il file dans l'air comme une mouche, il plonge au plus profond de l'Océan. J'ai fui pour retrouver le monde. Je me suis précipité dans ma course, pour rattraper le temps en action. Mais j'ai vu que le monde fuyait plus vite que moi.

Je regarde le mur de l'immeuble aux douze étages, et déjà il n'est plus là. Je cherche dans la foule un visage, un vrai visage, dans la mer des masques mobiles, un visage, oui, un seul visage qui s'arrête et s'offre à la contemplation. Mais tout est trop rapide. Tout est trop nombreux. Et tandis que j'écris s'échappent les cohues de murs, et de montagnes, et de faces humaines; elles m'entraînent de leur poids. Elles veulent me faire connaître la vraie chute, celle dans l'oubli, dans le silence. J'ai voulu imaginer, mais impossible : on n'invente rien. On ne fait qu'effleurer à tâtons les parcelles de la foule. J'ai voulu décrire, mais c'était faux : on ne décrit pas. On est décrit.

Coups sourds du monde qui me bouscule, cahots de la vie, c'est de vous que viennent les pensées, les systèmes. Les mots mentent. Les mots disent ce qu'ils n'avaient pas espéré dire, ce qui, au dernier instant, fut décidé pour eux. Dialectique de quoi? Inventaire, quel inventaire? Non, non, mais ombre, illusion, sensations stupides toujours en retard sur le réel, et sentiments bavards, qui flottent à 6 000 mètres de leur point de naissance. J'ai fui. J'ai dit que j'ai fui. Ce n'est pas vrai. C'est le monde qui m'a fui. Il m'a entraîné sur sa route, et je n'ai pas connu la liberté.

Je voulais tout dire, je voulais tout faire. J'ai vu cela devant moi, un jour, il y a très longtemps. La vie qui sortait de la parole, nette comme un songe, appliquée sans défaut à la réalité. J'ai vu le dessin précis de l'espace à franchir, et j'ai cru que cela se ferait. Mais cela ne s'est pas fait. Je suis resté en arrière. J'ai été devancé par ma propre pensée. J'ai été abandonné par la pensée des herbes, des algues, par la pensée de la lumière et des étoiles.

Je croyais que pour connaître un désert, il suffisait d'y avoir été. Je croyais que d'avoir vu les chiens mourir sur la route de Cholula, ou que d'avoir vu les yeux des lépreux à Xieng-Maï me donnait le droit d'en parler. Avoir vu! Avoir été là! La belle affaire! Le monde n'est pas un livre, il ne prouve rien. Il ne donne rien. Les espaces qu'on a traversés, c'étaient des corridors obscurs aux portes fermées. Les visages des femmes où on s'est plongé, est-ce qu'ils parlaient pour quelqu'un d'autre que pour elles? Les villes des hommes sont secrètes. On marche le long de leurs rues, on les voit briller sous ses pieds, mais on n'y est pas, on n'y entre jamais. Les champs de poussière où sont les gens qui ont faim, qui attendent, sont des paradis de luxe et de nourriture qui étincellent très loin de l'intelligence, très loin de la raison. On ne les assujettit pas.

Écrivain, comédien, avide de sensations, qui sors ton petit calepin et note : « L'air sec. Les nuages. La pauvreté. Les barriadas de Lima. Le danseur qui porte peint sur sa poitrine un Christ blond crucifié devant un ciel bleu où brille un soleil rouge. La violence. Les tremblements de terre. » Qu'est-ce que cela veut dire? Si le monde était une somme d'expériences, ce serait bien facile. Mais ce n'est pas ainsi. La Palestine ne peut pas être ajoutée au Népal, ou l'Arkansas au Japon. La femme Laure et l'homme Hogan ne donnent pas une idée. Le caillou de silex n'a rien à voir avec le caillou de calcaire. Homme à idées, avide de connaître les choses pour pouvoir construire ses systèmes. Homme comédien, avide d'oublier le monde pour faire un bon mot. Mais le monde n'est pas une somme. Il est une énumération inépuisable où chaque chiffre reste lui-même, dans sa variation et sa fuite, où personne n'a de droit sur personne, où règnent la force inconnue, le désir, l'acte. Ce qui n'est pas fusion logique, mais enchevêtrement indescriptible des myriades de liens, fils, fissures, ramures et racines. Comédien, oui, comédien, puisque tu avais peur du silence, et que tu parlais pour le cacher et t'enivrer de ta propre substance!

J'aurais pu vous parler de la mer qui se gonfle et se dégonfle autour du rocher plat en forme de triangle. J'aurais pu vous parler du désert pourri de Pachacamac, du volcan Mombacho, ou bien de l'odeur de poisson à Lofoten. J'aurais pu vous parler de la couleur du ciel à Khartoum, de la taille des moustiques à Mukkula, du temps qu'il fait à Calcutta. J'aurais pu vous parler aussi du cri que pousse le jaguarundi pour attirer les oiseaux, et des yeux blindés des mantes religieuses. A la rigueur, j'aurais pu vous dire quelque chose des sentiments qui traversent les âmes fragiles quand un (beau) (jeune) homme rencontre une (belle) (jeune) fille. Puis de la haine qui fait serrer les poings, de la longue haine qui fait rêver de crimes, de falaises en pente où dévalent des voitures explosives. De la solitude sur laquelle on s'acharne à coups de pied, qu'on électrocute avec les éclairs du plaisir. Mais voilà. L'écriture est trop courte, et je n'ai pas eu le temps. Je n'ai pas choisi ce que j'ai dit. C'est venu là, par hasard, sans que je sache pourquoi. C'est revenu du fond du voyage vers la conscience; en un clin d'œil, c'est venu éclater et répandre dans l'air ses 127 680 mots. Le temps de presser sur le bout rétractable du crayon à bille, il ne restait plus que trois ou quatre mots. Pensée appliquée, vieux scarabée lourd qui volette au milieu des éclairs des mouches! Pensée qui s'exprime, à la dérive au centre de l'immensité de la pensée libre où tout est vitesse, lumière, réalité! Je le sais bien, ce qu'il faudra faire, un de ces jours : c'est écrire les livres avec les machines électroniques, avec les radars, et les chambres à bulles.

CRITIQUE DE L'AUTOCRITIQUE

Et puis, que dire de l'écrivain qui ment en écrivant qu'il ment?

Et un jour, inévitablement, la route qu'on suit passe par un village qui s'appelle Belisario Dominguez. Les autobus déglingués partent tôt le matin, vers 6 heures, et roulent sur la route de poussière. Ils traversent les séries de montagnes de cailloux, les champs de maïs, les vallées où coulent les torrents. Le ciel est bleu, et le soleil frappe sur le toit de tôle, enfonce sa chaleur. Le moteur rugit dans les côtes, puis explose dans les descentes. Parfois, l'autobus s'arrête au bord d'une mare, et le chauffeur verse des seaux d'eau dans le radiateur. Enfin, vers 2 heures de l'après-midi, du haut d'une montagne, on aperçoit le village au loin, avec ses maisons carrées et ses rues parallèles. Il est là, installé au fond d'une vallée fertile, espèce de tache couleur de poussière et de craie.

C'est ainsi que Jeune Homme Hogan arriva dans le village. Il prit une chambre dans un hôtel, sur la place, et il déposa son sac sur le lit. Puis il s'étendit à côté du sac et il dormit une heure. La chambre était noire, sans fenêtres. La porte de bois à deux battants donnait sur une sorte de cour intérieure où il y avait des plantes vertes et des enfants qui jouaient. Un robinet de cuivre gouttait dans une bassine. Au centre de la cour, il y avait un puits frais. A l'autre bout, les latrines de planches bourdonnaient de mouches. Derrière les latrines, trois cochons dormaient vautrés dans la boue et les excréments.

Quand il eut assez dormi, Jeune Homme Hogan sortit de la

chambre. Il se lava les mains et la figure sous le robinet de cuivre, et il alluma un cigare. Puis il sortit de l'hôtel et il se mit à marcher sur la place. Il regarda attentivement le grand rectangle de poussière qu'entouraient les maisons à arcades. Le soleil était très haut dans le ciel, et les plaques de lumière blanche restaient immobiles sur le sol. Au centre de la place, il y avait un jardin, aussi, et un kiosque en fer forgé. Un peu plus loin, sur un socle, une statue noire qui représentait un homme à cheval en train de brandir un sabre et un drapeau. Il n'y avait pas de bruit. Seulement des tintements, venus de loin, des explosions étouffées, des chocs, qui traversaient la torpeur de l'air et s'en allaient à reculons. La lumière brûlait les yeux, la nuque, la poitrine. Un peu de vent soulevait la poussière.

Hogan traversa lentement la place. Il vit qu'il n'était pas seul. Beaucoup de femmes et d'enfants avançaient dans la lumière, en portant des fardeaux. Sur les bancs de pierre, ou bien le dos appuyé contre les troncs d'arbres, des hommes étaient assis. Ils ne faisaient rien. Des vieillards maigres parlaient, accroupis par terre, autour de la statue. Sur les marches du kiosque, de jeunes hommes fumaient sans rien dire.

Un peu plus loin, Jeune Homme Hogan passa à travers un marché installé sur le trottoir. Il courba la tête sous les tentures attachées avec des ficelles, il enjamba des étalages de légumes, ou de poteries. Sous les toiles tendues, des femmes étaient agenouillées dans la poussière, et attendaient. Hogan regarda ce qu'elles avaient à vendre. Il vit les petits tas de piments rouges, les petits tas de citrons, les petits tas de graines. Il vit des sortes de peaux boursouflées, des morceaux de cuir bouilli, des paquets de graisse blanchâtre au centre de feuilles vertes. Il vit des galettes, des pains, des gâteaux. Tout cela était à vendre, et attendait bien tranquillement. Le long du corridor de voiles, la foule se pressait, se penchait, mangeait. L'air était épais, il brillait de poussière et de sueur, il cognait comme avec des pieds.

Avant de sortir du marché, Jeune Homme Hogan acheta

deux oranges à une grosse femme aux cheveux nattés. Il choisit les fruits lui-même, les paya, et les emporta dans sa main.

Puis il retourna sur la place et il s'assit à l'ombre, entre les colonnes d'une maison. Il acheva de fumer son cigare et il l'écrasa sous son pied dans la poussière. Devant lui, la place était blanche de lumière, et au-dessus, le ciel était bleu. Jeune Homme Hogan sortit son couteau de sa poche et se mit à peler la première orange. Il découpait des petits morceaux de peau et les jetait devant lui, sur la place. Quand il eut enlevé toute la peau, il arracha les pellicules blanches qui collaient au fruit. Ensuite, avec ses doigts, il sépara l'orange en quartiers, et il les mangea les uns après les autres. L'odeur forte montait lentement vers lui, imprégnait tout. La place blanche, le kiosque, la statue noire, le ciel et les maisons poussiéreuses se mirent à sentir l'orange. Il avala les espèces de glandes, et le goût acide coula dans sa bouche. C'était peut-être les maisons, le ciel et la place qu'il avalait, maintenant. Dans chaque glande molle, il y avait un ou deux pépins. J. H. Hogan les cracha devant lui, avec des bouts de peau et des filaments. Cela tombait sur le sol et faisait des petits tas humides au milieu de la grande sécheresse.

Quand il eut fini de manger la première orange, J. H. Hogan secoua ses doigts pleins de gouttes; puis il mangea la deuxième orange.

C'était bien de manger ces fruits, comme cela, en regardant la place où frappait le soleil, et les silhouettes des gens qui traversaient le trottoir. Cela voulait dire qu'on n'était plus loin, à présent. On était tout près, à quelques mètres à peine. J. H. Hogan voyait tous les petits dessins fourmiller devant lui, les ronds minuscules, les rides, les fines lignes marquées sur la peau. La vitre, la terrible vitre lisse avait disparu. L'air était transparent, les particules légères volaient dans la lumière, les moucherons, les parcelles de bois et de farine, les graines des arbres. Elles dansaient au-dessus du sol, chaque détail visible. J. H. Hogan crachait les pépins d'orange dans la rue, devant lui. Puis il les regardait, et c'était quelque chose de sûr, d'immédiat, dans le genre d'îles immobiles au milieu de la mer parcourue de vagues.

J. H. Hogan mâchait la chair fragile de l'orange, avalait les gorgées de jus. Jamais plus il n'y aurait de faim, jamais plus de soif. Jamais plus il n'y aurait de tristesse ou d'attente. Jamais plus de hâte. Dans le village aux maisons de boue séchée, la place occupait le centre. Sur la place, les gens allaient et venaient, les chiens dormaient en rond, les arbres étaient indestructibles. Quelqu'un fumait une cigarette. Quelqu'un attachait son cheval couvert de sueur à un piquet de bois. Quelqu'un dormait à l'ombre d'un camion, avec la tête enfouie sous un chapeau de paille.

J. H. Hogan était assis, ce jour-là, au centre du village où régnait la paix. Il vit que les paroles avaient cessé de meurtrir, dans cet endroit. Quelque chose s'était passé là, autrefois, il n'y avait pas très longtemps. Quelque chose avait enlevé la dureté, la misère, le crime. On ne savait pas quoi, on ne le savait pas encore. Le temps avait arrêté sa course maudite, peut-être, et les années s'étaient repliées. Ou bien l'espace était entré en lui-même, raccourcissant brusquement ses milliers de kilomètres. Les maisons reposaient sur leurs socles de boue, les nuages de poussière palpitaient dans le vent, le soleil était haut, suspendu dans le ciel comme un globe électrique.

Hogan n'était pas en retard, ni en avance. Il était exactement là, vêtu de son pantalon de toile et de sa chemise blanche, pieds nus dans les sandales de lanières couleur de boue. Il mangeait le dernier quartier de la deuxième orange, puis il refermait le couteau et le mettait dans sa poche. Il sortait un grand mouchoir rouge et il s'essuyait les doigts et la bouche. De la poche supérieure de sa chemise, il sortait un autre cigare vert, sans bague, et il l'allumait avec une allumette. Il fumait le cigare en fermant les yeux.

Devant ses pieds, les pépins et les peaux d'orange vieillissaient. Plus loin, l'ombre d'une maison rouge s'étalait sur la place, et le soleil glissait en arrière. Les mouches volaient, puis se posaient sur le rebord de pierre où Hogan était assis, sur le sol, sur le pantalon de toile, sur les mains. Les mouches plates aux ailes écartées. Les mouches velues. Les mouches aux petites têtes sanglantes.

C'était cela qu'il fallait dire, avant tout : rien ne tuait. Rien ne venait de l'ombre, avec des yeux brillants de haine et des machettes coupantes comme de grands rasoirs. Plus rien ne roulait sur les routes vertigineuses, avec des phares et des calendres avides de meurtre. Dans le ciel, il n'y avait pas d'avions au museau de requin, et les sabots des hommes ne cherchaient pas de cadavres à piétiner. Les bruits n'étaient pas armés. Les éclats de lumière étaient purs, ils jaillissaient telles des sources, liquides de roc, clairs, froids, loin du mal. Les yeux des hommes, mais je ne veux pas encore parler des yeux des hommes.

Et aussi : rien ne s'en allait. Sur le poignet de J. H. H., il y avait encore une espèce de machine ronde, avec des chiffres et des aiguilles. S'il l'approchait de son oreille, il entendait : « Tk! Tk! Tk! Tk! » très vite. Mais cela ne voulait plus rien dire. Il y avait longtemps qu'il n'y avait plus d'heure, ici. Les ressorts des pendules avaient dévidé jusqu'au bout leurs spirales d'acier, et maintenant, c'était égal. Le soleil était ici, puis là, sans que rien change. Au centre de la place, le kiosque de fer forgé tournait son ombre, et alors? Rien ne s'en allait.

Le ciment avait collé les briques des murs, l'air était un bloc de verre plein de petites bulles. Même la poussière était fidèle. Les tourbillons des vents la soulevaient un instant, et puis elle retombait bien à sa place, chaque grain s'emboîtant exactement dans son creux. Les mouches avaient fini de trahir. Elles revenaient toujours sur la main qui les avait chassées, ou bien au coin de la paupière. Elles avaient pour cela leurs raisons... Heureux ceux qui ont des femmes semblables à ces mouches!

Et aussi : rien n'était mort. Rien n'était pourri. Le village était un petit cimetière au soleil, avec ses tombes régulières, peintes en rose et en bleu, et personne ne pouvait disparaître. L'oubli avait cessé de menacer, du fond du ciel vide. La sécheresse intense avait durci les pans de murs, les rues de poussière. L'eau qui corrompt était infiniment absente. Il n'y avait que ces éclats de lumière, cette chaleur, ces ombres nettes, ces arbres aux feuilles découpées dans de l'aluminium. Non, on ne pouvait pas mourir, ici. On ne pouvait plus être englouti par la nuit, ou bien terrassé par le jour. Il suffisait d'être assis, et de voir la place blanche où marchaient les silhouettes des hommes. Rien n'était plus seul. On en avait fini avec les longues marches sur les rues de macadam, quand on écoute les coups désespérants de ses talons sur le sol. On en avait fini avec toutes ces foules croisées, puis rejetées. Les vitrines de verre, en réalité d'acier, n'existaient pas ici. Et toutes ces figures, toutes ces caricatures : grimaces de la douleur, grimaces de la passion, grimaces de la peur, grimaces des maux de dents : elles avaient disparu. Elles s'étaient calmées. La solitude, celle qui voulait qu'on fuie, toujours plus loin, ouvrant et fermant sans fin les portes du grand hôpital; la solitude aux yeux de chien; la solitude des géants marchant au milieu de l'océan de têtes; celle des nains marchant au milieu des forêts de jambes; la solitude qui fait l'homme s'agripper à la femme, à n'importe quelle femme, comme un pou. Le rideau s'était levé, aujourd'hui, miracle, et la scène pleine de chaleur et de lumière était toute proche. J. H. Hogan la voyait devant lui, étalée, vivante, la scène où il était, la scène qu'il jouait enfin, de toutes ses forces. Tout à coup, il eut envie de rire, de se coucher sur le dos dans la poussière et de rire. Peut-être le monde l'aurait-il imité, et il n'y aurait jamais plus eu de guerre, nulle part.

C'est encore trop tôt pour vous parler de Simulium, la mouche à café. Parlons plutôt des bousiers. Jeune Homme Hogan regarda les bousiers qui poussaient leurs boules d'excréments à travers la place. Ils travaillaient de toutes leurs pattes, minuscules chars d'assaut avançant à travers le désert. Parlons des cafards rouges et des cafards gris, qui guettent dans les trous d'ombre. Parlons des scorpions blancs qui se cachent sous les pierres plates :

Les scorpions mènent des vies solitaires.

Si l'on en voit deux ensemble, c'est qu'il y en a un qui courtise ou bien qui mange l'autre.

Parlons des vautours, des araignées, des vampires, des vipères cornues. J. H. Hogan sentit l'inquiétude grandir. Quelque chose de faux, de terrible, qui menaçait, tout près. Un secret, peut-être, un horrible secret qu'il aurait fallu garder pour soi, et ne jamais dire à personne. Pour lutter, J. H. Hogan se mit à penser tout seul :

Pensée de J. H. Hogan
Belisario Dominguez
(État de Chiapas)
3 h 30 de l'après-midi

« Laure, c'est ici, je l'ai trouvé. Je crois que je ne fuirai plus jamais. J'ai semé mes ennemis, définitivement. Al Capone, Custer, Mangin, Mac Namara, Attila, Pizarre, De Soto, Bonaparte, tu sais, tous mes ennemis. Et puis Chevrolet, Panhard, Ford, Alfa Roméo. Tous ceux qui voulaient ma peau. Ils ont perdu ma trace, je crois. C'est un miracle. Et le général Beau, le colonel Bon, le maréchal Vrai. L'amiral Mal. Le chef de bataillon Dieu, le capitaine Satan. Tous, qui me traquaient. Avec leurs uniformes. Avec leurs sabres. Tous mes ennemis à lunettes noires, avec leurs cravates à raies et leurs cheveux peignés. Et les femmes Rimmel, Mascarat, Jarretelles. Celles qui me guettaient du fond des pages glacées des magazines, avec leurs corps aiguisés, avec leurs seins, avec leurs jambes en forme de lances. Celles qui avaient des yeux d'acier, des cils noirs, et des lèvres couleur de corail. Elles qui me tendaient leurs pièges méprisants, et qui riaient de me voir trébucher. Les femmes Amour, les femmes Douce, Belle. Jamais elles ne viendront jusqu'ici. Leurs peaux ne supporteraient pas la lumière intense qui explose partout. Leurs oreilles ne supporteraient pas le silence. Leurs cheveux d'or et d'argent ne supporteraient pas la poussière. Je suis libre, presque libre! Viens, maintenant. Je t'ai réservé une place à côté de moi, sur la marche de pierre à l'ombre de la maison à arcades. Je t'ai réservé une place dans le lit de fer, à l'intérieur de la chambre sans fenêtres. Viens. Prends les bateaux, les avions, les trains et les autobus déglingués et arrive! Il est temps. Avant que le soleil ne se couche, tu peux être ici. N'attends pas! Arrive! Tu ne sera jamais plus loin. Tu n'auras plus de vitres, plus de murs, plus de vêtements. Tu ne sais pas ce que c'est que l'air. Tu ignores tout du verre d'eau. Viens, je te montrerai. Ensemble, nous découvrirons beaucoup de choses. Nous regarderons à l'intérieur des maisons, nous monterons en haut des montagnes, nous chercherons les sources. Il y a des herbes qu'on mange, des herbes pour faire pousser les cheveux, des herbes pour rêver de choses délicieuses. Nous suivrons les chemins de fourmis. Nous aurons dix-neuf enfants, qui s'appelleront, William, Henri, Maria, Jérôme, Lourdès, Conception, Irène, David, Luz Elena, Yoloxochitl, Jésus, Suriwong, Bernard, James, Alice, Elzunka, Laure 1, Laure 2, Gabriel. Nous aurons tant de vie qu'il faudra 166 ans avant de pouvoir mourir. Le ciel sera si bleu le jour, et si noir la nuit, que nous ne saurons plus quoi dire. Le soleil sera si chaud que nous deviendrons des nègres. Viens, tout est prêt. Nous mangerons des oranges. Nous cracherons les pépins par terre. Nous travaillerons toute la journée dans les plantations de café, pour un patron qui aura une Rolls Royce et un avion à réaction. Nous boirons du café épais comme du sirop dans des verres tachés. Nous mangerons des racines, et nous parlerons à tout le monde. Viens : ici les gens n'ont pas de lunettes noires. Sur la route déserte, à l'entrée du village, il y a un grand squelette de cheval debout sur ses pattes, attaché avec des ficelles. Belisario Dominguez était un député. Pour se venger de lui, Victoriano Huerta l'a fait prisonnier. Puis, il lui a arraché la langue. Il y a beaucoup de choses de ce genre à te raconter. N'attends pas ! N'attends pas ! J'ai des cigares pour toi, de longs cigares de tabac vert, que j'achète par centaines. Je les fume en regardant la place qui brille au soleil. Je rejette la fumée âcre par le nez et par la bouche, et la fumée se dissipe dans l'air. Je suis dans le village. Ici, c'est la paix. Tu n'auras peur de personne, puisque tu seras dans le paysage. N'est-ce pas que c'est bien ? N'est-ce pas ? »

Un peu plus tard, J. H. Hogan se leva. Il traversa à nouveau la place, en évitant les gens qui marchaient à tâtons. Il s'arrêta à la devanture d'une épicerie et il acheta une petite bouteille pleine de liquide jaune. Puis il revint vers l'endroit où il était resté assis. Il s'aperçut que la place avait été prise. Quelqu'un s'était installé sur la marche de pierre, à l'ombre de la maison à colonnes. En s'approchant, J. H. Hogan vit que c'était un homme jeune, trente ans à peine, vêtu d'un pantalon de toile et d'une chemise blanche, et pieds nus dans des sandales à lanières. Il avait un visage maigre, couleur de terre cuite, et des cheveux très noirs. Sur son visage, sur le front, autour des yeux, et sur les joues, il y avait de drôles de plaques grises avec de petits nœuds. Les minuscules mouches plates volaient sans arrêt autour du visage de l'homme, faisant un halo de points noirs. De temps en temps, l'homme les chassait avec sa main, mais elles revenaient aussitôt, et grouillaient autour des pustules.

J. H. Hogan s'assit à côté de l'homme. Il le salua. L'homme

répondit avec une voix enrouée, sans tourner la tête. Quand J. H. Hogan fit sauter la capsule de la bouteille avec la lame de son couteau, l'homme sursauta.

« Ce n'est rien » dit Hogan. « C'est un soda. »

« Ah bon » dit l'homme.

Hogan but au goulot de la bouteille. Puis il la tendit à l'homme.

« Vous en voulez? » demanda-t-il.

« Quoi? »

« Le soda. Vous en voulez un peu? »

« Merci bien » dit l'homme. Et il tendit la main. Il but trois gorgées de soda et rendit la bouteille. Il s'essuya la bouche avec sa main.

« Merci beaucoup » dit-il. « Vous êtes étranger? »

« Oui » dit Hogan.

« Ah oui. Vous êtes un médecin? » dit l'homme.

« Non » dit Hogan.

Les moucherons noirs marchaient autour des yeux de l'homme. J. H. Hogan vit que ses yeux étaient gonflés, rouges, collés par les larmes.

« C'est dommage » dit l'homme. « Parce qu'on en aurait bien besoin, ici. »

« C'est une maladie terrible » dit Hogan.

« Oui » dit simplement l'homme. Dans l'ombre, son profil aigu ne bougeait pas. Seules les mouches bougeaient.

« Il paraît que ce sont ces saletés » dit l'homme. Il balaya l'air de sa main.

« Les mouches? »

« Oui, les moucherons. » Il frotta ses yeux avec ses doigts. « Les moucherons qui vivent sur les plantations de café. Ils pondent leurs œufs dans la peau, là. Alors, on a la fièvre. Et comme il n'y a pas de médecin, ça gagne tout le monde. Vous, vous n'avez pas ça, vous? »

« Non » dit Hogan. « Pas encore. »

« Et ça fait mal » dit l'homme. « Ça brûle la tête, les yeux, les narines, tout. On a la tête en feu. »

J. H. Hogan sortit un cigare et le donna à l'homme.

« La fumée, c'est bon contre les moucherons » dit-il.

Il alluma le cigare de l'homme, puis le sien.

« Il y a dix jours, j'y voyais encore un peu. Maintenant, c'est fini. Plus rien. Le noir. »

« Vous travaillez à la plantation? »

« Oui, tous les jours, en bas du village. »

« Comment vous faites? »

« Il y a des cordes, tout le long. Alors, on se tient d'une main, on cueille de l'autre. »

L'homme souffla une bouffée dans l'air. Les moucherons, surpris, s'éloignèrent. Mais J. H. Hogan put les voir qui attendaient en dansant dans la lumière. Quand le cigare serait fini, ils reviendraient.

« Ça va mieux? » dit-il.

« Oui » dit l'homme. « Merci bien pour le cigare. »

« Vous êtes d'ici? » demanda Hogan.

« D'ici, oui. De Belisario. »

« Vous vivez seul? »

« Non. J'ai ma famille. Là-bas, près de la plantation. »

Il passa le cigare près de sa joue.

« Il paraît que c'est bon contre les douleurs » expliqua-t-il.

« Il n'y a pas de médecin, alors? » dit Hogan.

« Non » dit l'homme. « Il y a trois mois, il y en a un qui est venu. Il a dit qu'il fallait pulvériser du DDT partout. Mais le patron n'a pas voulu. Il a dit que ça lui coûterait la récolte. Alors le médecin est parti. Il a dit qu'il ferait un rapport. Et on n'a jamais plus entendu parler de lui. »

« Et votre femme? »

« Quoi? »

« Elle. Elle est, elle aussi? »

« Ma femme? Ça fait deux ans déjà. Et mes deux enfants aussi. »

« Ils travaillent à la plantation? »

« L'aîné, oui. Mais ma femme, elle reste à la maison. Elle a tout le temps la fièvre. »

L'homme mâcha le bout de son cigare.

« C'est drôle, je n'aurais jamais cru » dit-il. « Je n'aurais jamais cru que ça pourrait nous arriver, comme ça, à tous. Peut-être bien que c'est la malédiction de Dieu. Vous ne croyez pas? »

« Je ne sais pas. Peut-être » dit Hogan.

« Peut-être bien que tout le monde va devenir comme ça. Peut-être bien que le patron va devenir comme ça, et puis vous, et puis le Président, et puis tous les Russes et tous les Chinois. Hein? »

J. H. Hogan regarda la place blanche. Il but une autre gorgée de soda et donna la bouteille à l'homme. L'homme finit ce qui restait de liquide et rendit la bouteille. Il essuya de nouveau sa bouche avec sa main, et dit :

« Merci. Merci bien, Monsieur. »

Puis il se leva, et s'appuya sur un bâton de canne à sucre. Hogan n'avait pas vu qu'il avait un bâton. L'homme tourna sa tête pleine de nœuds vers Hogan. Il mit le cigare dans sa bouche et il dit :

« Merci bien pour le cigare. Il faut que je retourne chez moi. »

« Au revoir » dit Hogan.

« Au revoir » dit l'homme.

Voilà. Le secret est découvert, maintenant. Le mystère tragique est sortit tout à coup de la beauté, il a formé son bouton infect. Le secret a pris la forme d'un moucheron, cette fois. Un minuscule insecte noir, à mi-chemin entre la mouche et le moustique, qui s'appelle Simulium. Sur les plantations de café, les nuages vivants se lèvent. Ils s'abattent sur les visages et sur les mains des hommes. Ils boivent leur sang. Le long de leurs trompes acérées glissent les parasites qui s'appellent Onchocerca Caecutiens. Les animaux invisibles se répandent sur la peau, et soulèvent des tumeurs sur le visage, dans le cuir chevelu, autour des yeux. Les microfilaires se multiplient dans le corium. Alors, de ses propres ongles, l'homme déchire sa peau, ouvrant les portes aux streptocoques. Suivent les tuméfactions, l'érysipèle, et la fièvre. Déjà les douleurs sont violentes, elles frappent de leurs coups invisibles. Enfin, les microfiliaires percent les nodules autour des yeux et se répandent. La conjonctivite ensanglante l'œil. La kératite et la choroïdite le rendent opaque. C'est cela, le secret. Peut-être valait-il mieux ne pas le dire. Peut-être valait-il mieux passer son chemin, et oublier. Déjà, on serait loin. On serait sur une plage de sable jaune, étendu au soleil, et on pourrait penser à l'infini, ou bien écrire un poème que la marée effacerait, en regardant les vagues de la mer aux fronts de taureau. J. H. Hogan se mit à marcher dans le village où les gens étaient aveugles. Il avança au milieu des corps tâtonnants. Il croisa des groupes d'hommes qui remontaient la place lumineuse en se tenant par le bras. Il vit une vieille femme qui avançait en faisant résonner sa canne et en parlant toute seule. Près de la statue noire, deux jeunes hommes étaient assis par terre avec des sacs à leurs pieds. Au fond de leurs visages martelés, les yeux glauques étaient immobiles et ne regardaient rien. Près du kiosque, un homme mendiait; mais personne ne pouvait le voir. Trois femmes aux longs cheveux noirs étaient accroupies par terre, et au-dessus de leurs têtes, il y avait ces auréoles de points qui bougeaient comme des nuages. La place était pleine d'hommes et de femmes qui bougeaient. Mais c'était un entonnoir de silence, vraiment, un cratère profond où les mouvements étaient gelés. Seules les mouches étaient actives. Elles allaient et venaient dans l'air transparent, elles posaient leurs pattes délicates sur les visages, elles marchaient sur les bords des paupières et sur les coins des lèvres. Une femme aveugle allaitait un bébé aveugle. Dans la poussière, des enfants agitaient leurs bras et criaient. Mais Hogan n'entendait plus rien. Il traversait la place, il enjambait les corps, il avançait en zigzag, et déjà les mouches minuscules se posaient sur lui. L'horreur n'est pas inimaginable, elle n'a pas les faces des monstres ou les ailes de chauve-souris des démons. Elle est calme et tranquille, elle dure longtemps, des jours et des nuits, des mois, des années peut-être. Elle n'est pas mortelle. Elle frappe aux yeux, aux yeux seulement.

Dans les ruelles claires du village avance le peuple aveugle. Il tâtonne le long des murs, il entre dans les maisons fraîches, il revient du champ où sont les plantes très vertes. Il vend sous les tentes du marché, il y achète aussi. Derrière les étals de piments, la main s'allonge et palpe. Elle prend une poignée de fruits et la verse dans la main qui est tendue. Puis elle revient et porte la pièce de métal qui tombe en tintant dans la boîte de fer-blanc. Sous les pans de toile, la caravane avance en se tenant aux épaules. A droite, une autre caravane descend. Dans les faces impassibles, les yeux opaques sont fermés sur la guerre. Mais ils ont laissé la place à une paix qui est démente, une paix qui est pire que la guerre. La souffrance tranquille pèse de tout son poids sur le village. C'est un cri qu'on a étranglé, et qui est retourné à l'intérieur du corps pour le dévaster.

Ailleurs dans le monde, de l'autre côté des montagnes qui encerclent, sont les pays terribles où les regards protubèrent. Mais ici, les regards sont des bouches ouvertes qui aspirent, qui avalent sans cesse. Ailleurs sont les vitres méchantes. Mais ici le vent souffle, il va du ciel jusqu'au fond des orbites éteintes. Comment résister à une telle tempête? Où se cacher, quand tout le monde a disparu dans ses cachettes? Autour de la place rectangulaire, les groupes d'hommes marchent en palpant les murs. Quand leurs mains rencontrent une fenêtre, ils s'arrêtent et tournent à la lumière leurs visages figés où les yeux sont blancs. Dans le village où vivent les termites et les taupes, on n'arrive jamais nulle part. On tourne sur soi-même, indéfiniment, on arpente la place lumineuse. Au-dessus, le ciel bleu est insoutenable. Il écorche sans pitié, il fait pleuvoir ses flèches blanches sur le sol poussiéreux. Il est pur comme il ne l'a jamais été nulle part. Quand vient la nuit, les étoiles brillent avec frénésie au fond du vide, et la lune est mille fois plus grande que le soleil. Quelque part dans le village halète une machine génératrice qui allume les ampoules électriques dans les rues de terre. Et c'est comme si tous les éclairs du monde s'étaient réunis dans les petites boules de verre. Il n'y a plus de temps, oh non, il n'y a plus de temps. Qui sait jusqu'où peuvent aller les heures, dans les crânes fermés? Jusqu'au bout de l'éternité peut-être. Le peuple aveugle avance sur la terre plate. Il tâte ses vêtements, il passe ses mains sur les visages, avant de se reconnaître. L'espoir a des gestes lents pour rebondir de jour en jour. Dans le café obscur, où les tables de métal sont les aéroports des mouches, la jeune fille attend en écoutant la musique et les mots qui sortent de son transistor. Quand le rythme rapide frappe dans le haut-parleur, elle bouge sa main droite et siffle en cadence. Sur son visage au nez délicat, à la bouche où brillent des incisives, les yeux sont collés. Ils ne bougeront plus quand vous passerez à gauche, à droite. Ils ne se lèveront plus pour aller viser miraculeusement, exactement, droit dans les vôtres. Ils ne chercheront plus, en battant d'inquiétude, les miroirs qui sont partout. Qui a osé coudre ces paupières? Yeux, ouvrez-vous, rien qu'une fois. Regardez-moi! Je suis là. Je suis venu.

Dans le village où régnait l'abominable paix, Jeune Homme Hogan attendit l'autobus.

Les vraies vies n'ont pas de fin. Les vrais livres n'ont pas de fin.

(A suivre.)

DU MÊME AUTEUR

Aux Éditions Gallimard

LE PROCÈS-VERBAL (Folio nº 353). Illustré par Baudoin (Futuropolis/Gallimard)

LA FIÈVRE (L'Imaginaire nº 253)

LE DÉLUGE (L'Imaginaire nº 309)

L'EXTASE MATÉRIELLE (Folio Essais nº 212)

TERRA AMATA (L'Imaginaire nº 391)

LE LIVRE DES FUITES (L'Imaginaire nº 225)

LA GUERRE (L'Imaginaire nº 271)

LES GÉANTS (L'Imaginaire nº 362)

VOYAGES DE L'AUTRE CÔTÉ (L'Imaginaire nº 326)

LES PROPHÉTIES DU CHILAM BALAM

MONDO ET AUTRES HISTOIRES (Folio nº 1365 et Folio Plus nº 18)

L'INCONNU SUR LA TERRE (L'Imaginaire nº 394)

DÉSERT (Folio nº 1670)

TROIS VILLES SAINTES

LA RONDE ET AUTRES FAITS DIVERS (Folio nº 2148)

RELATION DE MICHOACAN

LE CHERCHEUR D'OR (Folio nº 2000)

VOYAGE À RODRIGUES, *journal* (Folio nº 2949)

LE RÊVE MEXICAIN OU LA PENSÉE INTERROMPUE (Folio Essais nº 178)

PRINTEMPS ET AUTRES SAISONS (Folio nº 2264)

ONITSHA (Folio nº 2472)

ÉTOILE ERRANTE (Folio nº 2592)

PAWANA (Bibliothèque Gallimard nº 112)

LA QUARANTAINE (Folio n° 2974)

LE POISSON D'OR (Folio n° 3192)

LA FÊTE CHANTÉE

HASARD *suivi de* ANGOLI MALA (Folio n° 3460)

CŒUR BRÛLE ET AUTRES ROMANCES (Folio n° 3667)

PEUPLE DU CIEL *suivi de* LES BERGERS, *nouvelles extraites de* MONDO ET AUTRES HISTOIRES (Folio n° 3792)

RÉVOLUTIONS (Folio n° 4095)

OURANIA (Folio n° 4567)

BALLACINER

RITOURNELLE DE LA FAIM

Dans la collection « Écoutez-lire »

LA RONDE ET AUTRES FAITS DIVERS (1 CD)

Aux Éditions Gallimard Jeunesse

LULLABY. *Illustrations de Georges Lemoine* (Folio junior n° 140)

CELUI QUI N'AVAIT JAMAIS VU LA MER *suivi de* LA MONTAGNE OU LE DIEU VIVANT. *Illustrations de Georges Lemoine* (Folio junior n° 232)

VILLA AURORE *suivi de* ORLAMONDE. *Illustrations de Georges Lemoine* (Folio junior n° 302)

LA GRANDE VIE *suivi de* PEUPLE DU CIEL. *Illustrations de Georges Lemoine* (Folio junior n° 554)

PAWANA. *Illustrations de Georges Lemoine* (Folio junior n° 1001)

VOYAGE AU PAYS DES ARBRES. *Illustrations d'Henri Galeron* (Enfantimages et Folio Cadet n° 187)

BALAABILOU. *Illustrations de Georges Lemoine (Albums)*

PEUPLE DU CIEL. *Illustrations de Georges Lemoine (Albums)*

Achevé d'imprimer
par CPI Firmin Didot
à Mesnil-sur-l'Estrée, le 16 octobre 2008.
Dépôt légal : octobre 2008.
1er dépôt légal . décembre 1989.
Numéro d'imprimeur : 92452.

ISBN 978-2-07-071820-7/Imprimé en France.